isekai no OCHIBICHAN ha
kyou mo nanika wo tsukuridasu
異世界のおチビちゃんは
今日も何かを創り出す
～スキル【想像創造】で目指せ成り上がり！～
3
ぱつきんすきー
ill. 高瀬コウ

ジェーン
ねぇね
(シエル)

おにぃ
(マルコ)
ジョシュア
おチビ
(アミ)

「そうだ！　前世の有名な温泉地にあった、赤くて、アーチ形をしていた、鉄製の橋を、【想像創造】！」
ベアトリス
アイリーン
マスター
（メイソン）

isekai no OCHIBICHAN ha
kyou mo nanika wo tsukuridasu
異世界のおチビちゃんは
今日も何かを創り出す
～スキル【想像創造】で目指せ成り上がり!～
3
ぱつきんすきー
ill. 高瀬コウ

CONTENTS

isekai no **OCHIBICHAN** ha kyou mo nanika wo **tsukuridasu**

【第1章】✦繋がりを求めて

思いがけず町の外にお出かけしたり、薬師ギルドの偉そうなおじさんに絡まれたり、なかなか濃い一日を過ごした日の翌朝。

いつも通りの炊き込みご飯の朝食の後、昨日作った干し柿とタンポポモドキの根のお茶で、食後のデザートとしゃれ込んでいると、ワタシたち3人を呼ぶ耳馴染みのある声が聞こえてきました。

アイリーン「お～い『シュッセ』のみんな～、おっはよ～」

どうやらアイリーンさんがワタシたち3人をお迎えに来てくれたみたいです。

その声色は明らかにご機嫌で、きっとなにか良いことがあったのだと想像できます。

「「「おはよーございまーす」」」

アイリーン「おチビちゃん、おチビちゃん。昨日のアレ、とっても美味しかったわ～。アレはエールとは違うわよね？　ピルスナーなのかしら？　それが18種類もあって、しかも全部が別の味わいだなんて、驚いちゃったわ～。私がお酒で驚くなんて、前にもらった『琥珀色のソーマ』に続いて、これで2回目よ～」

ワタシ「もしかしてアイリーンさん、18本全部飲んじゃったの？」

アイリーン「もちろんよ～。だって～、目の前に18種類もあれば、全部試してみたくなるじゃない？」

（『だって～』、と言われても……）

そんな賑やかなご挨拶の後は、２日に１回のペースになったハンターギルドへの納品のため、例によってハンターギルドの地下倉庫へ赴《おもむ》きます。
アイリーンさんに連れられてワタシたち３人が地下の広大な倉庫に到着すると、そこには既に、マスターさんと購買部のハンナさん、そして副支部長のイーサンさんが待っていました。
マスター「よぉ！」
ハンナ「おはようさん」
イーサン「今日もハンターギルドへの納品ということで、よろしくお願いします」
「「「おはよーございまーす」」」
ワタシたちも元気よくご挨拶を返したら、早速納品開始です。
イーサン「今日の納品は、まずは前回と同じものをできる限り多く、ということでお願いできますか？」
ワタシ「は〜い」
ということで、納品物を一気に８回連続で【想像創造】です。

【本格熟成ビーフジャーキー　30g　１２０個セット　粒胡椒　和風ダレにんにく風味　９９８０円】×13　１２９７４００円（合計１５６０個）
【給食用小袋ジャム　業務用セット　いちごジャム　オレンジマーマレード　ブルーベリージャムりんごジャム　チョコレートスプレッド　ピーナッツクリーム　つぶあん　はちみつ　メープルゼリー　レーズンクリーム　15g×１２００袋　３２４００円】×40　１２９６０００円（合計４８

０００袋）
【ふんわりパンケーキミックス　１７０ｇ　小麦粉、砂糖、米でん粉、ホエイパウダー（乳成分を含む）、食塩、ベーキングパウダー等　３６８円】×３５３２　１２９９７７６円
【筆記用具セット　女の子用（たれ耳眠たげワンコのキャラ絵付き）筆箱、Ａ４自由ノート、２Ｂ鉛筆１本、シャープペンシル１本、ＨＢシャープペンシル替え芯、消しゴム、カラーマーカー６色、付箋《ふせん》　６５９円】×１９７２　１２９９５４８円
【カ〇オ　ソーラー式電卓　ミニジャストタイプ　10桁表示　１４５×１０３×32㎜　１００ｇ　５８０円】×２２４１　１２９９７８０円
【いろいろ無添加のおいしいペットボトルワイン　赤　度数11％　７２０㎖　４９９円】×２６０５　１２９９８９５円
【Ａ４コピー用紙　白色度約80％　古紙パルプ配合率70％　５００枚×５冊　１８９０円】×６８７　１２９８４３０円
【ボードゲーム　９in１　ゲームセレクションセット　リバーシ　チェス　チェッカー　将棋　９マス将棋　チ〇ズをめざせ　足し算５ゲーム　潜水艦ゲーム　日本縦断ゲーム　２４８０円】×５２４　１２９９５２０円

（じゃじゃーん、できあがり〜。これでおしまいかな？）
そう思っていたら、今度はマスターさんから商品の追加注文が入りました。
マスター「なぁおチビ。昨日のあの香辛料、納品できるか？」

ワタシ「【カレー粉】のこと？　もちろんできるよ～」

　昨日の夕方、いつものように食堂にお夕飯を食べに行ったのですが、実はその時、ワタシたちが一度しか使っていない【カレー粉】をマスターさんに渡したのです。

　朝食用にと創り出してみたものの、炊き込みご飯の素を【想像創造】してからは、全く出番がなかった【カレー粉】さん。そこで、プロの料理人であるマスターさんに有効活用していただこうと考えたのです。

マスター「是非とも多めに納品してくれ。アレはイイ、かなりイイ。アレがあれば、オレのレパートリーに新たな看板メニューが加わるのは、まず間違いねぇだろうぜ」

　そういうことならと、マスターさんのご要望通り【想像創造】することにします。

【カレーパウダー　S&○　特製カレー粉　400g　赤缶　1285円】×1011　1299135円

マスター「おぉ、ありがとよ。こいつはオレが責任もって流行《はや》らせてやっから、まあ期待しててくれや」

（【カレー粉】を使ったお料理か～、それなら……）

　パンよりもお米が好きなご飯派のワタシは、ここで一言申し添えることにします。

ワタシ「マスターさん、あのね？　カレーはお米と一緒に食べると、もっとおいしいと思うの」

マスター「ん？　コメだぁ？　そりゃアレだろ？　教会が独占してるっていう、例の高級品だろ？」
イーサン「もしかして、コメも納品可能なのですか？」
ワタシ「うん、できるよ～」
　ということで、お米の美味しさをみんなにも知ってもらうべく、【想像創造】しちゃいましょう。

【無洗米　コシヒカリ　愛知県産　５kg　２２８０円】×５７０　１２９９６００円

マスター「オイオイ、オイオイ!?　高級品だってぇのに、またスゲェ量を創り出したなぁ」
イーサン「これが全部、コメなのですか？」
ワタシ「そうで～す」
ハンナ「こりゃまた凄い量だねぇ。でもこれだけあれば、しばらくこの町の食糧事情も心配せずに済みそうじゃないかい？」
イーサン「領境が封鎖されている今、主食の小麦の代替となる食物は、商業ギルドからもありがたがられるでしょうね」
　そんな感じで、合計10回の【想像創造】で、今回のハンターギルドへの納品は無事終了――とはなりませんでした。
　その後ワタシたち３人にとって、まさに桁違い過ぎてよく分からない報告が始まっちゃったのです。
イーサン「えー、引き続きまして、前回の納品の対価なのですが――」

この一言から始まった副支部長さんによる前回の納品の対価の説明だったのですが……
【ビーフジャーキー】は１袋30リル×１４４０袋＝４３２００リル
【小袋ジャム】は１袋15リル×４４４０袋＝６６６００リル
【ホケミ】粉は１袋10リル×３２６０袋＝３２６００リル
【筆記用具セット】は１セット２００リル×１８２０セット＝３６４０００リル
【電卓】は１台１０００００（10万）リル×２０６８台＝２０６８０００００リル
【ワイン】は１本50リル×２４０４本＝１２０２００リル
【A４用紙】は１枚１リル×１２５００００枚＝１２５００００リル
【ボードゲーム】は１個１００リル×４８３個＝４８３００リル
合計で、２億９３３２万４３００リル。日本円で考えると、大体、２５１億１８９１万６０００～２９３億５４４０万２０００円ぐらいでしょうか。
（２５０億～２９０億円？　ん？　あっそっか～、どこかの地方自治体の予算かな～？　きっとそうだよね～）　(?_?)
　そんな風にワタシが前世の記憶に逃避していると、真面目モードのアイリーンさんによってすぐに現実に引き戻されてしまいました。
アイリーン「いつも通り４等分して、３人の分のお金は投資に回して、残りはチーム『シュッセ』として預入しておきました。これで『シュッセ』の預入金額は、５２６４５２２４リルで、３人の投資額合計は、１５７９３５６６６リルです」
　これまた日本円で考えてみると、『シュッセ』の預入金額は、63億１７４２万６８８０～73億７

033万1360円。投資額合計は、189億5227万9920～221億1099万3240円ぐらいでしょうか。

（60～70億円ぐらいの預金残高と、190～220億円ぐらいの投資額……）

おにぃ「オレ、100万より上の数字、正直よく分かりません」

ねぇね「わ、私も数えられないかも……」

ワタシ「ねぇね、おにぃ、いっぱいだよ、いっぱい……」

　ほぼ思考停止状態なワタシたち3人でしたが、副支部長さんがまだまだ頭を休ませてはくれませんでした。

イーサン「以前ご報告した通り、投資金は『ユービン』事業と当ギルドの不動産関係を中心に使わせていただいてます。そしてその成果が、もうすぐ目に見える形になると思います。その暁には、今以上の吉報をお知らせできることでしょう。そういうことですので、後程《のちほど》改めてお時間を頂ければと思います」

「「「お、おにゃしゃぁす」」」

　かろうじてお返事できましたが、3人そろってろれつが回りませんでした。

　そろそろ頭から湯気が出てきちゃいそうな、にわか仕立てのビギナー億万長者、『シュッセ』の3人なのでした。
◆◇◆◇◆

支部長「やれやれ、どうにか間に合うたみたいじゃのぉ」
　ワタシたち３人が巨額な納品の対価に目を回していると、ハンターギルドで一番偉いおじいちゃん支部長さんが、白いお髭《ひげ》を撫《な》でつけながら地下倉庫にひょっこり現れました。
イーサン「支部長、緊急のご用件でも？」
支部長「ああ。たった今、ワシのところに商業ギルドから書類が届いてのぉ」
ハンナ「それって、もしかして例の？」
支部長「うむ。今日から正式に、この土地と建物は『シュッセ』のモノになったわい」
「「「へ？」」」（。・。）
（この土地と建物がワタシたち３人のモノ？　どういうこと？）
なんだかよく分からないことを言われてしまって、またもや固まっちゃうワタシたち３人に、副支部長さんが詳しく説明してくれました。
イーサン「すいません。吉報は、どうやら今になってしまったようです。実はお預かりしている投資資金で、商業ギルドから我がハンターギルドオーレリア支部の資産を買い取らせてもらいました。その結果、この支部のモノはすべて、今現在『シュッセ』の皆さんの所有物ということになりました」
　どうしてハンターギルドのお話なのに商業ギルドが出てくるのか、ワタシたちには全くわかりませんでしたが、そのあたりの事情も詳しく教えてくれました。
　まず、商業ギルドにハンターギルドオーレリア支部丸ごと全部の買い取りを依頼。買い取ってもらったそのお金を使って、ハンターギルドオーレリア支部が王都本部から借りていた借金を一気に返済。そしてその後、ワタシたち3人からの投資資金を使って、商業ギルドからハンターギルドオーレリア支部のすべてを買い戻した、ということみたいです。
イーサン「最初に商業ギルドを噛ませたのは、他からの横槍を防ぐためといいますか、『シュッセ』の名前を表に出さないためです。商業ギルドによる他ギルド資産の買収は、この国ではよくあることなので問題ないのですが、ギルド員である『シュッセ』が、所属するギルド支部を直接買い取るとなると、色々と怪しまれてしまいますので。ですから商業ギルドに一旦買い取ってもらって、商業ギルドから『シュッセ』がさらに買い戻すという形を取りました。そうすれば、誰も何も言えませんので。商業ギルドから誰が何を購入しようと、何も問題もありませんからね」
　おチビなワタシにはよく分かりませんが、とにかく商業ギルドと手を結んで、『シュッセ』の名前が目立たないように大きなお金を動かした、どうやらそういうことみたいです。
支部長「我がオーレリア支部はのぅ、設立当初から王都の本部からの巨額な借財に悩まされておったんじゃよ。その借財を盾にして、王都の本部は我がオーレリア支部をそれこそ我が物顔で牛耳っておった。じゃが、商業ギルドに買い取ってもらった金で、借財を一気に返済できた。我々はもう、王都の本部からの圧力に屈せずに済む。過去の清算ができたんじゃ。尚且《なおか》つ、『シュッセ』の投資資金によってハンターギルドオーレリア支部のすべてを買い戻すことができた。つまりは、もう完全に、どこからの圧力にも屈せずに済むという訳じゃ」
おにぃ「はぁ」
ねぇね「へぇ?」
ワタシ「えーっと、そ、ソウナンデスネー」　(×_×?)

お話の内容が難し過ぎて、何を言っているのかさっぱり理解できないワタシたち３人。どうリアクションしていいのか分からな過ぎて、お返事もおざなりです。
支部長「ところでお前さんたち、ご領主様から手紙なり書類なり、何か受け取っておらぬか？」
そう言われれば、先日ビーちゃん様からギルドの偉い人宛てのお手紙を受け取った記憶がありま す。
（やっぱりあのお手紙は支部長さん宛てだったんだね）
そう思ったワタシは、早速、いつも身に着けているミニショルダーポーチの中から、『ギルド責任者へ』と書かれたキレイな封筒を取り出します。
ワタシ「はい、支部長さん。これでしょ？」
支部長「どれどれ、中身を検《あらた》めさせてもらうぞ？」
支部長のおじいちゃんはそう言って、手紙のような書類を読み始めました。
支部長「ふむふむ、内容に問題はないのう。では、これはお前さんたちに返すとしよう」
ワタシ「え？　このお手紙は、支部長さんのでしょ？」
支部長「いいや。この通知はのぅ、新しいギルド、『ユービン』ギルドのオーナー宛てでの？　つまりは、お前さんたち、『シュッセ』宛てなんじゃよ」
ねぇね「新しいギルド？」
おにぃ「『ユービン』ギルド？」
ワタシ「ギルドのオーナー？」　(・_・?)
支部長「そうじゃ。お前さんたち『シュッセ』の３人が、新設された『ユービン』ギルドのオーナーじゃ。実はワシの方で、ご領主様に『ユービン』ギルドの設立申請をしておったんじゃが、オーナーには『シュッセ』を登録しておいた。何だか騙し討ちのようになってしもうて、悪かったのう」

おにぃ「オレたちが、ギルドのオーナー?」

ねぇね「へ?」

突然新しいギルドのオーナーになったと言われても、子供のワタシたち3人は何も知りませんし、何もできません。なので、そのことはちゃんとアピールしておくことにします。

ワタシ「あのね、ワタシたち、ギルドのことなにもわからないし、なにもできないよ?」

イーサン「ええ。とりあえず『シュッセ』の3人は、ハンターギルドオーレリア支部の実質的な所有者で、『ユービン』ギルドの設立者兼オーナー、ということだけ覚えておいてください。実務につきましては今まで通り我々で対応しますので、その辺はどうぞご安心を」

マスター「まぁ平たく言えば、お前ら3人は、このハンターギルドオーレリア支部と、新しくできた『ユービン』ギルドのボスってこった。つまりはだ、『シュッセ』は立派な資産家さまになったってこった。ちょっとやそっとのことじゃビクともしねぇ、確かな地位を手に入れたってこった!」

おにぃ「オレたちが、確かな地位を?」

ねぇね「何だか嘘みたい……」

少し前まで身分証もなくて、町の人たちに相手にされずにいた自分たちの境遇を思い出しているのでしょう。ねぇねとおにぃが半笑いのような苦笑いのような、複雑な表情をしています。

（いや～、ワタシたち３人、出世したねぇ～。ちょっと前まで現役バリバリのスラムっ児で、食べ物を探し歩いていたのにねぇ～。まさにチームのお名前通り『シュッセ』しちゃったねぇ～）

（＾∀＾）♪

　おチビなワタシだけ能天気にそんなことを考えていると、マスターさんが言葉を続けます。

マスター「まぁボスってぇのは、細けぇことは気にせず、ただ偉そうにしてりゃいいんだよ。手下をこき使えばいいんだ。ということでよ、オレたちのボスとして、やって欲しいこととか欲しいモノとか、何かないか？」

　そう問われたワタシは、ちょっと考えてみます。

（ハンターギルドって、たしか、国を跨《また》いだ組織だったよね？　ということは、色々なところから情報を調べられないかな？　例えば、行きたくてもどこにあるのか分からない、そんな場所の情報とか）

　ということで、試しにお願いしてみることにします。

ワタシ「マスターさん、あのね？　ワタシ、調べて欲しいことがあるの」

マスター「お？　何だ何だ？」

ワタシ「えっとね、ねぇねの故郷、『天恵《てんけい》の里《さと》』の場所を調べて欲しいの」

アイリーン「それって昨日話題に上がった、教会関係の隠れ里かもしれない場所のことよね？」

ワタシ「そうで～す」

マスター「なるほど、情報提供の依頼か。ハンターギルドの他の支部にも照会すれば、それなりの情報は集まるだろう。よっしゃ、ボスの命令とあっちゃぁ手を抜く訳にはいかねぇな。気合入れて調べさせとくぜ！」

ワタシ「やったー！　よろしくお願いしま～す。ねぇね、よかったね？　お里のこと調べてくれるって！」

ねぇね「うん。お里の場所が分かればいいな～。みんなと一緒に行けたらいいな～」

先程の苦笑い気味の表情から一変して、ニコニコと希望に満ちた笑顔を見せてくれるねぇね。

（わーい、ねぇねが笑顔になった～！　これなら出世も悪くないかもね～）

いきなりギルドのオーナーだと言われて、勝手に難しい役職を押し付けられたのでは？　と、先程まではちょっと警戒していたワタシでしたが、マスターさんから『命令だけしていればいい』と聞いて一安心。

更には、ハンターギルドの広域情報網を利用して『天恵の里』の情報を調べてもらえることになり、ねぇねの笑顔を引き出すことができて大変満足です。

（ギルドのオーナーってよくわからないけど、ねぇねが喜ぶなら、なんでもやっちゃうぞ！）

(*^-°)v

ギルドのオーナーになって出世したことよりも、大好きなねぇねの笑顔が最優先のおチビちゃんなのでした。

◆◇◆◇◆

ハンターギルドのオーレリア支部と新設の『ユービン』ギルド、突然この２つのギルドのトップ

になってしまい、困惑、当惑、ちょっと迷惑、そんな気持ちのワタシたち３人でしたが、
マスター「まあ、細けぇことは大人のオレたちに任せとけ！　お前ら３人は、今まで通り過ごしてりゃいいんだよ」
アイリーン「『シュッセ』のみんなの安全のためにも、この事はしばらく伏せておいて、今まで通り過ごしていた方がいいかもしれないわね？」
　というお言葉をいただいたので、とりあえず今まで通りの行動をすることにします。
ワタシ「ワタシたち、今日も町にお出かけしていい？」
マスター「ん？　また町に出かけるのか？　まあ、今朝は市場も開かれてるみてぇだから大丈夫だとは思うが、多少の混雑はあるかもしれねぇぞ？」
ワタシ「あのね？　ローラおねえちゃんのお店に行って、レイラさんの様子を聞いてみたいの」
アイリーン「【ガレットのお店　ローラ】だったかしら？　あそこなら市場から少し離れているし、問題ないんじゃない？」
マスター「よっしゃ、ならいつも通り、オレが送っていくことにするか！」
アイリーン「当然、専属の私も同行させてもらうわよ？」
　ということで、早速、最近毎日お世話になっているマスターさんタクシー（【三輪自転車】と【リアカー】の人力車）に乗せてもらうべく、みんなでハンターギルドの裏庭の広場に移動です。
その道すがら、マスターさんがワタシたちに質問してきました。
マスター「なあお前ら。今、スラムの連中から『ユービン』ギルドの職員を選定しているところなんだが、ちょっと知恵を貸してくれ。大勢の応募者の中から、かなり絞り込まなきゃならねぇ場合、

お前らならどうする？」
　どうやらワタシたち３人が郵便屋さんに投資する時の条件、『やる気のあるスラムの住人を雇って欲しい』を実行してくれているみたいです。
ワタシ「どういう条件で募集したの？」
マスター「制限は特にねぇんだが、一応、教会と関係がありそうなヤツは除外したし、オレの部下が面接して明らかにダメそうなやヤツも外した。だが募集に対して応募者、特に成人男性が多いのと、確実に信用できるヤツが誰なのか判断しかねてるんだ」
おにぃ「あの、やる気がある人を使ってください」
ねぇね「優しくて、他人を助けてる人を選んで欲しい、です」
マスター「その判断がなかなか難しくてなぁ〜。最悪、お前らが選定してくれると助かるんだがなぁ〜」
アイリーン「それはダメよ？　落とされた連中にこの子たちが逆恨みでもされたらどうするつもり？」
マスター「それもそうか……」
ねぇね「あとできれば、私たちみたいな子供や女性は優先して欲しい、です」
マスター「ああ、その辺りは前々から聞いてるから、野郎どもとは一緒くたにはしねぇことになってる、抜かりはねぇ。お前らの要望通り、女・子供は手厚く『特別援助』しているぞ？　何かと弱い立場になっちまうからな。問題は、大多数の成人の男どもを、どう判別するかなんだよな〜」
ワタシ「うむうむ。それなら、応募してきた人に推薦してもらえばいいんだよ」

マスター「推薦？　どうやってだ？」
ワタシ「あのね？　例えば、『この中で、自分以外で、やる気があって優しくて、他人を助けてると思う人物を３人選んでください』って聞くの。これを応募してきた全員に聞いて、選ばれた数が多かった順に採用すればいいいと思うんだ～」
おにぃ「うん、いいなそれ。スラムは狭いから、大体顔見知りだしな」
ねぇね「良い人の噂って、私たちにも聞こえてきたもんね」
マスター「なるほどな。分かった、参考にさせてもらうぜ」
　そんな会話を交わした後、マスターさんタクシーに乗り込んだワタシたち３人とアイリーンさん。【リアカー】に揺られながら辺りの様子を眺めていると、特に混雑している感じはなく、どうやら町は落ち着きを取り戻したみたいです。
　そんなこんなで５分弱のツーリングの後、【ガレットのお店　ローラ】に到着なのでした。
ローラ「あら、おチビちゃんたち、いらっしゃ～い」
「「「こんにちは～」」」
マスター「邪魔するぜ～」
アイリーン「お邪魔しま～す」
　ご挨拶が終わったら、早速訪問した目的、レイラさんの容態について聞き込み開始です。
ワタシ「ローラおねえちゃん、レイラさんはあれからどうだったの？　大丈夫だった？」
ローラ「心配してくれてありがとう。みんなのおかげでピンピンしてるわ。実は、ねぇちゃん昔から低血圧で、しかも胃腸も弱かったんだけど、それも良くなったみたいでね？　昨夜もスゴイ食欲だったし、今朝なんてウチより早く起きて、しかもウチのぶんの朝食まで食べちゃったのよ？　それに加えて、おチビちゃんからもらった【栄養剤】を、念のためだとか言って飲み始めてね？　それが効いちゃったみたいで、いつも以上に張り切っちゃってるの。隣領からの農畜産物が止まってる今が絶好の売り込みチャンスだわ～、とか言っちゃってね？　今頃、元気に荷車を引いて、市場か商業ギルドを走り回ってると思うわ」
（病気だけかと思ったら、低血圧や胃腸にも効くんだ～。『簡易エリクサー』って、便利なんだね～）
ワタシ「レイラさん、元気になってよかったね～」
ねぇね「良かった～」
おにぃ「そうだな～」
　そんな会話の後は、お店の奥の喫茶スペースで、雑談をしながら美味しいお菓子をいただきます。いつもなら、ローラおねえちゃんのお店の商品をいただくのですが、でも今日は違います。
ワタシ「おにぃ、アレを出してくださいな？」
おにぃ「はいよ～」
　手際よくおにぃがリュックから取り出したのは、縦長の木箱。昨日、【想像創造】でメアリーさんにプレゼントした時に自分たち用にも確保しておいた、【高級カステラ】です。
ワタシ「これはね？　【カステラ】っていうお菓子なの。しっとりふんわり甘くておいしいんだ～」
ローラ「え？　お菓子持ってきたの？　あの、これでも一応、ウチのお店、お菓子屋さんなんですけど……」

ワタシ「えっとね？　この【カステラ】はね？　卵と【はちみつ】、そして【ホケミ】さんがあれば作れるの。それでね？　ローラおねえちゃんの新しい商品の参考にならないかな〜って思ったの。だからね？　まずはいっしょに食〜べましょ〜？」
ローラ「おチビちゃん、もしかしてウチのために？　いつもいつもホントありがとう」
そんな会話が行われている中、ねぇねは野草のお茶を用意したり、アイリーンさんはみんなの前にお店の奥から持ってきた食器やらコップやらを配膳しています。勝手知ったる何とやら。既にこのお店のほとんどを掌握しているワタシたちなのでした。
ほどなくして始まったワタシたちのおやつタイム。
ワタシ「ん〜、しっとりしていて甘くておいし〜」（*^〜^*）
ねぇね「美味しいね〜、ふんわりしていて優しい甘さだね〜」
アイリーン「重くなくて上品な甘さね〜。ちょっと苦みがあるこのお茶ともよく合うわ〜」
おにぃ「うめぇ〜。でも前に食べたパンケーキより、中がスカスカだよな」
マスター「甘くて上品で美味いことは間違いねぇんだが、一瞬で食い終わっちまったぜ。オレにはちっとばっかし物足りねぇな」
【カステラ】は女性陣には品の良い甘さが好評のようですが、男性陣には食べ応えというか、お腹いっぱいにならないところが減点対象みたいです。
ローラ「これはふっくら焼き上げるのが難しそうだね？　生地をそれなりに仕上げないといけないのかな？　それに、これだけの厚さに焼くとなると、特別な調理器具が必要かもしれないね？」
ワタシ「あのね？　【ベビーカステラ】って言ってね？　小さく丸くして焼いてもおいしいよ？」

ローラ「へぇー、小さく丸くか～。そうだね、その方が商品として提供しやすそうだね」
そんな会話をしていると、お店の入り口の方から第三者の声が聞こえてきました。
女性客「おーい、ローラちゃん。いつものクッキー、お～くれ～」
ローラ「は～い、毎度ありがと～」
どうやら常連さんがお買い物に来たみたいで、ローラおねえちゃんはすぐさま接客に向かいます。
ローラ「今日もクッキーの詰め合わせでいいですか？　今、ウチの店一番の売りは、パンケーキですよ？」
女性客「確かにパンケーキも食べ応えがあって美味しかったけど、アレは焼きたてのアツアツが一番でしょ？　時間を気にせず口寂しい時につまめるクッキーの方が、私にはありがたいのよね～」
（あれれ？　お店のお名前【ガレットのお店　ローラ】だったよね？　ガレットが一番の売りなんじゃないの？）
ローラおねえちゃんのパンケーキ推しの営業トークに、それは『看板に偽りありなんじゃない？』と疑念を抱いていると、お客さんの口から聞き捨てならない言葉が聞こえてきました。
女性客「それにしてもどうなっちゃうんだろうねぇ。隣の領主様が、この町を訴えたんでしょ？」
ローラ「訴えた？」
女性客「あら、聞いてない？　何でも隣の領でかなり病気が流行ってるらしくてね？　その原因がこの町だって、隣の領主様が難癖つけてきてるみたいなのよ。しかもそれだけじゃなくてね？　こちらが病気を故意に隣の領に広めたなんて言い出してるらしいじゃない。病気の特効薬を隠し持っていたのがその証拠だ、なんて言いがかりをつけてきてるらしいわよ？　私ね？　それを聞いて、隣の領主様って、悪魔なのかと思ったわよ。この町の住民に向かって、よくそんなことを言えたものだってね？　逆恨みなのか腹いせなのか知らないけど、この町のことを少しでも知っていれば、数年前に流行ったあの病のことがあるから、そんなこと口が裂けても言えないのにねぇ？」

おにぃ「数年前の、流行り病……」

お客さんの最後の言葉に反応して、おにぃが沈痛な面持ちでつぶやきました。

ビーちゃん様からこの町では病気を抑え込むことができたと教えてもらっていたので、もう少しすればすべてが元通りになると楽観していましたが、どうやら雲行きが怪しくなってきました。

（お隣の領主様がこの町を訴えたの？　ということは、ビーちゃん様のお父さんが訴えられたってことなのかな？　ビーちゃん様、困ってなければいいけど……）

おともだちのビーちゃん様のことが心配になったワタシは、すかさずミニショルダーポーチから例の連絡手段、【トランシーバー】を取り出して、ワタシにできることがあれば協力しようと思いながら、その電源を入れるのでした。

◆◇◆◇◆

ワタシ『ビーちゃん様、ビーちゃん様〜、聞こえますか〜』

ベアトリス『あっ、おチビちゃんね？　やっと【トランシーバー】を使ってくれたのね！　私、おチビちゃんの【トランシーバー】の反応をずっと待ってたんだから！』

どうやらビーちゃん様は、ワタシが【トランシーバー】の電源を入れるのを今か今かと待ち構えていたご様子。ワタシから事情を聞くまでもなく、早速とばかりにお話を始めてしまいました。

ベアトリス『あのね、今この町が隣の領主から言いがかりをつけられているのは知ってる？』

ワタシ『うん。病気の原因がこの町のせいだって言ってるんでしょ？』

ベアトリス『そうなの。それでね？　あちらの領主が「被った損害を賠償しない限り領境を閉鎖し続ける」と言ってきてるの。しかもね、「損害賠償金として、1億リルを要求する」なんて言ってるのよ？　信じられる？』

ワタシ『1億リル？』

ベアトリス『ええそう。この町の1年分の予算よ？　そんな金額支払える訳がないし、そもそもこちらに何も非なんてないし』

（1リル120～140円だと考えると、120～140億円？　すごい金額だけど、なんだかそれほど驚かないかも……）

つい最近、もっとすごい金額のお話を聞かされたばかりなので、それほどのインパクトを感じませんでしたが、ビーちゃん様は腹の虫がおさまらないのか、さらに言葉を重ねます。

ベアトリス『だから当然、お父様はそんな要求突っぱねるみたいなんだけど、そうなると、物流とか他領とのやり取りが止まっちゃうのよね。おチビちゃんが創り出してくれた吊り橋？　あれを衛兵に確認してもらったんだけど、橋として運用するにはちょっと物足りないみたいなの』

ビーちゃん様の言う吊り橋とは、ワタシが【想像創造】した【ターザンロープ】のことでしょう。

確かに、あのまま使うのであれば、かなり不満を感じる代物です。けれど昨日、鍛冶ギルドの親方さんから【ターザンロープ】を改良するというお話を聞いていたので、そのことについて確認してみます。

ワタシ『鍛治ギルドのちっちゃいおじさんたちが改良してくれるんでしょ?』

ベアトリス『ちっちゃいおじさん？　ああ、ドワーフの皆さんのことね？　そうなの。でも彼らからの報告では、改良には数日かかる上に、改良が上手くいっても、人が一人渡れるようにするのが精一杯らしいの』

　鍛治ギルドの親方さんたちが【ターザンロープ】を改良してくれれば万事解決だと思っていたワタシでしたが、どうやらそう簡単には行かないみたいです。

ワタシ『ビーちゃん様は、人がちゃんと渡れる橋が欲しいの?』

ベアトリス『人もそうだけど、特に荷物の運搬、できれば馬車も使えれば最高なんだけど……』

（でも、勝手に橋を架けちゃっていいのかな？　たぶん、谷川の向こう側って、別の領地じゃないのかな?）

【ターザンロープ】ぐらいのしょぼい架け橋ならあまり問題にならないだろうと勝手に創り出しちゃったワタシでしたが、ちゃんとした橋となると大丈夫なのかと、ちょっと心配になってしまいます。

ワタシ『ビーちゃん様、勝手に橋を架けちゃって大丈夫なの？　向こう岸の偉い人から怒られたりしないの?』

ベアトリス『平気平気。だって、谷川の向こう側は、身内みたいなものですもの』

ワタシ『身内?』

ベアトリス『そうそう。あっちの領地はお母様の実家でね？　つまりは、私のおじいさまの領地なのよ。だから橋を架けちゃっても、後で事後報告を兼ねてご挨拶しておけば何も問題ないわよ』

そんなビーちゃん様の家庭の事情を聞いたワタシは、何の憂《うれ》いもないのならばと、ワタシにできそうなことを提案してみます。

ワタシ『ビーちゃん様、あのね？　今日は無理だけどね、明日なら、ちゃんとした橋を創り出せるかもしれないの。人も馬車も渡れるかもしれないよ？』

ベアトリス『ホント？　それが可能なら、隣の領主の言いがかりなんて、完全に無視できちゃうわ！』

ワタシ『でもね、ワタシは創り出すことしかできないの。たぶんね、地面との段差とか、そのままだと色々と問題が出ると思うの。だからね、すぐには使えないと思うの』

ベアトリス『段差？　ふぅ～ん。それじゃあ、細かい不具合を解消するように作業員を用意すればいいのね？　鍛冶ギルドの皆さんや、手の空いている衛兵を集合させておけばいいのよね？』

ワタシ『うん、お願いしま～す。ビーちゃん様、それでね？　橋を架ける場所は、【ターザンロープ】のところでいいの？』

ベアトリス『【ターザンロープ】というのは、例の吊り橋のことよね？　そこでいいわよ。明日は私も朝一で行くことにするわ、よろしくね！』

ワタシ『うん。それじゃあ明日の朝ね、バイバ～イ』　(^-^)/~~

といった感じで、ゆる～いスケジュール調整が行われた結果、明日の朝に橋を架けることになりました。

（明日は【想像創造】の全力1回のヤツで、ちゃんとした橋を創り出しちゃうぞ～。あっ、明日は

【ジョシュア雑貨店】へ納品する日だった！　ということは、今日中に納品物を準備しておかなくっちゃだね～）
　そんなことを考えながら、明日のことについてマスターさんとアイリーンさんにもご報告です。
ワタシ「マスターさん、アイリーンさん、あのね？」
マスター「ああ、話は聞こえていたから大丈夫だ。朝一で裏門だろ？　任せとけ、ちゃんと送ってやっからよ」
　しかしここで意外や意外、ねぇねとおにぃから物言いがつきました。
おにぃ「でも、朝一は【ジョシュア雑貨店】に行かないとだろ？」
ねぇね「【ジョシュア雑貨店】の大事な納品があるでしょ？」
ワタシ「【ジョシュア雑貨店】への納品という重大案件を忘れてない？」そんな感じの圧力を、特にねぇねから感じます。
　ワタシが「もちろん忘れてないよ」とお返事しようとしたその時、アイリーンさんが驚愕の内容を語り始めました。
アイリーン「えっと、そのことなんだけど、『シュッセ』のみんなに大切なお話があるの」
「「「大切なお話？」」」
アイリーン「ええ。実はね？　【ジョシュア雑貨店】と話し合った結果、例の【はちみつ】と【石《せっ》鹸《けん》】の常設依頼は終了することになったの」
ワタシ「え？」
おにぃ「終了？」

ねぇね「そんな……」

　ワタシもおにぃも大変ショックですが、特にねぇねは信じられないといった感じで言葉を失ってしまいました。目の前が真っ暗といった感じで、茫然《ぼうぜん》自失です。

　ワタシたち3人がスラムから這《は》い上がることができた、まさに原点ともいえるお仕事が、なくなってしまったのです。大切な恩人との接点が、なくなってしまったのです。

アイリーン「詳しくは明日の朝まで内緒なんだけど、『シュッセ』のみんなにとっても悪い話じゃないことは確かなの。だからとりあえず、明日の【ジョシュア雑貨店】への納品は中止ということで、お願いね？」

　アイリーンさんが何か言っていたようですが、驚きと悲しみ、そして大切なものを失くしてしまった大きな喪失感で、全くその後の言葉が耳に入ってこなかったワタシたち3人なのでした。

◆◇◆◇◆

　その後のことはよく覚えていません。きっとマスターさんが送ってくれたのでしょう。気づいた時には、ワタシたちはお家に戻っていました。

　それはねぇねとおにぃも同じだったようで、結局お昼過ぎまで何も手につかずボーっとして過ごしたワタシたち3人。完全に無気力状態です。

（はぁ～。【ジョシュア雑貨店】の納品のお仕事、なくなっちゃったのか……ワタシたち3人のハンターとしての最初のお仕事……スラムを抜け出すチャンスをくれた、大切な恩人との接点……ワタシにとって、ワタシたち３人にとって、あの常設依頼は、かけがえのないものだったのに……なんだかお胸にポッカリ穴が開いたみたいで、なにも考えられないや……）（ ╹—╹ ）
そんなことを思っていたら、ポツリとつぶやく声が聞こえてきました。
ねぇね「寂しい……」
おにぃ「あぁ……」
ワタシ「そうだね……」
ねぇね「おチビちゃん、あのね？　私たち、何かできないかな。あの常設依頼が終わっちゃって、このままだとジェーンさんとの関係もなくなっちゃいそうで、何だかとても不安なの」
おにぃ「オレも、【ジョシュア雑貨店】の２人とは、ずっと繋がっていたいと、そう思う……」
ワタシ「ジョシュアさんとジェーンさんと、このまま無関係になっちゃうのは、ワタシもイヤ」
ということで、普段とは違い、熱い議論を始めたワタシたち３人。けれども、今まで通りになるような良いプランは出てきません。お仕事で繋がりがなくなっても、何か別の方法がないか考えてみましたが、子供のワタシたちではあまり良い案は出てきませんでした。
ワタシ「う〜ん。とりあえず、【ジョシュア雑貨店】へ毎日お買い物に行く？」
おにぃ「まあ、それも一つの手だよな」
ワタシとおにぃがジョシュアさんとジェーンさんに会いに行く口実を語っていると、ねぇねから視点の違う意見が出てきました。
ねぇね「私ね、できればジェーンさんにお揃いのモノを渡したいの。そしてみんなでそれを身に着けていたいの。毎日目にするたびに、ずっと一緒だって、そう思えるようにしたいの」

直接会わなくても繋がりを感じられるような、何か特別なお揃いのモノが欲しい、ねぇねの要望はそういうことみたいです。
ワタシ「それイイね！　何だか『仲間』って感じがするね！」
おにぃ「うん、カッコいいしオレもいいと思う。でもそれなら、もう少し渡す人を増やさないか？ジョシュアさんとジェーンさんだけじゃなくてさ、他にもお世話になっている人いるだろ？　その人たちにも、同じように渡さないか？」
ワタシ「賛成～」
ねぇね「うん。私も、そうしたい」
おにぃ「それじゃあ、大人も子供も男も女も関係なく身に着けられるモノにしないとだな」
ねぇね「それでね。できれば、私たちらしいというか、そういう意味があるモノにしたいの」
ワタシ「う～ん、それなら――」
そんな感じで、その日の午後のワタシたち3人は、いつもよりちょっと真剣な会議を続けました。
しばらく議論した結果、身に着けていてもあまり邪魔にならず、年齢性別関係なく身に着けられそうということで、【ブレスレット】を用意することに決まりました。
そしてそこまで決まれば、後はワタシにお任せあれっ！
（ワタシたちらしい【ブレスレット】、それなら～、アレを～、【想像創造】！）
【天然琥珀《こはく》ブレスレット　オレンジゴールド　Sランク　オーバル11×14ミリ玉　原産地：リトアニア共和国　伸縮性シリコン糸　４９７２０円】×10　４９７２００円

　ワタシが本日11回目の【想像創造】で創り出したモノは、天然琥珀でできた【ブレスレット】。楕円形の琥珀が16個、伸縮性のある丈夫なひもで繋げられていて、デザインも色も落ち着いています。
　そしてその色なのですが、ワタシたちらしいモノということで、ワタシたちがスラムを抜け出せるきっかけになった、【ジョシュア雑貨店】との最初の繋がりの【はちみつ】の色を意識してみました。
ワタシ「じゃじゃーん！　どう？　これ【はちみつ】の色に似てるでしょ？　ワタシたちらしいといったら【はちみつ】だと思ったんだけど、どうかな？　イイ色でしょ？」／(*゜∀゜*)＼
おにぃ「おぉ～、本当に【はちみつ】みたいな色してるな～。うん、これなら男の人でも女の人でも、着けてもらえそうだな」
ねぇね「ジェーンさんに買い取ってもらった【はちみつ】……今の私たちの出発点の【はちみつ】……その色をした腕輪……、ステキっ！」
ワタシ「早速明日、お世話になっているみんなに渡そうね？」
ねぇね「うん。でもね、一つだけお願いがあるの」
ワタシ「なぁに？」
ねぇね「あのね、最初は、最初に渡すのは、ジェーンさんとジョシュアさんにしたいの。そしてその時、ワタシたち３人も一緒に、５人で同時に身に着けたいの」
ワタシ「もちろんいいよ！」

おにぃ「あぁ。オレもその気持ち、よく分かるよ」
ねぇね「ありがとう！」
【ジョシュア雑貨店】からの常設依頼がなくなったと聞いて呆然としていたのが嘘のように、明日が楽しみでワクワク笑顔になったワタシたち3人なのでした。

◆◇◆◇◆

その後、いつものように夕方少し前にハンターギルドの食堂でお夕飯を食べて、ねぇねといっしょにお風呂に入ったワタシ。

後は寝るだけという状態になったのですが、今日はあと2回【想像創造】できることを思い出しました。

（そういえば、朝食用の【炊き込みご飯の素】とお米がそろそろなくなりそうだったんだ）

ということで、早速12回目と13回目の【想像創造】です。

【炊き込みご飯の素13品セット　2～3合用　地鶏、山菜五目、10種の具彩り五目、生姜あさり、焦がし醤油きのこ、鶏ごぼう、松茸、黒豚、バター鮭、九州かしわめし、駿河湾しらす、江戸前深川、九州あごだし五目　4075円】
【無洗米　ミルキークイーン　千葉県産　有機肥料栽培　10kg　5600円】

色々な味を楽しめる炊き込みご飯の素は前回と同じモノですが、お米は贅沢《ぜいたく》してみました。いつも食べているコシヒカリの改良品種、その名も『ミルキークイーン』。お値段は高いけれど、ツヤと粘りがあって、冷めても固くならずに美味しかった、そんな前世の記憶があります。

（これで今よりもっと朝食を美味しくしちゃおう！　そして、おチビを克服しちゃうぞ～！）

（=゜ω゜=）

そう思った瞬間、いつものワタシのステータス画面が目の前に現れました。

名前：アミ
種族：人族
性別：女
年齢：5歳
状態：発育不良　痩せ気味
魔法：【なし】
スキル：【想像創造】レベル14（14回／日　または、14倍1回／日）

いつものように、スキルのレベルアップをお知らせしてくれたみたいです。

（やった！【想像創造】がレベル14になった！）

とりあえず、今日はあと1回、【想像創造】できるみたいです。

（あっ！　状態が【発育不良　痩せすぎ】から【発育不良　痩せ気味】に変わってる！　うんうん、

イイ感じで健康になってるんじゃない？　よ～っし、もっともっと栄養があるモノを食べて、大きくなっちゃうぞ～。目指せ！　健康優良児っ！）

　ということなので、朝食をさらに美味しく栄養満点にしちゃうモノを追加で【想像創造】です。

【野菜たっぷり具だくさん　とん汁　常温保存レトルト　豚肉・大根・じゃがいも・人参・玉ねぎ・ごぼう・ねぎ　信州みそ仕立て　２３０ｇ　20袋　３４８０円】

　お米に合う朝食の定番といったら、ワタシ的にはお味噌汁。その中でも、具だくさんで栄養満点な【とん汁】のレトルトを【想像創造】してみました。

（一から手作りすると大変だけど、レトルトなら簡単だもんね。温めるだけで美味しく食べられるから、簡単便利で朝食にはもってこいだよね）

　ということで、寝る前に明日の楽しみがまた一つ増えたワタシなのでした。

◆◇◆◇◆

　そして翌朝。いつものようにねぇねとおにぃに魔法で調理をお願いして、いざ、実食です。

おにぃ「うんめぇ～、この肉入りスープ。スゲェ具だくさんで、朝から贅沢だなぁ～。最初は変わった匂いと味でちょっとアレだったけど、慣れると美味しいな！」

ねぇね「うん。それにこの炊き込みご飯も、いつもよりしっとりしてる感じがして、美味しくなってる気がする」
【とん汁】のお味噌の風味は、初めて食べるねぇねとおにぃにはちょっと抵抗があったみたいですが、すぐに慣れてしまったみたいです。今は美味しそうに食べてくれていて、一安心なワタシです。
そして、炊き込みご飯が前より美味しいと言ってくれたねぇね。お米の違いに気づいたのでしょうか、味覚が鋭いねぇねです。
ワタシ「実はね？　お米を変えてみたの。もっちりしていて粘り気が強くて、冷めてもおいしいんだ～」
おにぃ「へぇー、でもすぐ全部食べちゃうから、冷めても美味しいか確かめられないな」
ねぇね「ふふっ、そうだね」
おにぃ「もしかして、今朝はこのスープもあるし、炊き込みご飯は少し残した方がいいのか？」
ワタシ「そんなことないよ？　全部食べちゃっていいんだよ？　今日は朝一で、お世話になっている人にブレスレットを配るんでしょ？」
おにぃ「そうだな」
ねぇね「うん、とっても楽しみ」
ワタシ「だから、いつも以上にもりもり食べちゃお～！」　(゜o^)/
「「お～！」」
そんないつもより少し気合が入った朝食を終え、荷物をバッグに詰め込んだりしてお出かけの準備をしていると、いつもの優し気な声が聞こえてきました。
アイリーン「みんな～、おはよ～」

「「「おはよーございまーす」」」

アイリーン「元気そうで良かった～。昨日あの後、3人ともずっと無口だったから心配だったの～」

ワタシ「心配してくれて、ありがと～。でも、もう解決しそうなの」

アイリーン「そうなの？」

おにぃ「はい、オレたちで色々考えてみました」

ねぇね「もう大丈夫です」

アイリーン「私にもできることがあったら、いつでも遠慮なく相談してね？」

そんなお言葉をいただいたので、早速アイリーンさんにワタシたちの今日の第一目標を伝えておくことにします。

ワタシ「アイリーンさん、あのね？　今日はワタシたち、最初に【ジョシュア雑貨店】に行きたいの」

ねぇね「真っ先にジェーンさんに会いに行きたいんです。いいですか？」

アイリーン「もちろん。でもその前に、ちょっとだけギルドの受付に寄って欲しいんだけど、いいかしら？」

「「「は～い」」」

ということで、早速4人でハンターギルドの建物に入ったのですが、なんだかいつもと様子が違います。

何とそこには、お馴染みのハンターギルドの幹部職員の皆さんが勢ぞろいしていたのです。

支部長「おぉ、来たようじゃのぉ」
イーサン「おはようございます」
ハンナ「おはようさん」
マスター「よぉ！」
　さらに、予想外の人物までもが整列してワタシたちをお迎えしてくれたのでした。
ジョシュア「おはよう君たち！」
ジェーン「『シュッセ』のみんな、おはよう」
ワタシ「え？」
おにぃ「どうしてジョシュアさんが？」
ねぇね「何でジェーンさんがここに？」
アイリーン「ふふっ。『シュッセ』のみんなを驚かせようと思って、ずっと黙っていたんだけど、実はね？　ジョシュアさんとジェーンさんには、『ユービン』ギルドの幹部職員になってもらったのよ？」
「「「え〜？」」」　(゜ロ゜)
　アイリーンさんの説明によると、新設された『ユービン』ギルドは、当面はハンターギルドオーレリア支部の職員が兼任する形で運営するそうなのですが、ハンターギルドの王都本部とは手を切る予定なので、王都本部から派遣されている職員は全員王都にお帰りいただくことになり、その分の人手が足りなくなってしまったとのこと。
　そこで目を付けたのが、『ユービン』ギルドのオーナーであるワタシたち『シュッセ』が足繁く通っている【ジョシュア雑貨店】のご夫婦。このご夫婦なら商売の知識や接客接遇も問題ないし、即戦力になってくれること請け合い。何よりワタシたち『シュッセ』が信頼しているということで、『ユービン』ギルドの幹部職員として勧誘した、ということのようです。

アイリーン「今まで内緒にしていて、ごめんなさいね？」

マスター「どうだお前ら！　驚いただろ？」（´ー`;）

　悪戯が成功したとばかりにドヤ顔を決めるマスターさんはスルーすることにして、当のご本人さん、ジョシュアさんとジェーンさんに向き合います。

ワタシ「ジョシュアさんとジェーンさんは、いいんですか？　お店はどうするんですか？」

ジョシュア「実は最近、夫婦2人での商売に限界というか、閉塞感みたいなのを感じていたんだよ。そんな時に今回の話をもらってね？　『ユービン』ギルドは大口への卸も小売もするということだし、今まで以上に手広く商いができそうだと思ったんだ。これはまたとないチャンスなんじゃないかと、2人で相談して決めたんだよ」

ジェーン「お店をたたむのは残念な気もするけど、この人の瞳が今までで一番輝いていたからね。まあ私としては、この人と一緒に商《あきな》いができるなら、どこでも構わないのさ」

　ちょっと頬を染めながらお返事をしてくれたジェーンさん。意外や意外、最後はちょっと甘い雰囲気になってしまいました。

（おぉ～、見た目は肝っ玉母さん風のジェーンさんにそんな一面がっ！）（。▷。;）

　ワタシがジェーンさんの予想外の言葉に驚いて、どう切り返そうか困っていると、昨日から一番張り切っていたねぇねがワタシの代わりに会話を始めてくれました。

ねぇね「あ、あの、私たち、これを用意してきました」
　そう言って、ねぇねがジェーンさんに【琥珀のブレスレット】を差し出します。
ジェーン「ん？　これは？」
ねぇね「これは、私たちからの信頼の証、仲間の証です」
ジェーン「仲間の証？」
ねぇね「はい。大切な人にだけ渡す、特別な腕輪なんです。私たちも着けるので、ジェーンさんにも着けて欲しいんです！」
おにぃ「ジョシュアさんにもあります」
ジョシュア「私にも？」
　ついでなので、ワタシはハンターギルドの幹部職員の皆さんにもお話を振っておくことにします。
ワタシ「あのね？　アイリーンさんとマスターさんとハンナさんと副支部長さんと支部長さんの分もあるの。お世話になっている皆さんに、ワタシたちと同じモノを身に着けていて欲しいんだ～」
アイリーン「キレイな石の腕輪ね～♪」
マスター「また高そうな装飾品じゃねぇか」
ハンナ「私たちにもかい？」
イーサン「よろしいのですか？」
支部長「ふむ。この宝石には、何か特別な意味があるんかのぉ？」
　おじいちゃん支部長さんからの『よくぞ聞いてくれました』と言いたくなるような問いかけに、すかさずねぇねがお返事です。

ねぇね「はい。これはおチビちゃんがご用意してくれた私たちの色、【はちみつ】色の腕輪なんです」
ジェーン「本当に【はちみつ】の色をしてるねぇ。そういえば、あんたたちが急に変わったのは、【はちみつ】を売りに来たのがきっかけだったね？　そう思うと、何だか感慨深いねぇ……」
ねぇね「あ、あのっ。私がジェーンさんの腕に、着けてもいいですか？」
ジェーン「いいのかい？　何だか嬉しいねぇ」
ねぇね「はい！」
　ニコニコ笑顔でジェーンさんの右手首に【琥珀のブレスレット】を通しているねぇね。すると、今度はおにぃがジョシュアさんに提案します。
おにぃ「それじゃ、ジョシュアさんにはオレが着けさせてください」
ジョシュア「ありがとう、そうしてくれるかい？」
　とっても良い雰囲気でセレモニーっぽく【ブレスレット】の受け渡しをしているねぇねとジェーンさん、そしておにぃとジョシュアさん。
ジェーン「今度は私が着けてあげるよ」
ジョシュア「それじゃあ、私も」
ねぇね「嬉しいです！」
おにぃ「ありがとうございます」
　ねぇねはジェーンさんからお返しとばかりにブレスレットを着けてもらって、キラキラ笑顔になっています。おにぃも同様にジョシュアさんに着けてもらって、嬉しそうにしています。

そんな微笑ましい光景を目に焼き付けていたら、ワタシの前にアイリーンさんたちハンターギルドの幹部の皆さんが並び始めました。
アイリーン「私にはおチビちゃんが着けてね？」
マスター「オレにも頼むぜ？　何だかあっちには頼み辛そうだからなぁ」
ハンナ「向こうは邪魔しちゃ悪そうだしね？」
イーサン「よろしくお願いしますね？」
支部長「ワシも頼もうかの？」
ワタシ「うん、まかせて～」（。v^)/
ジョシュアさんとジェーンさんのお二人と、お仕事での繋がりがなくなってしまったと思っていたら、まさかのサプライズで『ユービン』ギルドでいっしょにいられることになりました。そんな嬉しいドッキリをお膳立てしてくれたハンターギルドの幹部の皆さんには、本当にお世話になりっぱなしです。
おチビなワタシを気遣って、ちょっと屈みながら右腕を差し出してくれるハンターギルドの幹部の皆さん。
そんな皆さんにニコニコと笑顔を振りまきながら、ワタシたち３人の色、【はちみつ】色の【ブレスレット】を、日頃からのお礼と感謝の『ありがとう』と共に、一人一人に着けていくワタシなのでした。

【第２章】ちゃんとした橋

朝一で本日の最重要イベント、『大切なみんなにワタシたち３人とお揃いのモノを身に着けてもらおう大作戦』を無事終えることができたワタシたち３人。ジョシュアさんとジェーンさんが、ワタシたちがオーナーとなっている『ユービン』ギルドの幹部職員になってくれるというサプライズなオマケもあって、喜びもひとしおです。

特にねぇねは、大好きなジェーンさんと直接【はちみつ】色の【琥珀のブレスレット】をやり取りできて、ニコニコと大変満足気《げ》です。

ちなみにお子様なワタシたち３人には【琥珀のブレスレット】は大きすぎて、そのままだとすぐに抜け落ちてしまうので、径が半分になるように輪を二重にして装着しています。

ワタシ「こうやって二重にすると、腕輪を２つ着けてるみたいで、得した気分だね～」

おにぃ「おチビの細くてちんまい腕なら、三重にしても大丈夫そうだな？」

ねぇね「ふふっ。【はちみつ】色の宝石の中から、おチビちゃんのちっちゃなお手々が出て、まるでお花が咲いてるみたいでカワイイね？」

ワタシ「ホント？　カワイイ？　やったー」　ヽ(*°▽°)ノ

アイリーン「この腕輪、大人が着けると落ち着いた感じだけど、おチビちゃんたちが着けると、不思議と可愛らしく見えるわね」

ジェーン「カワイイ子たちがお飾りでオシャレして、キャッキャと弾け笑う光景は、賑やかで華やかでイイもんだねぇ」

ジョシュア「ふむふむ、装飾品もイイ商売になりそうだ。雑貨店の時は手を出さなかったが、ギルドでなら商ってみるのも悪くなさそうだね。普段から気軽に身に着けられる、比較的安価で庶民向けのお飾りを売りだしたら、きっと売れるだろう」

早速今後の商売のことを考え始めたジョシュアさん。『ユービン』ギルドの幹部職員として、頼もしい限りです。

そんなワタシたち3人にとって記念すべきセレモニーの後は、本日のもう一つの大イベント、『谷川の上にちゃんとした橋を架けちゃおう計画』が待っています。

いつものように、マスターさん運転のタクシー（【三輪自転車】けん引【リアカー】）にワタシたち3人と専属のアイリーンさんを乗せてもらい、この町の裏門の外、先日【ターザンロープ】を設置した場所に直行です。

そして15分程で現場に到着すると、そこには既に大勢の衛兵の皆さんと、見覚えのあるちっちゃいおじさんたち、そしていつもの護衛のお二人を伴ったビーちゃん様が、手ぐすねを引く感じで待っていました。

ベアトリス「おチビちゃんたち〜、こっちよ〜」

ワタシ「ビーちゃん様、お待たせ〜」

手を振るビーちゃん様に手を振り返しながら、【リアカー】を颯爽《さっそう》と駆け降り……ることができなかったのでマスターさんに降ろしてもらって、早速ミーティングに移ります。

ワタシ「ビーちゃん様、ここに橋を出せばいいの？」

ベアトリス「そうね。ここに橋があれば、裏門からも近いし、便利だと思うの」

ワタシ「分かりました〜」

　ということで、善は急げ。14倍1回／日の【想像創造】で、早速橋を創り出しちゃいましょう。

（うんと〜、前世のお家の近くにあった、2級河川の上を跨いだコンクリートの橋でいいかな〜……あ、でもアレだと川の中に橋脚があったからダメだよね〜）

　ここのような深い谷川では、川の中に橋脚や支柱が必要な橋は使えません。

（今回は谷川だから、橋脚がないタイプの橋を……そうだ！　前世の有名な温泉地にあった、赤くて、アーチ形をしていた、鉄製の橋を、【想像創造】！）

【鋼単径下路式ランガー橋　長さ22・5m　全幅員6・5m　有効幅員6・0m　1350万円】

　望み通りの、川の中に支柱がないタイプの橋を、谷川を跨ぐように創り出すことができました。

アスファルトが敷かれた車道が二車線、そしてその両側に歩道もあり、馬車も人もゆとりをもって行き来することができます。この谷川に対してはちょっと長かったですが、『大は小を兼ねる』と言いますし、問題ないでしょう。

（良かった〜、ちゃんとした橋ができた〜。これなら馬車も人も十分通ることができるよね？）

　そう思った瞬間、いつものワタシのステータス画面が目の前に現れました。

名前：アミ
種族：人族
性別：女
年齢：５歳
状態：発育不良　痩せ気味
魔法：【なし】
スキル：【想像創造】レベル15（15回／日　または、15倍1回／日）

いつものように、スキルのレベルアップをお知らせしてくれたみたいです。
（やった！　【想像創造】がレベル15になった！）
今日はあと1回、追加で【想像創造】できちゃいます。
ワタシが自分のステータス画面を確認し終えると、周りがやけに静まり返っていました。
ワタシ「あれ？　みんなどうしたの？　これ、ちゃんとした橋だよ？」
ベアトリス「え？　えぇ、凄いわね。凄すぎて、ちょっと言葉が出てこなかったの」
マスター「も、もしかして、コイツは鉄でできた橋なのか？　信じられねぇ……」
親方「橋と言ったら普通は木製、丈夫に作るなら岩を切り出して作ることもあるが、それだと工事に何年もかかる……まさか鉄の橋が、しかも一瞬にして現れるとはのう……」
おにぃ「すげぇ～、橋なのに上にも高いんだな～」
ねぇね「赤くて丸くて、何だかカワイイ橋だね～」

ねぇねからカワイイ橋だとご好評いただいて嬉しくなっちゃうワタシ。早速渡ってみようと、ねぇねの手を取り橋に近づいてみましたが、橋の上のアスファルトでできた路面とワタシたちが立っている地面との段差が結構あり、おチビなワタシでは登れそうにありません。

（この段差、50㎝以上はあるのかな？　このままじゃ、使えないかも……）

そんなことを考えていると、さすがご領主家の一人娘のビーちゃん様。早速リーダーシップを発揮して、周りの皆さんに指示を出してくれました。

ベアトリス「さぁみんな〜、ボーっとしていても始まらないわよ〜！　まずは橋と地面との段差をどうにかして、人も馬車も問題なく通れるようにしてちょうだ〜い！　衛兵のみんなは土を持ってきて緩やかな坂を作って〜！　鍛冶ギルドの皆さんは、橋と地面との接合部分の強化と橋全体の点検をお願いね〜？」

「「「「「「「お〜！」」」」」」」

ビーちゃん様の号令を皮切りに、オトナの皆さんが早速作業に取り掛かりました。

鍛冶ギルドのちっちゃいおじさんたちは、先日ワタシがプレゼントした黒い【三輪自転車】に繋がった小ぶりな【リアカー】に自分の作業道具を取りに行き、すぐさまトンボ返りで橋を取り囲んでいます。

一方、衛兵の皆さんは作業道具の準備がなかったようで、腰にしていた自分の剣の鞘や手にしていた槍の石突で地面を掘り始めましたが、ワタシの目には、あまり上手に固い地面を掘り返せているようには見えません。

（あれじゃ、いつまでたっても坂なんて作れないよね？　よ〜っし！　もう1回、【想像創造】！）

【剣スコップ　大　総スチール製　長さ98㎝　幅29・5㎝　重さ1・6kg　1080円】×100　108000円

刃と皿部分はもちろんのこと、柄もグリップもすべてが鉄でできている、グレーの武骨な【スコップ】を創り出してみました。
突然目の前に現れた無数の見知らぬ道具に、衛兵の皆さんはちょっと困惑気味です。
衛兵1「何だ何だ？　これ、どうやら鉄でできているみたいだぞ？」
衛兵2「新種の剣か？」
衛兵3「いやいや、見た感じ短槍だろ？」
大きさ（長さ）はおチビなワタシとほぼ同じ【スコップ】。前世ではありふれた土木作業道具でしたが、初めて目にするこの世界の人にとっては、どうやら武器に見えるようです。
ワタシ「あのね？　これはね？　【スコップ】と言ってね？　土を掘ったりする道具なの。100個あるから、みんなで使ってね？」
衛兵1「なるほど、土を掘る道具だったのか」
ベアトリス「おチビちゃん、道具まで用意してくれてありがとう。さあ、衛兵のみんな！　ここまでお膳立てしてくれたおチビちゃんに、イイ所を見せてちょうだいね？」
「「「「「「「「「「お〜」」」」」」」」」」
気合が入った衛兵の皆さんが【スコップ】を手に取り土木作業を始めると、ビーちゃん様付きのいつもの護衛さんが、ビーちゃん様に何やら相談し始めました。
護衛１「お嬢様、あの【スコップ】なる道具、土木作業のみならず、武器としても十分機能するのではないかと」
ベアトリス「そのようね」
護衛２「そうなると、衛兵の標準装備の一つとして加えてみるのもいいかもしれませんな」
ベアトリス「おチビちゃん、是非この【スコップ】を――」
ワタシ「うん。もちろん、あげるよ？」
ベアトリス「いいの？　ありがとう！　でも、橋もそうだけど、おチビちゃんにどれだけの対価を支払えばいいのか、困っちゃうわね」
ワタシ「あのね？　それならね、ビーちゃん様にお願いがあるの」
ベアトリス「お願い？　何？　何でも言って！」
ワタシ「えっとね？　ワタシたち、情報が欲しいの。ねぇねのふるさとの、『天恵の里』という場所のことを教えて欲しいの」
ベアトリス「てんけいのさと？」
ワタシ「うん、教会の人が隠している場所なんだって。ビーちゃん様、知ってる？」
ベアトリス「ごめんなさい、私は知らないわ。でも、できる限り調べて、おチビちゃんたちに報告するわね」
ワタシ「うん、よろしくお願いしま～す」
ねぇね「ビーちゃん様、よろしく願いします」

おにぃ「お願いします」

【橋】と【スコップ】の対価に、ねぇねの故郷、『天恵の里』のことを調べてもらう約束をしたワタシたち。ねぇねが行きたいと言っていることが最大の理由ですが、それに加えて、『神の御使い様』が使っていた【スマホ】が祀《まつ》られていると聞いて、個人的にもかなり気になっているワタシです。

（ハンターギルドにも調べてもらうけど、情報はたくさんあった方がいいもんね？）

そんなことを思っていたら、全身に伝わる柔らかな衝撃と共に、目の前が急に真っ暗になりました。

ぽふん
どうやらビーちゃん様がワタシを抱きしめてくれたみたいです。

ベアトリス「これで、隣の領主の嫌がらせで領境が閉鎖されていることが、全く問題なくなっちゃったわ！　おチビちゃん、本当にありがとう！　大好き！」

おともだちのビーちゃん様に抱きしめてもらえて、そして大好きだと言ってもらえて、ワタシの気分は最高潮。

朝のセレモニーのこともあり、今日は本当にイイ日だなぁと思いながら、ビーちゃん様にほっぺでスリスリ、抱きしめ返すワタシなのでした。

◆◇◆◇◆

ひとしきりビーちゃん様とのスキンシップを満喫したワタシは、ビーちゃん様に今後のことについて聞いてみることにします。
ワタシ「ビーちゃん様、この橋は、すぐに渡れるようになるの？」
ベアトリス「う〜ん。見たところ、今日この橋を使えるようにするのは無理そうね？　でもできるだけ早く、できれば明日には使えるようにしたいわね。ということで、みんな〜、今日は作業、頑張りましょうね〜」
「「「「「「「「お〜」」」」」」」」
そんなビーちゃん様と衛兵の皆さんのやり取りを眺めていたら、カメラのフラッシュらしき閃光がワタシの目に入ってきました。
カシャ（パッ）　ウィーン
どうやらアイリーンさんが、作業をしている皆さんと、それを鼓舞するビーちゃん様の様子を撮影したみたいです。
アイリーン「こちらはご領主様にお渡しください」
護衛１「いつもながらありがたい。感謝いたします」
護衛２「衛兵を鼓舞するお嬢様の姿絵、きっとご領主様も奥方様も、お喜びになることでしょう」
またもやオトナ同士でやり取りされる金髪美少女の生写真。この一見怪しげな取引も、もう見慣れてしまった感じがします。
ベアトリス「ということなので、私はここに残って作業を見守ることにするわ。橋が使えるようになったら連絡するわね？　おチビちゃんたち、今日は本当にありがとう。また会いましょうね？」

ワタシ「うん、ビーちゃん様、またねー。バイバ〜イ」
ねぇね「さようなら〜」
おにぃ「失礼します」
この場所は今、完全無欠の工事現場になっちゃいました。そんな場所にワタシたちのような子供がウロチョロしていても邪魔になるだけなので、さっさと退散することにしたのでした。
そしてその帰り道、マスターさん運転の【三輪自転車】と【リアカー】のタクシーに乗せてもらいながら、マスターさんにあるお願いをしてみることにします。
ワタシ「マスターさん、あのね？　工事現場に食べ物を差し入れしたいの。橋の作業は重労働だから、きっとみんなすぐにお腹がすいちゃうと思うんだ〜」
マスター「食い物の差し入れか？　別に構わねぇが、何を差し入れるつもりなんだ？　もしかして、例のアレか？」
ワタシ「ふっふっふっ、そう！　もちろんアレだよ。例のアレを布教するんだよ！」
マスター「確かにアレを外部の人間に知らしめるには、ちょうどいい機会かもしれねぇな」
アイリーン「例のアレ？　何のこと？」
ワタシ「えへへぇ〜まだ内緒〜。あっ、あと、ローラおねえちゃんのお店に寄ってくださ〜い」
マスター「あいよっ！」
アイリーン「【ガレットのお店　ローラ】？　またお菓子でも食べるのかしら？」
ワタシ「ううん、違うよ？　今日はね、ローラおねえちゃんに助っ人を頼むんだ〜」
アイリーン「助っ人？　差し入れの？」

ワタシ「そうで〜す」
そんなこんなで【ガレットのお店　ローラ】に寄って、ローラおねえちゃんにお手伝いをお願いしたワタシ。
ローラ「お手伝い？　またいきなりね？　まあ、おチビちゃんにはいつもお世話になってるから、別にいいけど」
という感じで即ご承諾いただいたので、みんなでそろってハンターギルドの1階の食堂の奥、厨房にやってまいりました。
ワタシ「それでは皆さん、今から、分かれて作業をお願いしま〜す。マスターさんは例のアレを作ってくださ〜い」
マスター「あいよっ！」
ワタシ「ねぇねとローラおねえちゃんはね？　パンケーキの生地を作って欲しいの。いつもより少し固め目な感じでお願いしま〜す」
ねぇね「うん」
ローラ「お菓子の生地なら任せて！」
ワタシ「アイリーンさんはね？　厨房の皆さんに指示を出して、必要な材料とかの確保をお願いしま〜す」
アイリーン「りょうか〜い」
ワタシ「おにぃはみんなの作業が終わったら忙しくなるから、今は休憩しててね？」
おにぃ「分かった。必要になったらいつでも言ってくれ」

ということで、一斉に作業が始まりました。

マスターさんは、先日ワタシがプレゼントした大きな圧力鍋で、大量のぶつ切りお肉と、これまた大量の玉ねぎを煮込み始めました。ねぇねとローラおねえちゃんは、【ホケミ】さんに卵やミルクを混ぜて、次々と生地を作り上げていきます。

そんな作業がしばらく続くと、厨房中になんとも食欲をそそる香りが漂い始めました。

おにぃ「ん〜、うまそ〜な匂いだな〜。これってアレだろ？【カレー】だろ？」

ワタシ「そうで〜す。マスターさんに覚えてもらった、【豚の角煮風カレー】で〜す」

マスターさんに圧力鍋をプレゼントしたその日、圧力鍋の実力を遺憾なく発揮できる料理ということで、【豚の角煮】を作ってもらおうとしたのですが、どうせなら、ワタシたちが持て余していた【カレーパウダー】を使ってもらって、パンチの効いた味付けにしてもらっちゃおうと、【豚の角煮風カレー】を作ってもらったのです。

（今日は、このカレー風味のトロトロお肉を入れた揚げパン、【カレーパン】を作って、工事現場の皆さんに食べてもらうんだ〜）

そう、今回ワタシが布教しようとしている例のアレとは、【カレー】のことだったのです。

そうこうしているうちに、【豚の角煮風カレー】も【ホケミ】さんで作ってもらった生地も準備が完了したみたいなので、早速最後の仕上げに入ります。

ワタシ「お待たせ〜、おにぃの出番だよ〜。この大きな鍋の中のたくさんの油を魔法で熱してね？」

おにぃ「お？　やっとオレの出番か！」

ワタシ「ローラおねえちゃんは、できた生地をこぶし大の大きさにして、中に具を入れられるように袋状にしてね？　ねぇねはその中に、マスターさんが作ってくれたこの【カレー】のお肉を入れてね？　マスターさんは、それをおにぃが魔法で熱した油でどんどん揚げちゃってね？」
マスター「あいよっ！」
ねぇね「うん」
ローラ「なるほど、具入りの揚げパンだね？　できあがりが楽しみ～」
そんな感じの流れ作業で、どんどんとできあがる【カレーパン】モドキ。
できたてほやほやをちょっと冷ましてから、とりあえずみんなで試食してみることにします。
おにぃ「うんめぇ～、辛いけどうめぇ～」
ねぇね「美味しぃ～、外側が甘いからお菓子だと思ってたけど、これはお菓子じゃなくて、お食事だね～」
ワタシ「あちちっ。ん～、できたての【カレーパン】おいしぃ～。というよりは、【カレードーナツ】かな？　【ホケミ】さんでできた甘い生地を油で揚げて、う～ん、とっても高カロリィ～」
ローラ「あつつっ、はふふほふふ。うわぁ～コレ美味しい～、お肉が口に中でとろって溶けちゃったわ～。ねえ、おチビちゃん。もしかして、具を入れないでこの生地だけを油で揚げたモノのことを【ドーナツ】って言うの？」
耳ざといローラおねえちゃんは、ワタシの呟きを聞き逃さなかったみたいです。
ワタシ「そうなの。今度ローラおねえちゃんのお店でも試してみてね？」
ローラ「またもや【ホケミ】粉を使った新商品ね？　教えてくれてありがとう！　お手伝いに来た

甲斐があったわ〜」
マスター「あっちっ、ほふはふ……うんぐっ。おぉ、悪くねぇ。こりゃ悪くねぇぞ？　こいつぁ、エールなんかで流し込んだら、最高なんじゃねぇのか？」
アイリーン「美味しっ。外のパンは甘いのに、中のお肉はピリッと刺激的なのが対照的で面白いわね。具が辛めで濃いお味だから、確かにお酒との相性も良さそうね」
　オトナの皆さんにも【カレー】の風味は気に入ってもらえたようで、試食の結果は上々です。
ワタシ「これなら肉体労働している皆さんも、きっと気に入ってくれるよね？」
マスター「あたぼうよ！　気に入らねぇなんて言おうもんなら、そいつはオレがぶっ飛ばすぜ！」
ワタシ「アイリーンさん、できた【カレーパン】を、どんどん橋の工事現場に持って行って欲しいの」
アイリーン「りょーかいよ。手の空いている『ユービン』ギルドの配達員を総動員しちゃいましょう」
　そんな感じで、【カレーパン】を作っては橋の工事現場まで郵便屋さんに【三輪自転車】で配達してもらい、さらに作っては配達してもらい、作った【カレーパン】が１００個を超えた頃には、時刻はお昼をとうに過ぎていました。
（うん、これだけ差し入れしたら十分だよね？　今日はワタシ、いい仕事したよね〜）
　口だけ出して何一つ手を出していない（お手伝いをしようとすると危ないと怒られる）おチビなワタシが、そんな風に一人納得していると、橋の工事現場に配達に行ってくれたと思しき、赤いヘルメットを被った配達員のお姉さん、赤ヘルさんが厨房の外から声をかけてきました。

赤ヘルさん「あの～、すいませ～ん。工事現場の皆さんからの伝言なんですけど～」
ワタシ「およ？　工事現場からの伝言？　もしかして、お礼のお言葉でもいただいちゃったのかな？」
ねぇね「きっとそうだよ。美味しかったとかかな？」
　ワタシとねぇねがそんな予想をしていると、アイリーンさんがワタシたちを代表して、ちょっと距離がある赤ヘルのお姉さんに大きな声でお返事してくれました。
アイリーン「はいは～い。それで～、現場の皆さんは～、何ですって～？」
赤ヘルさん「えっとですね～、衛兵さんたちからは～、『これっぽっちじゃ足りねぇ、もっとだ、もっとくれ！』だそうです～。あと～、親方さんたちからは～、『工事が終わったら食いに行くから、夜の分もたくさん仕込んでおけ！』だそうです～。最後に～、ベアトリスお嬢様からは～、『私ももっと食べる～！』だそうです～」
「「「「「えぇ～？」」」」」
　工事現場の皆さんからお礼のお言葉ではなく、催促の伝言をちょうだいしちゃったワタシたちなのでした。

◆◇◆◇◆

【カレーパン】が橋の工事現場の皆さんから好評なのは嬉しいのですが、まさか催促されるまでとは思っていませんでした。

実を言うと、先程からずっと【カレー】と揚げ油の匂いを嗅ぎ続けていたので、かなり胸やけ気味になっていたワタシ。もうそろそろ引き上げたいなと思っていた矢先にこの催促だったので、ちょっと困ってしまいました。

（うぷっ、ちょっと休憩させて～。お外に出たいよ～、新鮮な空気を吸いたいよ～。まだ【カレーパン】作らないとダメなのかな～）

そんな時、さらに追い打ちをかけるような発言が、今度は厨房内から聞こえてきました。

ローラ「あ、あのぉ～、ごめんだけど、お店のこともあるし、そろそろウチ、帰ってもいいかな？」

なんとこのタイミングで、パン生地を作るメイン担当、助っ人のローラおねえちゃんから、離脱宣言がなされてしまいました。

ローラおねえちゃんの【塊】属性魔法は、生地をまとめるのにはまさにモッテコイの魔法で、あっという間に生地をイイ感じに仕上げられるのですが、そのローラおねえちゃんが抜けてしまっては、現在の作業効率を維持できないことは明白です。

でもローラおねえちゃんにこれ以上お手伝いを強要するわけにはいきませんので、なにか対策を考えなければなりません。

（う～ん、どうしよう。ローラおねえちゃんがいなくなると、揚げパンの生地を作るのがかなり大変になっちゃう……これはもう、【カレーパン】はあきらめて、別のモノにしないとダメかもしれないよね～。ということで、例のアレを出しちゃいましょう！）

ワタシ「よ～っし、【カレーパン】は、もうおしま～い。今から別のモノを作りま～す！　マスターさん、お米を炊いて！【カレー】といっしょに、【お米】も布教しちゃいましょ〜！」
マスター「お？　ついに本命の登場ってか？　おチビは端《はな》から、【コメ】を流行らせたかったんだろ？」
ワタシ「そうで〜す。それにお米は炊くだけだから、【揚げパン】を作るより簡単でしょ？　それでね？　炊けたご飯と【豚の角煮風カレー】を別々に【出前機】の付いた【三輪自転車】で運んでね、現地でみんなによそって食べてもらうのはどうかな？　この厨房では【豚の角煮風カレー】とご飯を炊くだけにできるから、手間を省けるでしょ？」
マスター「そうだな。その調理だけなら人手はそれほど要らねえな。ギルドの厨房スタッフだけで十分こなせるだろうぜ。よし分かった。あとはオレたち、プロの料理人に任せておけ。おチビたちは上がっていいぞ」
ワタシ「は〜い。マスターさん、ありがと〜」
おにぃ「後はお願いします」
ねぇね「お願いしま〜す」
ローラ「それじゃあ、ウチはお先で〜す」
　ということで、上手いこと【カレー】臭（加齢臭ではないですよ？）漂う厨房から避難することに成功したワタシ。後はお家に帰るだけですが、やや強引に連れてきてしまったローラおねえちゃんには、しっかりお礼をしておくべきでしょう。
ワタシ「あっそうだ！　ねえ、アイリーンさん。ローラおねえちゃんに、青色の【三輪自転車】、貸してもいい？」

アイリーン「もちろんいいわよ。アレは元々おチビちゃんのだし」
ワタシ「ということで、ローラおねえちゃん。今日はお手伝いしてくれて、ありがと〜。帰りは裏庭の広場にある青色の【三輪自転車】に乗って帰ってね？　そして、そのままローラおねえちゃんのお店で使ってくださいな？」
ローラ「え？　【三輪自転車】って、おチビちゃんたちがいつも乗ってくるアレのことでしょ？　いいの？　嬉しい〜。【ドーナツ】も教えてもらえたし、今日も色々ありがとうね！　また今度ね！」
アイリーン「それじゃあ、私もギルドの仕事に戻るわね」
ワタシ「うん。ローラおねえちゃん、アイリーンさん、バイバ〜イ」
おにぃ「お手伝い、ありがとうでした」
ねぇね「ありがとうございました〜」
　そんな感じで、朝一のセレモニーから始まり、橋を架けたり、【カレーパン】を作ったり、怒涛の午前中を終えたワタシたち３人なのでした。
　今日の午前中は、おチビなワタシには少々ハードなスケジュールだったようで、草むらの中のお家に着くや否や、スタミナ切れなワタシは倒れるようにお昼寝タイムに突入。そして小一時間程で起床したワタシは、ねぇねとおにぃ、そして遊びに来たアリスちゃんも加わって、ブランコなどで遊んで久しぶりにのんびりとした時間を過ごしたのでした。

◆◇◆◇◆

そんなこんなで時間が経過して、時刻は夕暮れ少し前。
午前中とは打って変わって、穏やかな午後を過ごしたワタシたち3人は、お仕事に戻ったアリスちゃんとお別れして、ハンターギルドの食堂へ向かいます。そう、いつものお夕飯の時間なのです。
普段なら人影もまばらなこの時間のハンターギルド1階。しかし、今日はさながら朝のラッシュ時のような有様です。
ワタシ「うわぁ～、今日は人がいっぱいだね」
おにぃ「朝の混雑みたいだな」
ねぇね「何かあったのかな」
ハンターギルドのフロアを確認してみると、どうやら食堂を中心に混雑しているみたいで、最近よく見かける衛兵の制服を着た人や、見覚えのあるちっちゃいおじさんたちが食堂を占拠しているみたいです。
ワタシ「もしかして、橋の工事をしてくれた人たちが、食堂に集まってるのかな？」
ねぇね「そうみたい」
おにぃ「それにしてもスゲェ人数だなぁ」
そんなお話をしていると、ワタシたち3人を呼ぶ聞きなれた声が聞こえてきました。
マスター「お～い、『シュッセ』～。お前ら～、いつもの席は空けておいたぞ～」

どうやらマスターさんが、ワタシたち3人のいつもの席を確保してくれたみたいです。混雑の中をはぐれないように3人で手をつないでその場所に向かうと、そこには既に座っている人がいました。
ベアトリス「3人ともおっそ〜い。私、ずっと待ってたんだから〜」
その口調とは裏腹に、ニコニコ笑顔でワタシたち3人を迎えてくれたのは、ご領主家の一人娘、ワタシたち3人のおともだちで金髪美少女のビーちゃん様でした。
ワタシ「あれ？　ビーちゃん様？　どうしてここにいるの？」
ベアトリス「それはもちろん、みんなと一緒に【カレー】を食べるためよ！　美味しいわよね〜【カレー】。揚げパンに包んでいるのも良かったけど、あの有名な【コメ】と一緒に食べられるなんて、ほんとビックリ！　まさか教会が独占しているあの【コメ】を、橋の工事現場なんかで食べられるとは思いもしなかったわ！　しかも提供してくれたのがこの町のハンターギルドの食堂と聞いたら、食べに行かなきゃ嘘でしょ！　という訳で、橋を工事したみんなと食べに来たんだけど、どうせなら、おチビちゃんたちと一緒に食べたいじゃない？」
ワタシたち3人と一緒に【カレー】を食べるために待っていてくれたと聞いて、嬉しくなっちゃうワタシ。それならば、さらに【カレー】を美味しくいただけるように工夫を凝らしちゃいましょう。
ワタシ「へぃ！　マスターさん！　お願いがありまっす！」
マスター「お？　何だ？　妙に気合が入ってんな」
ワタシ「えっとね？　【豚の角煮風カレー】だと、オトナの人向けなので、ちょっとアレンジをお願いしたいで～っす！　ニンジンとジャガイモをゴロっとする大きさに切って、お湯で茹《ゆ》でてくださ～い。そして茹で上がったら、【豚の角煮風カレー】と混ぜてくださ～い。ワタシたち用の【カレー】は、それでお願いしま～っす！」
マスター「ほほぉ？　塊肉と溶けた玉ねぎだけの【カレー】に、茹でた根菜を追加するのか？」
ワタシ「そうなの。そうするとね、栄養も増えるし、辛さがまろやかになって、もっと食べやすくなるの」
マスター「そいつはイイな。よし、ちっと待ってろ」
　そんなやり取りの後、ワタシたちのテーブルに運ばれてきたのは、ゴロっとしたお肉とニンジンとジャガイモが見え隠れしている、前世でよく見た【カレーライス】そのものでした。
（そうそう、【カレーライス】はこうじゃなくっちゃね！　あれ？　そういえば、ここではお米のことをライスと呼んで通じるのかな？　ライスがだめなら、【カレーコメ】？　【コメカレー】？なんだかしっくりこないかも）
　そんなことを考えていると、ワタシ以外のみんなが早速とばかりに食べ始めました。
ベアトリス「ん～美味しぃ～、あら？　工事現場で食べた時より辛くないわね？」
ワタシ「お野菜を追加しているから、その分甘くなったんだよ？」
ベアトリス「そうなの？　私、こっちの方が好き！」
おにぃ「うめぇ～。辛いけどうめぇ～」
ねぇね「お肉もお野菜もゴロっと大きくて、いろんな味がして美味しいね～」
　みんな大好き【カレーライス】。前世でも、【カレーライス】が嫌いな子供は身近にはほとんどい

ませんでした。
ワタシ「ワタシも食～べよっ」
　パクン
ワタシ「おいしい～、お米とカレーの相性は抜群だね～。ん～【おコメカレー】最高～」
　そんなワタシたちのお食事風景を見ていた他のテーブルの皆さんが、一斉に注文を始めました。
衛兵１「お～い。こっちにも野菜入りの【コメカレー】くれ～」
衛兵２「オレにも野菜入り【コメカレー】１つ～」
鍛冶師１「ワシには肉だけの【コメカレー】じゃ～」
【カレーライス】をどう呼ぶか悩んでいたワタシでしたが、どうやら【コメカレー】で定着しちゃったみたいです。
親方「ワシにも肉だけの【コメカレー】と、あとワインを頼むぞ～。それにしてもじゃ、この【カレー】にしろ、あのうまい酒にしろ、ここのギルドは天国じゃのう」
マスター「お？　親方、気に入ったか？　必要なら食材を融通するぞ？」
親方「ん？　うむ。その申し出はありがたいんだが、食材をもらってもワシらのギルドでは持て余してしまいそうだのう。何せ料理人はおろか、給仕や食事関係の下働きなど雇ったことがないでのう」
マスター「それなら、別の手も無きにしも非ずだぜ？　オレたちが、アンタらの食事の面倒を見られるような体制にすればいい」
親方「ほほぅ。それはつまり、お主らの――」

マスターさんと親方さんの、ちょっと気になる怪しげな会話が耳に入ってきましたが、それを遮るかのように、ビーちゃん様がワタシに話しかけてきました。
ベアトリス「聞くところによると、ハンターギルドには【コメ】と【カレーの素】がたくさんあるんですってね？」
ワタシ「そうだよー。あのね？　ワタシ、お米をこの町に広めたいんだ～」
ベアトリス「そうなの？　それじゃ、領主館で【コメ】と【カレーの素】を買い取ってもらうわね？　そうして衛兵のみんなの食事に【おコメカレー】を出すことにするわ。当然私も食べるけどね？」
（やったー！　領主館でお米を食べてもらえれば、きっとお米をこの町中に広められるよね？　これでご飯派の仲間が増えるといいな～）
この町で唯一人、ワタシだけだったお米派（ご飯派）でしたが、ついにその勢力を拡大する時が来たのでした。

◆◇◆◇◆

ワタシたち3人とビーちゃん様のお子様組が、野菜たっぷりの【おコメカレー】を満喫していると、隣のテーブル席では、ちっちゃいおじさん軍団とマスターさん、そしていつの間にか、ハンターギルドの副支部長さんまでもが参加して、何やら密談を始めていました。何をお話ししているのかちょっと気になっちゃうワタシですが、それ以上に興味をそそられるお話をビーちゃん様から振られたので、そちらに集中することにします。
ベアトリス「あの橋のことなんだけど、明日の午後一には通れるようになっているはずよ？　おチビちゃんたちは、明日の午後は時間とれるかしら？」
ワタシ「大丈夫で～す。　ね？　ねぇね、おにぃ」
おにぃ「午後は何もないよな？」
ねぇね「うん。明日は午前に納品があるだけだよね」
ベアトリス「それじゃあ、明日の午後、橋のところに集合ということで。明日に備えて、私たちはそろそろお暇《いとま》しようか？　おチビちゃん、橋のこと、本当にありがとう。それと、【カレーパン】と【おコメカレー】の差し入れも！」
ワタシ「うん、ビーちゃん様また明日ね～。おやすみなさ～い」
おにぃ「お疲れ様です」
ねぇね「さようなら～」
オトナ組はまだ密談やら宴会やらをしているみたいですが、明日も楽しいことがありそうなワタシたちお子様組は、さっさと撤収して寝る準備をするのでした。

◆◇◆◇◆

そして迎えた翌朝。

今日は朝一でハンターギルドへの納品があるので、【炊き込みご飯】と【とん汁】でささっと朝食を済ませ、荷物を色々と準備していると、いつものようにアイリーンさんがお迎えに来てくれました。

アイリーン「みんな～、おはよ～」

「「「おはよ～ございま～す」」」

元気よくご挨拶を交わしたら、早速納品のためにハンターギルドの地下の大倉庫へ向かいます。

そしてその納品場所に着くと、いつものようにマスターさんとハンナさんと副支部長さん、そして、新たに『ユービン』ギルドの幹部職員になったジョシュアさんとジェーンさん、さらになぜか、鍛冶ギルドのちっちゃいおじさん支部長さんである親方さんも待っていました。

ワタシ「あれれ？　どうしてここに親方さんがいるの？」

イーサン「それについては、私から説明させていただきます。実は昨夜、こちらの鍛冶ギルドの支部長バーナードさんから、条件付きで我が『ユービン』ギルドの傘下に加わってもいい、とのお話を頂戴しました。本日は、我々にその条件を満たすことができるのか、ご本人が直接確かめたいとのことでしたので、ここにお連れした次第です」

ワタシ「条件？」

イーサン「ええ。条件は大きく3つありまして、1つ目は、今まで通り自由に鍛冶作業を行えること。2つ目は、美味しい食事を毎食提供すること。そして3つ目がここにお連れした理由なのですが、給料の代わりに、美味しいお酒を毎晩提供すること」

ワタシ「お酒？」

イーサン「はい。お酒につきましてはさらに条件がありまして、種類が異なるお酒を5種類以上用意すること。ということですので、本日はまず、お酒を5種類、納品していただきたいのです」
ワタシ「お酒を5種類?」
親方「うむ、そういうことだ。お前さんから以前もらった【ビール】とかいう【エール】似の酒と、昨夜飲んだ【ワイン】、これは必ず入れてくれ」
ワタシ「は～い」
（お酒か～。よく分からないけど、また前世で見たことがある詰め合わせセットでいいかな?）
　ということで、早速【想像創造】開始です。
【クラフトビール&定番国産ビール　18種類飲み比べギフトセット　きらめくグラス付き　ア○ヒエ○ス　キ○ン　３５０㎖×18本詰め合わせ　６９８０円】×２１４　１４９３７２０円
【いろいろ無添加のおいしいペットボトルワイン　赤　度数11%　７２０㎖　４９９円】×　３００６　１４９９９９４円
【国産ウイスキー　４本飲み比べセット　ちぇりぃＥＸ５００㎖、こうしゅう韮崎オリジナル７００㎖、はちくまクリア７００㎖、あかしレッド５００㎖　４９８０円】×３０１　１４９８９８０円
【日本酒　大吟醸酒10本飲み比べセット　越の清麗　深山あわゆき　ゆきの幻　ゆきの露　雲いづみ　はな自慢　やなぎ　だいせん　おおぎの舞　信濃屋じんべぇ　各７２０㎖　１０９８９円】×１３６　１４９４５０４円
【果実リキュール６本セット　ブルーベリー梅酒　かぼす酒　ゆず梅酒　いちご梅酒　りんご梅酒

桃梅酒　各５００㎖　９９８０円】×１５０　１４９７０００円

こんな感じでワタシがお酒を大量に創り出した瞬間、親方さんは無言でお酒へ突入していき、そして、どこから取り出したのか、マイコップに注いで飲み始めてしまいました。

イーサン「え、えぇと……親方さんの裁定は後程出るでしょうから、それまでに他の納品物をお願いしてもよろしいでしょうか？」

ワタシ「なにを納品すればいいの？」

イーサン「納品する物は、このリストの内容でお願いします。隣の領との領境が閉鎖された関係で、商業ギルドから一部の商品については納品を一時停止して欲しい旨の連絡があったため、今回の納品は前回までと少し異なります」

そう言って副支部長が渡してきた納品物リストは、こんな感じでした。

【干し肉】　多量
【小袋の蜜】　多量
【ホケミ】粉　多量
【コメ】　多量
【カレーパウダー】　多量
【圧力鍋】　ハンターギルドの厨房用
【装飾品】　要相談
（【圧力鍋】はアレかな？　昨日の【カレー】騒ぎが原因かな？　【豚の角煮風カレー】の調理だけ

じゃなくて、【お米】も【圧力鍋】で炊くと美味しいもんね〜。【装飾品】は要相談？　そもそも【装飾品】って色々と幅が広いけど……）

　分からないことは確認あるのみ、ということで、副支部長さんに聞いてみることにします。

ワタシ「副支部長さん、【装飾品】はどうすればいいの？」

　リストを見ながら、ワタシが副支部長さんにそう質問すると、別のところからお返事が聞こえてきました。

ジョシュア「それについては、『ユービン』ギルドで私と妻が担当することになったんだよ」

　すると、ジェーンさん大好きなねぇねが、すかさず反応しちゃいます。

ねぇね「ジョシュアさんとジェーンさんが？」

ジェーン「そうなの。それで早速なんだけど、庶民が日頃から身に着けられる安価な装飾品って、何かないかしら。お飾りだから、基本的には女性向けになると思うんだけど」

ねぇね「私たちみたいな、子供も対象ですか？」

ジェーン「もちろん。あんたたちのように若くてカワイイ子が着飾ってくれた方が、華やいでイイと思うのよね」

　ジェーンさんの役に立ちたいと思っているのか、ねぇねが一生懸命考えています。

　そしてねぇねがやる気を見せているのであれば、ねぇね大好きなワタシとしても当然フォローしなければなりません。

（ふむふむ、普段使いできる装飾品ねぇ……ジェーンさんの言う通り、ねぇねをもっと可愛くするとしたら……）

ワタシ「う～ん、それなら、髪飾りとか、髪留めとかはどうですか？　ちょっとしたものならお値段も安いし、髪の毛をまとめるモノって、日常的に使えるでしょ？」
ジェーン「髪留めかい？　それはいいねぇ。女性は髪の毛が長いから、普段から使えるしねぇ」
ねぇね「うん、私もイイと思う」
ジョシュア「おチビちゃんに任せっきりになっちゃうけど、それでお願いしていいかい？」
ワタシ「は～い」
　ということで、【装飾品】も含めて、納品物を一気に【想像創造】しちゃいましょう。

【本格熟成ビーフジャーキー　30g　120個セット　粒胡椒　和風ダレにんにく風味　9980円】×15　149700円（合計1800個）
【給食用小袋ジャム　業務用セット　いちごジャム　オレンジマーマレード　ブルーベリージャム　りんごジャム　チョコレートスプレッド　ピーナッツクリーム　つぶあん　はちみつ　メープルゼリー　レーズンクリーム　15g×1200袋　32400円】×46　1490400円（合計55200袋）
【ふんわりパンケーキミックス　170g　小麦粉、砂糖、米でん粉、ホエイパウダー（乳成分を含む）、食塩、ベーキングパウダー等　368円】×4076　1499968円
【無洗米　コシヒカリ　愛知県産　5kg　2280円】×657　1497960円
【カレーパウダー　S&○　特製カレー粉　400g　赤缶　1285円】×1167　1499595円

【両手持ち圧力鍋　容量30リットル　内径345×高さ330㎜　ステンレス製　プロ業務用　17900円】×8　143200円
【ヘアゴム　4色セット　太め（ロープ風）　ワンポイントイミテーションパール付き　黒、ライトグレー、ワインレッド、モスグリーン　直径：約6・0㎝　幅：約0・8㎝　980円】×1530　1499400円
【ヘアピン　福袋8点セット　各種イミテーションジュエリー付き　1000円】×1500　1500000円

【ヘアアクセサリー】は、4色入りでオトナの女性でも子供でも使える【ヘアゴム】と、いろんなタイプのイミテーションジュエリーが付いたパッチンタイプの【ヘアピン】8点セットにしてみました。

透明なガラスがかなり珍しがられるこの世界ですので、前世的には安っぽく感じられるイミテーションジュエリーでも、十分オシャレアイテムとして活躍できるのではないでしょうか。

ということで、早速ねぇねをモデルという名の実験台にして、【ヘアアクセサリー】の説明開始です。

ワタシ「ねぇねの水色の髪には、この星形のアクアマリンが付いた【ヘアピン】が似合うと思うんだ〜」

ジェーン「あら、いいじゃない！　カワイイ子が可愛らしいモノで着飾るのは、やっぱりイイもんだねぇ」

ねぇね「カワイイですか？　ありがとうございます」
ワタシ「ねぇね、ジェーンさんにはこのワインレッドの【ヘアゴム】がいいんじゃない？」
ねぇね「うん。キレイな宝石もついてるし、いいと思う。ジェーンさん、着けてみていいですか？」
ジェーン「着けてくれるのかい？　それじゃ、お願いしようかね」
　ねぇねが嬉しそうにジェーンさんの髪を束ねている、そんな和気あいあいとした光景を眺めていたら、ジョシュアさんがワタシに話しかけてきました。
ジョシュア「これはまた高級そうな宝石が付いているみたいだけど、貴重品じゃないのかい？　今回は庶民向けに販売したいのだけれど、安く売ってしまっていいのかな？」
ワタシ「安く売っても大丈夫で～す。お値段はジョシュアさんにお任せしま～す」
ジョシュア「任せてくれてありがとう。今回は、誰でも手が届くように安く売ることで、まずは『ユービン』ギルドの認知度を上げるつもりなんだよ」
　そんな会話をしていたら、いつの間にやらワタシの真横に、鍛冶ギルドの親方さんがやってきました。
親方「気に入った！　すべての酒が気に入った！　よって、本日よりワシら鍛冶ギルドは、『ユービン』ギルドの傘下に加わることにする！　以後、よろしくお願いする！」
　大きな声でそう宣言した親方さんは、ちょっとお顔が赤くなっていました。
マスター「よし、それじゃ詳細は別室で詰めるということで、親方、オレについてきてくれ」
親方「おう、承知した」

　おチビなワタシにはよく分かりませんが、どうやら鍛冶ギルドがワタシたちのお仲間になってくれるみたいです。
イーサン「鍛冶ギルドが我々の傘下になったので、ついでと言ってはアレなのですが、『シュッセ』の皆さんに報告しておきたいことがあります。実は先日、この町の薬師ギルドの副支部長がご領主様に不敬を働いたようで、領主館と薬師ギルドの関係が絶たれることになりました。しかしながらこの町にとっても薬師ギルドは必要不可欠、ということで、副支部長の解雇と支部長の引責辞任を条件に、関係修復がなされました。そして新体制となった薬師ギルドの新支部長から、我々に対して、主に資金関係での支援要請がありました。千載一遇の機会でしたので、前回の『シュッセ』の納品による投資資金から、1億7千万リルを利用させていただき、この町の薬師ギルドを我々の傘下にすべく、買収させていただきました。つまるところ、この町の薬師ギルドも鍛冶ギルドも、我々の傘下になった、というのが現状です」
「「「へ？」」」　(。・。)
アイリーン「ちなみにね？　新しい薬師ギルドの支部長さん、あなたたちの知ってる人よ？」
ワタシ「え？」
おにぃ「まさか！」
ねぇね「それって！」
アイリーン「ええ。あなたたちのお隣さん、【マダムメアリーの薬店】のメアリーさんよ？」
「「「えぇ～!?」」」　(。ﾛ。;)!!
　ここ最近、ビックリ驚きの報告を聞かされることが多いワタシたちですが、またもや驚かされてしまいました。
今日も今日とて、朝から情報量が多すぎると思うおチビなワタシなのでした。

◆◇◆◇◆

ハンナ「前回の納品の話が出たみたいだから、ついでにその報告をしちゃおうかね？　これがその報告書だよ？　一応確認しておいておくれね？」
そうワタシに話しかけてきたハンナさんから、前回の納品の金額明細を受け取りました。
【ビーフジャーキー】は1袋30リル×1560袋＝46800リル
【小袋ジャム】は1袋15リル×4800袋＝72000リル
【ホケミ】粉は1袋10リル×3532袋＝35320リル
【筆記用具セット】は1セット200リル×1972セット＝394400リル
【電卓】は1台100000（10万）リル×2241台＝224100000リル
【ワイン】は1本50リル×2605本＝130250リル
【A4用紙】は1枚1リル×171750枚＝171750リル
【ボードゲーム】は1個100リル×524個＝52400リル
【カレーパウダー】は1缶50リル×1011＝50550リル
【無洗米　コシヒカリ】は1袋（5kg）500リル×570袋＝285000リル
合計で、2億2753万2220リル。日本円（1リル＝120〜140円）で考えると、大体、

273億3866万6400～318億5451万800円ぐらいでしょうか。相変わらずの桁の大きさです。

（お金のことは、もうどうでもいいや。オトナの皆さんに、全部まぁ～る投げっ！）

朝から色々と驚き疲れたワタシは、もうお金については考えることを放棄することにしたのでした。

イーサン「今は知名度の関係でハンターギルドの名を前に出していますが、今後『ユービン』ギルドが知れ渡るようになった際は、『ユービン』ギルドをトップとして、その下に各ギルドを置く形で運営していくことになりますので、一応覚えておいてください」

ハンナ「まあ、いずれにしても、『シュッセ』がすべてのトップであることは変わりないんだけれどね？」

ワタシ「はぁ～い！」（全部お任せしま～す）

おにぃ「なあ、おチビ。今の、絶対どうでもいいと思ってるだろ」（ヒソヒソ）

ねぇね「おチビちゃんがあのお返事をする時は、信用できないかも」（コソコソ）

ワタシ「いいのいいの。ギルドのことは、オトナの皆さんに全部お任せでいいんで～す！」

お金のことに引き続き、ギルド関連のことも思考停止する気満々のワタシなのでした。

そうこうしていると、親方さんを別室に連れて行ったマスターさんが戻ってきました。

マスター「よぉ、こっちの話は終わったのか？　オレの方は終わったぜ」

アイリーン「やけに早かったじゃない？」

マスター「まあ、親方のことは支部長の爺さんに丸投げしてきただけだからな。オレなんかより、年寄り同士の方が話が弾むだろ？」
アイリーン「そんなことだろうと思ったわ」
どうやらマスターさんも、親方さんのお相手をハンターギルドの支部長さんにお任せしてきちゃったみたいです。
マスター「それにしても、予想以上の収穫になったもんだぜ」
アイリーン「そうね。薬師ギルドに続いて、まさか鍛冶ギルドまで仲間にできるなんて思ってもみなかったわ」
マスター「親方連中はあんな感じなんで、金や権力に阿《おもね》ることはねぇ。変に気を遣う必要もねぇだろうし、オレたちにとって、悪くねぇ仕事仲間だと思うぜ」
そんなオトナの会話を右から左に聞き流すワタシたち３人。お子様組にそんな難しいことを語られても困っちゃうのです。
ということなので、柳に風といった感じでお話を受け流しつつ、そのましれっと話題を変えちゃうことにします。
ワタシ「えっと、あのね？　ワタシたち、もう橋のところに行ってもいい？」
マスター「ん？　お前らが例の橋に行くのは午後からだろ？　今からじゃ、ちぃとばっかし早すぎやしねぇか？」
ワタシ「いいのいいの。早く橋に行きたいで～す」
おにぃ「そうだな、どうせやることないしな」
ねぇね「うん、私も賛成～」

マスター「しょうがねぇなぁ。じゃあ、今から行くか」
ということで、かなり早いですが、今から橋の様子を見に行くことになりました。
いつものようにマスターさんタクシー（【三輪自転車】けん引の【リアカー】）に乗せてもらい、現場まで送ってもらいます。
そうしてもうすぐ到着という、この町の裏門をくぐり抜けるタイミングで、見覚えのある大きな物体が目に入ってきました。
ワタシ「あぁっ！　【熱気球】だ！」
ねぇね「ホントだ」
おにぃ「何に使うんだろう」
浮き上がるまではいっていませんが、かなり膨らんでいる状態になっている【熱気球】。その近くには、衛兵の皆さんにアレコレ指示出しをしているビーちゃん様の姿も見受けられます。
「「こんにちは～」」
ワタシ「ビーちゃん様～、何してるの～」
ベアトリス「あら？　おチビちゃんたち、随分と早く来たのね？」
ワタシ「うん。もうやることがないから、早めに来たんだ～」
ベアトリス「そうなのね？　実は、橋の向こうの状況を上から見るために【ネッツキッキュー】を使おうと思って準備しているの。谷川の向こう側って道がないでしょ？　だから、最寄りの道まで、障害物とかがない最適な行程を探しておきたいのよ」
ビーちゃん様による、そんな状況説明を聞いていると、マスターさんが会話に入ってきました。

マスター「お嬢様、このまま【ネッツキッキュー】を上げちまうと、風で流されてどっかいっちまいます。ロープで何かに固定しておかねぇと、空に上がったはいいが、元の場所に戻ってこれなくなっちまいますぜ?」
ベアトリス「そうなの? 衛兵のみんなに【ネッツキッキュー】のロープを持っていてもらおうと思ったんだけど、それだけじゃダメかしら?」
ワタシ「それだと危ないから、ワタシがいいモノあげるね?」
(重たくて、ロープを括《くく》り付けやすいモノ、ということで、アレを【想像創造】!)
ということで、本日14回目の【想像創造】です。

【消波ブロック　テト○ポッド(2・0t型)　質量1・84t　体積0・8㎥　高さ1420㎜
コンクリート製　182210円】

足の生えた三角形というか、金平糖みたいな特徴的な外見をしたコンクリートブロック。前世で海岸や大きな河口付近でよく見かけた、お馴染みの【テト○ポッド】を創り出してみました。
マスター「お? 何だこりゃ? 岩か?」
おにぃ「妙ちくりんな岩だなぁ〜」
ねぇね「何だかカワイイ形だね〜」
ワタシ「これならロープを縛り付けやすいでしょ?」
ベアトリス「面白い形の岩ね〜。おチビちゃん、早速使わせてもらうわね? 衛兵のみんな〜、

【ネッツキッキュー】のロープをこの変な形の岩に繋いで～」

「「「「「分かりましたー」」」」」

そんなこともあり、それからしばらく時間が経過したのですが、なぜか【熱気球】に乗せられて上空から辺りの景色を眺めることになったワタシたち。

ベアトリス「火魔法と風魔法を上手に使えるオニール君にも手伝って欲しいし、おチビちゃんたち3人も一緒に【ネッツキッキュー】に乗ってね？」

そんなビーちゃん様のお誘いを断ることはできなかったのです。ということで、ビーちゃん様といつもの護衛さん2人と、ワタシたち3人、そして、嬉々として立候補してきたアイリーンさんが今、【熱気球】で空中浮遊中なのです。

そんなワタシたちの眼下には、谷川の向こう側に広がるあまり丈のない草原、そしてその先には薄ぼんやりと町のような影が見えてきました。

ワタシ「アレが向こう岸の領地の町なのかな？」

ねぇね「そうなの？」

おにぃ「意外と近くにあるんだな」

ベアトリス「あの町から道が出てると思うんだけど、遠くてよく見えないわね。もっと見やすくできればいいのだけれど」

そんなことを聞かされてしまっては、ワタシがお手伝いするしかないでしょう。ということで、本日15回目の【想像創造】です。

【双眼鏡　ニ〇ン　スポーツスター　8－24×25　ブラック　倍率8、12、16、24倍　対物レンズ有効径25㎜　高さ123㎜　幅109㎜　厚さ51㎜　質量305g　眼幅調整範囲56～72㎜　15200円】×10　152000円

前世のバードウォッチングで活躍した、倍率を4段階に切り替え可能な双眼鏡をご用意してみました。

（あまり倍率がすごい望遠鏡だと、ちょっと手ぶれしただけでどこを見ていたのか分からなくなっちゃうし、これくらいがちょうどいいと思うんだよね～）

そんなことを考えていたら、目の前にいつものワタシのステータス画面が現れました。

名前：アミ
種族：人族
性別：女
年齢：5歳
状態：発育不良　痩せ気味
魔法：【なし】
スキル：【想像創造】レベル16（16回／日　または、16倍1回／日）

いつものように、スキルのレベルアップをお知らせしてくれたみたいです。

（やった～！　【想像創造】がレベル16になった！）
今日はあと1回、追加で【想像創造】できちゃいます。
ワタシ「ビーちゃん様～、みんな～、これを使ってみて～」
ベアトリス「これは？」
ワタシ「これはね？　【双眼鏡】と言ってね？　これで覗くと、遠くのものが大きく見えるの」
創り出した【双眼鏡】をみんなに配って、早速うっすらと見えていた町の方を覗いてみると、砂ぼこりのようなモノを巻き上げながら、何かが複数こちらの方に近づいて来るのが見えました。
ワタシ「あっ！　なにかがこっちに来る！」
ベアトリス「え？　あ、ホントね。これって……」
護衛1「お嬢様、これは多分、早馬ではないでしょうか」
護衛2「きっと、この【ネッツキッキュー】を確認しに来たのではないかと」
ベアトリス「それは好都合ね！　ついでにあちらの町までの行程も、彼らに調査してもらうことにしましょう！　さらにそれだけじゃなくて、道も整備してもらいましょうか！　向こうの領のことなんだから、向こうの領の人たちに、全部丸投げ！」
そんな会話を聞いたワタシは、ねぇねとおにぃにヒソヒソ話を始めます。
ワタシ「ビーちゃん様、全部丸投げしようとしてる～。い～けないんだ～いけないんだ～」（ヒソヒソ）
素知らぬ顔でそんなことを言い出したおチビなワタシ。先程、お金の管理やギルドの運営などをオトナの人たちに丸投げしていた自分のことは、思いっきり棚に上げまくりです。

おにぃ「え～？　おチビがそれを言っちゃうのか～？」
ねぇね「おチビちゃん……」
　ギルドでのおチビちゃんの言動を目の当たりにしているだけに、今の発言にはちょっと思うところがありそうな、ねぇねとおにぃなのでした。

［第３章］◆橋の向こう側

ビーちゃん様による『谷川の向こう側のことは向こうの領の人に全部丸投げ大作戦』が発動されたため、【熱気球】による道路新設のためのルート確認作業はこれにて終了となりました。

高いところが好きなのか、終始ウキウキ顔で【熱気球】に乗り込んでいたアイリーンさんが、リップラインを引いてバルーンの空気を少しずつ抜いて、ソフトにゆっくり着陸します。

そしてワタシたちが着陸する頃には、それぞれ大きなお馬さんに乗った５人の騎士さんが、橋の向こう側に整列して待っていました。

ベアトリス「お騒がせしてごめんなさ～い。今そちらへ行くわね～」

大きな声で橋の反対側の人たちに呼び掛けたビーちゃん様は、着陸するとすぐさま、いつもの護衛さん２人を引き連れて橋を渡り始めました。その後には10人ぐらいの衛兵の皆さんも続いています。

そのどさくさに紛れて、ワタシたち３人も橋を渡ってしまいます。けれど、ワタシたち３人が目指すのは、皆さんが集まるところとは違う場所、先日見つけた柿の木の方角です。

ねぇね「あった～、柿の木だ～」

ワタシ「近くで見ると、大きいね～」

おにぃ「そうかなぁ？　まあ、おチビには大きいかもしれないいな」

以前アイリーンさんが柿の実をたくさん採取してくれたので、ワタシたちの手が届く範囲には柿の実はありませんでした。
ワタシ「柿はもう採れそうにないね～。それじゃあ、他にもなにかないか、近くを探検しちゃおっか？」
「「お～」」
ちょっと離れた場所では、ビーちゃん様を筆頭に、皆さん色々難しそうなお話をしているみたいですが、ワタシたち3人には、そんなことはどこ吹く風。他領であるにもかかわらず、勝手にウロチョロ動き回ります。
ワタシ「あっ！　あれって、【クロモジ】の木じゃないかな？」
ねぇね「クロモジ？」
ワタシ「うん。枝とか葉っぱを乾燥させるとね？　いい香りのお茶になるんだ～」
おにぃ「へぇ～。それじゃ、採っておくか？」
ねぇね「賛成～」
そんな感じで採取に励もうとしていたら、それを阻むかのように野太い声が聞こえてきました。
マスター「オイオイ、お前ら。この状況で勝手に動き回るなんて、結構いい度胸してんだな。あんまり好き勝手オイタが過ぎると、怒られるぞ？」
「「「は～い」」」
すると今度は、アイリーンさんからも声をかけられました。
アイリーン「おチビちゃんたち～、お願～い。ちょっとこっちに来てちょうだ～い」
難しいお話組に交ざっていたアイリーンさんからの呼び出しです。ワタシたちの専属、アイリーンさんにお願いされてしまっては、行かざるを得ないでしょう。
　ということで、ちゃっかり【クロモジ】の枝を5～6本ササっとゲットしつつ、アイリーンさんのいる場所に向かうと、なぜか先程までは見かけなかったちっちゃいおじさんたちが、皆さんの中心で【三輪自転車】にまたがっていました。
親方「よう、童《わらし》たち。先程ぶりだ」
ワタシ「あれ？　親方さんだ～」
親方「おうよ。ワシも急に呼ばれての、今話を聞いたところなんだ。それでだ、急な話で悪いんだが童に頼みがある。この場所に、ワシらの作業拠点を用意してはくれまいか」
アイリーン「事情は私から説明するわね？　実は――」
　アイリーンさんからの事情説明を聞いたところ、橋から最寄りの道までの新規道路作りは、向こうの領的にほとんどメリットがないため、ルート指導は向こう側が行ってくれるものの、作業自体はこちらの領が主導で行うことになったみたいです。
　そしてそのメイン担当に決まったのが、鍛冶ギルドのちっちゃいおじさんたちと、こちらの領の衛兵の皆さん。衛兵の皆さんはご領主様が面倒をみるとして、問題は鍛冶ギルドのおじさんたち。
　鍛冶ギルドはつい先程、ワタシたちの『ユービン』ギルドの傘下になったので、親方さんが雇用主であるワタシたちに労働環境の整備を要求している、というのが今の状況みたいです。
ワタシ「えっと、とりあえず、ここに拠点になるお家があればいいの？」
親方「そうじゃの。作業小屋でも構わんが、まずは拠点がなければ色々と不便だからの」
（う～ん、休憩できる小屋があればいいのかな？　それなら、アレを【想像創造】！）

【断熱構造プレハブハウス　ヨ〇ハウスNタイプ　14畳　YHN－140A（80＋60L）　有効室内寸法（㎜）幅6292×高さ2100×奥行3562　建築面積22・73平米（6・89坪）
外壁（プレコートカラー鋼板（断熱材30㎜厚入り）　グレーベージュ・エンボススタッコ柄）　ドア1・はき出し戸（クレセント式）2・小窓2・トイ・コンセント付パネル2付　1530310円】

本日打ち止め、16回目の【想像創造】で、【プレハブ】にしては大きめな、14畳の組み立て式の【プレハブハウス】をご用意してみました。

親方「うぉ～、何じゃこりゃ～」

ワタシ「えっと、これはね？　組み立て式のお家なの。親方さんたちなら、自分で作れると思ったんだけど、大丈夫？」

ワタシが一応確認のため、親方さんにそう尋ねたのですが、親方さんからはお返事がありません。

親方「……」

ガサゴソ　ドタバタ

無言のまま、早速梱包を解き始めちゃった、ちっちゃいおじさん軍団。親方さんたちにワタシの声は届いていないようです。

マスター「あちゃ～、親方たちはこうなっちまうと、周りなんか目に入らねぇからなぁ～」

アイリーン「これはこのまま放置で構わないと思うわよ？」

ベアトリス「そっちの問題はどうにかなりそうね？　それじゃあ、こちらは詳細を詰めてしまいましょう？」

（親方さんたちは、このまま放置なんだ……鍛冶ギルドのおじさんたちの扱いって、随分と雑なんだねぇ～。普段から色々な場所でアレコレやらかしちゃってるから、こういう扱いになっちゃったのかな？　それってつまり、親方さんたちの自業自得？）

普段から好き勝手やってると雑な扱いを受けるという反面教師を目の当たりにして、『人の振り見て我が振り直せ』、そんな前世の言葉が脳裏によぎったワタシ。

（よその領で勝手に歩き回っちゃったし、ワタシも気をつけよ～。あっ！　それより、この【クロモジ】の枝で、早くお茶作りたいな～）

ちょっとだけ自省するも、手に持っていた【クロモジ】の枝を思い出して、すぐにすべてをリセットしちゃったおチビちゃん。鶏とおチビちゃんは、三歩歩けばなんとやら。いつも無為自然、今日もマイペースなおチビちゃんなのでした。

◆◇◆◇◆

ワタシが創り出した【プレハブハウス】を早速組み立て始めた鍛冶ギルドのちっちゃいおじさん軍団。そして衛兵の皆さんも、昨日に引き続いて、【スコップ】を手にして道路作りに取り掛かり始めました。

ガサッ　ザクッ　ドンドン

【スコップ】で地面を掘り進める音と、小槌で【プレハブハウス】を組み立てる音が響く、完全に工事現場になってしまった橋の向こう側。ワタシ的には、今日は橋の完成記念式典的なイベントを期待していたのですが、どうやらそのような催し物は執り行われないみたいです。

そんな喧噪《けんそう》を横目に、ワタシたち3人はビーちゃん様に手招きされて、橋の上まで戻ってきました。そしてビーちゃん様の指示の下、例によって例のごとく、慣れた感じでポージングです。

ベアトリス「はぁ〜い、ネーネちゃ〜ん。おチビちゃんを後ろから抱きしめる感じで〜。そうそう、ちょっと右から頬擦りする感じでお願いね〜。それと、オニール君は後ろから二人に手を振りながら走り寄ってくる感じでね〜。そう！　みんなそのまま笑って〜はいっ！」

カシャ（パッ）　ウィーン

なぜか橋のど真ん中で記念撮影をしているワタシたち3人。

ベアトリス「やっぱりお父様への報告には、おチビちゃんたちの『シャッシン』が不可欠よね〜♪」

ビーちゃん様とワタシたち3人の距離的に、かなり引いた感じの写真になっているはずなので、細かいポージング要求の意味はなさそうなのですが、ビーちゃん様がニコニコ笑顔でご満悦なので、良しとしましょう。

（写真撮影も終わったし、もうワタシたちがここにいる必要もなさそうだよね？　邪魔になっちゃうだけだよね？）

そんなことを思っていたら、珍しいことに、ねぇねとおにぃがビーちゃん様に話しかけていました。

おにぃ「あの、ビーちゃん様。オレたちにも、手伝いをさせてください」
ベアトリス「ん？　もしかして、道づくりのお手伝いをしてくれるの？」
ねぇね「えっと、私たち、魔法を使った草刈りが得意なんです」
おにぃ「道路を作る予定の場所を前もって除草しておけば、後の作業が楽かと思って」
　そんな会話が聞こえたのか、周りの衛兵さんたちから、歓迎の声が上がりました。
衛兵1「魔法で除草？　そいつはありがたい。雑草って、地味に邪魔なんだよ」
衛兵2「前もって除草してもらえると、どこを道にするのか目印にもなるし、是非ともお願いしたいな」
ベアトリス「そういうことなら、お願いしていいかしら？」
おにぃ「はい」
ねぇね「頑張ります」
　ということで、川向こうの領地の騎士様に先導してもらいつつ、魔法を使って除草作業を始めたねぇねとおにぃ。以前【マダムメアリーの薬店】の裏庭で除草作業をした時と同じ要領で、ねぇねが水魔法で周囲に燃え広がらないように薄い水の膜を張り、おにぃが火魔法でその内部を火炎放射器のように燃やしていきます。でも同じなのはその方法だけで、効率というか効果というか、作業のペースは全くの別物です。一瞬にして目の前に草のない道路予定地ができあがっていきます。
ワタシ「わぁ～、すごいね～。メアリーさん家《ち》の裏庭を除草した時とは、比べ物にならないくらいに速いね～」
おにぃ「あれからかなり魔法の練習したからな」

ねぇね「魔法使うのって、やっぱり楽しい～」

そんな感じで小一時間作業をしていたら、あっという間に街道と思しき大きな道まで除草が終わってしまいました。

ベアトリス「オニール君とネーネちゃんの魔法は、ちょっと信じられないくらい強力なのね？」

ワタシ「そうなのでっす！　ねぇねとおにぃはすごいのでっす！」　∠(˙-˙)∠

久々のねぇねとおにぃはスゴいんですアピールで、小鼻をぷっくり膨らませてエッヘンしちゃうおチビなワタシ。もっともっとねぇねとおにぃのスゴさをみんなに知ってもらおうと思考を巡らせていると、いきなり辺りに警笛が鳴り響きました。

ピィィィー！

衛兵1「警戒、警戒！　虫の魔物を視認！　虫の魔物だ！　警戒態勢を取れ！」

衛兵2「小型で飛行する虫の魔物、その数およそ10！」

隊長「衛兵は総員、剣を構えよ！」

先程までの和やかな雰囲気が嘘のように、一気に張りつめた空気になってしまいました。

ワタシ「え？　魔物？　怖い怖い、どうしよう⁉」

魔物が出たと聞いてワタシがアタフタしていると、こういった状況に慣れているのか、アイリーンさんとマスターさんが落ち着いた声で話しかけてくれました。

アイリーン「おチビちゃん、大丈夫だから落ち着いて。とにかく私から離れないでね」

マスター「ここらは今まで人の手が入ってなかったから、きっと草むらの陰に潜んでいたんだろうな。だがこれだけの衛兵がいるんだ。真っ昼間の日の光で弱った魔物なんざぁ、すぐに退治されるさ」

オロオロしているおチビなワタシを、ねぇねとおにぃも勇気づけてくれます。

おにぃ「魔物が出たみたいだけど大丈夫。おチビはオレが守るからな」

ねぇね「おチビちゃん、一緒に手をつないでいようね」

そう言ってワタシの手を取ってくれたねぇねの手からは、あたたかな温もりと共に、ちょっとだけ震えているのが伝わってきました。

（ねぇねも怖いのに、無理してワタシを励ましてくれてるんだ……）

そんなねぇねの気遣いに感謝しつつ、その手をしっかり握り返していると、意外なことに、荒事とは無縁と思われる、お貴族でお嬢様なビーちゃん様から普段通りの落ち着き払った声が聞こえてきました。

ベアトリス「さすがのお父様でも、この辺りの魔物までは駆除しきれていないみたいね」

護衛1「ここは昨日まで、人が立ち入る場所ではなかったですからな」

護衛2「しかも虫型の魔物はどこからともなく湧いてくるので、狩っても狩っても駆逐するのは難しいですから」

そんなビーちゃん様たちのお話では、どうやら日頃からご領主様が魔物を退治して回っているようで、その範囲は自領内にとどまらず、近隣の領地にまで及んでいるみたいです。

そんなお話を聞いて少し落ち着きを取り戻したワタシは、ねぇねの手を握りしめながらマスターさんの大きな体の後ろに身を隠しつつ、いつもながらのおチビなローアングルでおっかなびっくり辺りの様子を窺《うかが》ってみます。すると、ワタシの頭程の大きさの蚊のような魔物が、大勢の衛兵さんの間を縫うように飛び回る姿が目に入ってきました。蚊が飛ぶ時に発する、いわゆるモスキート音を重低音にした感じの、聞いているだけで鳥肌がたってきそうな、そんな気味が悪い羽音とともに……

ブゥゥーン

ワタシ「うひゃっ、気持ち悪いっ」

思わず口から飛び出したワタシの言葉に、ねぇねとおにぃがすかさずフォローしてくれます。

ねぇね「ホントだね。とっても不気味な音だね」

おにぃ「おチビ、怖いだろ？　あんまり見ない方がいいぞ」

そうこうしていると、虫の魔物と戦っている衛兵さんたちの声も耳に入ってきました。

衛兵3「くそっ、ちょこまかと飛び回りやがって、このっ！」

衛兵4「バカ野郎！　むやみに剣を振り回すんじゃない！　周りの仲間に当たるだろうが！」

虫の魔物に対して剣で応戦している衛兵さんたちですが、自在に飛び回る虫の魔物にてこずっているご様子です。

そんな状況を見て、魔物をさっさとどうにかして欲しいワタシは、ワタシの中のスーパーヒーロー、おにぃにお願いしてみます。

ワタシ「ねえ、おにぃ。ここはおにぃの火魔法で、一気にバーンって魔物を焼き払っちゃって！」

おにぃ「え？　オレの火魔法でか？　う〜ん。でも、それはやめておいた方がいいと思う。今オレがここで火魔法を使うと、衛兵さんたちに迷惑がかかるかもしれないし」

ワタシ「え〜、そうなの？　おにぃのスゴい魔法なら、一瞬で倒せちゃうと思うんだけどな〜」

そうこうしていると、ワタシたちの会話に野太い声が割って入ってきました。
マスター「坊主、なかなかいい判断じゃねぇか」
ワタシ「え？　どういうこと？」
マスター「いいかおチビ、よく見てみろ。虫の魔物は衛兵たちの間を飛び回ってるだろ？　こういう密集した状況で一番気を付けなきゃならねぇのは何だと思う？　それは同士討ちだ。今ここで坊主が火魔法をぶっ放したら、間違いなく衛兵にまで当たっちまう。しかもいきなり外部から魔法の介入があったとなりゃ、衛兵の連中が混乱して連携が乱れちまうだろうぜ」
ワタシ「へぇー、そうなんだー」
　おにぃの魔法の実力を知っているワタシとしては、ここでおにぃに華々しく活躍してもらいたかったのですが、どうやらそう簡単にはいかないみたいです。
アイリーン「でも、飛び回る虫の魔物に対して、剣による攻撃だけでは、何とも埒《らち》が明かないわね……虫の魔物の飛行能力さえどうにかできればいいのだけれど……」
（そっか、魔法で虫の魔物が飛ばないようにできれば……飛ぶには羽を使うから……ん？　だったらアレはどうかな！）
　ということで、思いついたことをそのまま口にしてみます。
ワタシ「ねぇね、あのね？　水の魔法で濃い霧を作れないかな？　羽が水で濡れちゃえば、虫の魔物も飛べなくなるんじゃないかって思うの」
ねぇね「え？　水魔法で濃い霧を出すの？　うん、できるけど……」
　おにぃの火魔法がダメなら、今度はねぇねの水魔法、そう思って口走ったのですが、すぐに後悔しました。ワタシ同様、魔物に対して恐怖を覚えているねぇねに、そんなことを強要してはいけませんでした。
(ワタシのバカ！　ねぇねは魔物が怖くて震えているのに……そんな状態のねぇねに魔法を使えなんて、そんなことさせられるわけないじゃないっ！)
ワタシ「ねぇね、怖いのに無理を言ってゴメンね？　やっぱり今のはナシ――」
すぐさま反省したワタシが前言を撤回しようとしたその時、それに被せるようにマスターさんの大きな独り言が聞こえてきました。
マスター「ほぉ、羽を濡らして飛べなくするすねぇ……悪くねぇな。よしっ、早速実行だ」
そうつぶやくと、マスターさんはいきなり大声で叫び始めました。
マスター「衛兵たち聞け！　今から虫の魔物が飛べないようにするため、魔法の霧で援護する！　繰り返す！　今から魔法で霧を出す！　注意しろ！」
隊長「ん？　お主はハンターギルドの……了解した！　今から魔法の霧が出る、総員注意！」
衛兵1「魔法の霧による援護だ！　一旦攻撃中止！　攻撃中止！」
マスターさんが声をかけると、あっという間に全員動きを止めた衛兵さんたち。さすがは訓練された兵隊さんです。
マスター「それじゃあ嬢ちゃん、頼んだぜ」
ねぇね「え？　は、はい。それじゃあ、えっと……、えいっ！」
マスターさんに急に振られてビックリ顔のねぇね。その驚きが良かったのか、ねぇねは一瞬、魔物への恐怖心が吹っ飛んでしまったようです。

そんなねぇねは言われるがままに、カワイイ掛け声とともに一瞬にして辺り一面を魔法の霧で覆ってしまいました。それはワタシの隣にいるねぇねのお顔が霞んでしまう程に濃い霧です。

ブゥーブィヴゥッ、ウゥッ

すると、魔物の不気味な羽音が次第に途切れ途切れになって、そしてすぐに全く聞こえなくなりました。濃霧のため様子は見えませんが、きっと魔物は羽が濡れて羽ばたくことができなくなったのでしょう。

マスター「ん？　羽音が聞こえなくなったな。どうやら目論見通り、虫の魔物は飛べなくなったようだ」

アイリーン「そうみたいね。それにしても、一瞬にしてこれほどの霧を発生させるなんてスゴイ魔法ね？　それで、今度はこの霧を消すことはできる？」

ねぇね「えっと、はい、できます。うんと……、それっ！」

またもや愛らしいねぇねの掛け声がかかると、今度は一瞬にして霧が晴れました。そして視界が晴れると同時に、衛兵さんたちが一斉に動き出しました。

衛兵1「虫の魔物が地面に落ちてるぞ！」

衛兵2「魔法の霧が魔物の飛行を阻害した模様です！」

隊長「今が好機だ！　総員、かかれー！」

衛兵3「このっ、よっしゃー！　地面に落ちた虫の魔物なんて目じゃないぜ！」

衛兵4「油断するなよ、確実に仕留めるんだ！」

おチビなワタシからは見えませんが、どうやら衛兵さんたちがねぇねの魔法で飛べなくなった虫の魔物を次々と討ち取っているみたいです。そうこうしていると、あちこちから衛兵さんたちの報告が聞こえてきます。
隊長「状況を報告しろ！」
衛兵１「近傍に動くモノなし！」
衛兵２「合計11体、虫の魔物の討伐完了しました！」
隊長「よしっ、周囲の安全を確認しつつ、漸次《ぜんじ》道路の作業に戻れ！」
「「「「了解」」」」
どうやら虫の魔物の討伐は完了したみたいです。
ねぇね「怖かったね～、魔物をやっつけられてよかった～」
ワタシ「これもねぇねの魔法のおかげだよ？　ねぇね、ありがとう。やっぱりねぇねはスゴイね！」
マスター「ああ。おチビの言う通り、今回は嬢ちゃんのお手柄だ」
アイリーン「そうね。お見事な魔法だったわ」
ベアトリス「ネーネちゃんはスゴイ魔法使いなのね？」
そんな感じで、みんなでねぇねを誉めそやしていると、魔物に対峙していた衛兵さんたちも集まってきました。
衛兵１「お嬢ちゃんが先程の霧を出してくれたのか？　助かったよ」
衛兵２「素晴らしい魔法の手際だな。あれほどの魔法を一瞬で出せるヤツなんて魔導師部隊にもいない、まさに逸材だな」

ねぇね「え、えっと、そ、そんなことは……えへへ」（〃´∪`〃）ゞ

普段から人見知りがちなねぇねは、いきなり大勢の衛兵さんたちに取り囲まれて、ちょっぴりおどおど。だけど、大好きな魔法を褒められているのは分かっているので、戸惑いながらも嬉しそうにはにかんでいます。

（やったー！　みんなにねぇねのスゴさを知ってもらえたー！　うむうむ、みんなねぇねをもっともっと褒めたたえるのだ～）

そんな感じで、ワタシが心の中でご満悦になっていると、少し離れた場所に移動していたおにぃが、周囲に呼び掛けるように大きな声を張り上げました。

おにぃ「衛兵の皆さん、お疲れさまでしたー！　今から『ドライヤー』魔法で皆さんを乾かしますんでー、濡れちゃった人はこちらに集まってくださーい！」

衛兵3「おぉ、乾かしてくれるのか！」

衛兵4「そいつはありがたい。濡れ鼠《ねずみ》のままではカゼをひいてしまうからな」

虫の魔物を飛べなくするためとはいえ、衛兵の皆さんも水浸しにしてしまったねぇねの魔法。さりげなく、しかも事も無げにそのフォローをしてくれるおにぃ、さすがです。

ねぇね「あっ、そうだった。す、すいません。私、皆さんを濡らしちゃって……」

衛兵1「いやいや、この程度、どってことないよ」

衛兵2「そうそう。あの魔法がなければ、飛び回る虫の魔法になすすべがなかったんだから、気にしないでくれ」

衛兵3「それにしても『ドライヤー』？　そんな魔法があるのか？」

衛兵4「アレだろ？　【ネッツキッキュー】を浮かせるのに使ってたヤツだろ？」
衛兵3「え？　アレってスゴイ勢いで炎が出てなかったか？」
衛兵4「バカ野郎、この子たちは魔法の天才だぞ？　その辺の加減なんて朝飯前なんだよ」
隊長「お嬢ちゃんによる魔物討伐の援護、そして濡れた我々への少年の気遣い、本当にありがとう、感謝する」
　最後は隊長さんっぽい衛兵のおじさまに、ねぇねとおにぃ揃って感謝されちゃいました。
ねぇね「私の方こそ、皆さん、魔物から守ってくれてありがとうございます」
おにぃ「きょ、恐縮です……え、えっと……そ、それでは、『ドライヤー』の魔法、行きま〜す」
　ブォォ〜
衛兵4「おぉ〜暖かいな〜」
衛兵3「火魔法と風魔法か？　攻撃以外にも、使い方次第でこんなに便利になるんだな〜」
　魔物を一気に殲滅《せんめつ》するような、そんな華々しい活躍ではありませんでしたが、衛兵さんたちからたくさんの感謝の言葉をもらって、嬉しそうにしているねぇねとおにぃ。
　そんなこんなで、魔物の出現なんていう予想外の怖いイベントも発生しちゃいましたが、期せずして『ねぇねとおにぃはスゴいんです』アピールを達成できて、大変満足なワタシ。当の本人たち以上にムフンと胸をそらせちゃうおチビなワタシなのでした。
　服が乾いて一息ついた衛兵の皆さんは、周囲の安全を確認しつつ、また道づくりを再開しました。
しばらくそんな作業を眺めていると、不意にビーちゃん様がワタシたちに話しかけてきました。
ベアトリス「道には程遠いけど、草を刈るだけでも随分と違うわね〜。ねぇ、おチビちゃんたち。

明日なんだけど、時間はとれるかしら?」
ワタシ「明日? なにかあるの?」
ベアトリス「この際だからね? こちら側の領主である私のおじいさま、ルビンスタイン伯爵に、直接ご挨拶に行こうと思ってるの。文通鳥を使って一応連絡はしているのだけど、一度ちゃんとお話をしておきたいのよね。それでね、おチビちゃんたちも一緒に来ない?」
おにぃ「オレ、お貴族様は……」
ねぇね「わ、私もちょっと……」
ベアトリス「やっぱりそうよね〜。でもね? あなたたちが聞きたがってた『天恵の里』のことについても、おじいさまなら何かご存じかもしれないわよ?」
ねぇね「え?」
ワタシ「そうなの?」
ベアトリス「ええ。『天恵の里』についてお父様とお母様に聞いてみたんだけど、お母様が『教会関係の昔のお話なら、父上様が知っているかもしれないわ』って教えてくれたの。それでどうかしら? どうせなら一緒に行って、直接お話を聞いてみない?」
ワタシ「ワタシたちがいっしょにお話を聞いてもいいの?」
ベアトリス「もちろんよ」
ねぇね「私、聞きたいです。聞いてみたいです」
ベアトリス「でしょでしょ?」
おにぃ「そういうことなら、オレもお願いしたいです」

（ねぇねがあんなに聞きたがっているんなら、絶対に聞きに行かなくっちゃ！）

ワタシがそう思って気合を入れていると、ビーちゃん様が言葉を続けます。

ベアトリス「それじゃ、決まりでいいわね？　後は乗り物をどうするかなんだけど～。ここはまだちゃんとした道になっていないから、さすがに馬車で走るのは無理かしらね？」

そう零したビーちゃん様の視線の先には、草刈りを終えたばかりの道路予定地。そこには、直径30センチぐらいの大きな石がゴロゴロと転がっていて、とてもなだらかとは言い難い状況です。

（う～ん、確かにこのままここを馬車で通るのは無理っぽいよね～。ここはアレかな？　ワタシの出番かな？）

そう思ったワタシは、ビーちゃん様に提案してみることにします。

ワタシ「ビーちゃん様、あのね？　乗り物は明日、ワタシが用意するね？」

ベアトリス「え？　おチビちゃんが乗り物をご用意してくれるの？」

ワタシ「うん。でもね、ワタシは乗り物を用意することはできるけど、それを運転することはできないの。ワタシだと『ちょ～っとだけ』、ほんの『ちょ～っとだけ』背が足りないから、用意した乗り物を運転できないの」

あくまで『ちょ～っとだけ』背が足りないと言い張るおチビちゃん。大切なことなので2回強調しておきます。

ベアトリス「え？　えっと、その乗り物を運転するには、背丈が必要ってことなのね？　大人なら大丈夫なのかしら？」

ワタシ「うん。それにね、覚えることがいっぱいあるから、事前にお勉強と練習が必要なの。だからね？　明日は出発前に教習をして欲しいんだ〜」

ベアトリス「教習？　う〜ん、それなら、明日はまず朝一で、おチビちゃんたちのお家に行けばいいかしら？　その時に、ここにいる私の護衛、リチャードとフィリップにその乗り物の運転方法を教えてくれない？」

ワタシ「うん、それでお願いしま〜す」

（ビーちゃん様のおじいちゃんなら、ねぇねのふるさとのことを知っているかもしれないのか〜。よぉ〜っし！　ねぇねのために、明日は【想像創造】でデコボコ道でも大丈夫な乗り物を創り出しちゃうぞ〜！）

大好きなねぇねのために役に立てるかもしれないと、いつも以上に気合が入るおチビちゃんなのでした。

◆◇◆◇◆

ベアトリス「オニール君とネーネちゃんのおかげで、街道までの除草も終わったことだし、今日はこれで引き返しましょうか」

「「は〜い」」

そんなビーちゃん様のツルの一声で、今日はお役御免とばかりに引き返すことになりました。あちこちにゴロゴロと転がっている大きめな石を避けつつ、除草したてホヤホヤの道路建設予定の場所を、お散歩がてらにみんなでのんびりと歩いての帰還です。

そしてしばらく歩いて橋の近くまで戻ってくると、なんということでしょう、先程部品を創り出したばかりの組み立て式の【プレハブハウス】が既に完成しているではありませんか。
（あれれ？　【プレハブハウス】って、こんなに早く建てられるモノなの？）
　ワタシが驚きで目をパチクリしていると、ドワーフの親方さんが近寄ってきました。
親方「よお、童。この小屋はイイな。こんなに大きくてキレイなガラス窓までついているとは驚きじゃわい。ワシらには少々勿体ない気もするが、ありがたく使わせてもらうぞ」
　ドワーフさんならではの技量なのか、それとも魔法的な何かなのか。予想外の劇的なビフォーアフターを目の当たりにしてしまったワタシは、前世でよく見ていた、お家をリフォームしちゃうテレビ番組を思い出しちゃう程ビックリ驚きなのでした。
　とにもかくにも【プレハブハウス】は完成したようなので、手が空いたであろうちっちゃいおじさん軍団こと鍛冶ギルドの皆さんに、新たなお仕事をお願いしてみます。
ワタシ「親方さん、ぜひお願いしたいお仕事がありま～す」
親方「おおとも、何でも言うてみい」
ワタシ「あのね？　今、ねぇねとおにぃが除草してきた場所なんだけどね、大きな石がゴロゴロしていたの。けどね、明日、そこを乗り物に乗って通りたいの。だからね、その大きな石を今日中にどけておいて欲しいんだ～」
親方「石ころを取り除けばいいのだな？　それくらい容易《たやす》かろうて。じゃがな、童。仕事には、それなりの見返りを要求するぞ？」
ワタシ「みかえり？」

親方「うむ。昨日と同じ、美味い食事の差し入れがワシらの胃袋に見合った分量、欲しいところじゃの」
ワタシ「それなら大丈夫だよ、ね？　マスターさん」
マスター「昨日と同じ？　また【カレー】か？　だがアレをドワーフが満足するぐらい大量に作るとなると、かなり時間がかかるぞ？　あの【圧力鍋】がもっとありゃあ、別なんだろうがなぁ」
アイリーン「あら。それなら今朝、おチビちゃんがたくさん納品してくれたわよ？」
ワタシ「そうで〜す。だから【豚の角煮風カレー】も【お米】を炊くのも、並行して一気にできると思うよ〜」
マスター「そうか、それなら問題ねぇな。厨房スタッフを総動員すれば対応可能だろう。よしっ、料理ができ次第、また『ユービン』の連中を使って、ここへ届けさせるとするか」
ワタシ「ということなので、親方さん、お仕事よろしくお願いしま〜す」
親方「うむ、任された。皆の者、話は聞いておったな？　早速取り掛かるとしようぞ」
「「「「おう！」」」」
そう言うや否や、次々と大きな石をポイポイ遠くの草むらの方へ投げ捨て始めた親方さんたち。ワタシの頭より大きな石が、まるで小石のようにポンポンと空中を舞っています。
（さすが、力自慢のドワーフさんたちだね〜。これなら、明日には街道まで大きな石はなくなってそうだね〜）
そんなことを思いながら、人間重機的な親方さんたちの活躍を眺めていると、ビーちゃん様がワタシに話しかけてきました。

ベアトリス「この調子なら、明日は問題なく乗り物に乗って行けそうね？　それにしても、おチビちゃんたちは随分と鍛冶ギルドの方たちと気安いのね？」
ワタシ「うん。親方さんたちは、ワタシたちのお仕事仲間になってくれたんだ～」
ベアトリス「へぇー、お金にも権力にもなびかないことで有名な、あの職人気質の親方さんたちがねぇー。もしかして、餌付《えづ》けでもされちゃったのかしら？　まあ、おチビちゃんたちのことだから、特に驚きはしないけれどね」
（わぁ～ビーちゃん様すごいね～。親方さんたちがお食事とお酒が目当てでワタシたちのお仲間になったことを言い当てちゃった！）
さすがビーちゃん様。その鋭い洞察力は、統治者の娘さんなだけのことはあります。
ベアトリス「とりあえず、私はもう少しここに残って作業を見ることにするわ。おチビちゃんたち、明日は朝からよろしくね？」
ワタシ「は～い。ビーちゃん様また明日ね～。バイバ～イ」
衛兵１「少年と嬢ちゃ～ん、手伝いありがとうな～。いい魔法だったぜ～！」
衛兵２「助かったぜ～」
「「「「「「「「「またな～」」」」」」」」」
おにぃ「皆さん、失礼しま～す」
ねぇね「さようなら～」
一緒に作業をしたことで仲間意識が芽生えたのか、お手伝いをしたねぇねとおにぃに対して、衛兵の皆さんから温かい声がかかります。そんなアットホームな雰囲気に、ねぇねとおにぃも嬉しそうに手を振り返していたのでした。
その後、例によってマスターさんタクシーに乗せてもらって、工事現場からハンターギルドの建物前まで戻ってきたワタシたち。時刻はお昼を過ぎた頃といった感じです。
するとちょうどそこには、見慣れたご近所さんが通りがかるところでした。
アリス「あ！　おチビちゃんたちだ、おかえり～」
メアリー「おやおや、ちょうど良い時に来たみたいだねぇ」
ハンターギルドの建物に入ろうとしていたアリスちゃんとメアリーさんが、ワタシたちを見つけて声をかけてくれました。
ワタシ「アリスちゃ～ん、こんにちは～」
「「こんにちは～」」
アイリーン「あら、メアリーさん。今日は薬師ギルドのお仕事で？」
マスター「早速、薬師ギルドの支部長としての仕事ですかい？」
そういえば、メアリーさんはこの町の薬師ギルドの支部長さんになったと聞いたばかりでした。
メアリー「そうなんだがね、また面倒なことになったもんだよ」
マスター「また金の問題か？　それならうちの爺さんか副支部長がお相手するぜ？」
メアリー「いいやいいや、今日用事があるのは『シュッセ』なのさね」
おにぃ「え？　オレたちに？」
メアリー「そうともそうとも。急な話なんだがね、どうにかして川向こうの領地、ルビンスタイン伯爵領まで私と同行してはくれないかい？」

おにぃ「ルビンスタイン伯爵領？」
ねぇね「それって……」
ワタシ「あ！　ビーちゃん様のおじいちゃんのとこだ！」
さすがのおチビちゃんでも、さっき聞いたばかりの領地のお名前ぐらいは憶えていたみたいです。でももしかすると、ビーちゃん様と無関係の領地だったら、覚えていたのか怪しい感じのおチビちゃんなのでした。

◆◇◆◇◆

メアリーさんから詳しいお話を聞くため、ハンターギルドの２階にある、いつもの会議室に移動したワタシたち。全員が着席すると、早速メアリーさんが説明を始めてくれました。
メアリー「知っての通り、隣のマッドリー男爵領で病が流行しているらしいんだけどね。それで男爵様が言うには、その病の発生源はここオーレリア子爵領ってことなんだけど、馬鹿馬鹿しい言いがかりさね。そんな戯言はさておき、問題は、この病がマッドリー男爵領に隣接するもう一つの領地、ルビンスタイン伯爵領にも広がりつつあるということなのさね」
アイリーン「ということは、今回のお話は、例のポーションということなのでしょうか」
メアリー「そういうことさね。先程、ルビンスタインの薬師ギルドから文通鳥による緊急支援要請が届いてねぇ、『簡易エリクサー』を融通して欲しい、ということなのさね。そこで問題になるのは二つ。一つは『簡易エリクサー』の数を確保しなければならないこと。そしてもう一つは、どうやって『簡易エリクサー』をルビンスタイン伯爵領まで届けるか、ということなのさね」
アイリーン「今はマッドリー男爵領が領境を封鎖している影響で、他領との行き来は完全に停止していますものね？」
メアリー「そういうことさね。そこでなんだけど、『シュッセ』に私と一緒にルビンスタイン伯爵領まで出向いてもらって、現地で『簡易エリクサー』を作ってもらえないかと相談に来たのさね。そうすれば、二つの問題が一気に解決できるからねぇ。まあ、今は領境を封鎖されておるんで、通常の道は通れはせんだろうがねぇ」
アイリーン「それはつまり、『シュッセ』に裏道を使った密航をしてもらうつもりだと？」
メアリー「平たく言えばそういうことさね。荷物を最小限にして森の中の獣道を抜ければ、何とかなると思うんだがねぇ」
マスター「他領への行き来についてなんだが、ついさっき、おチビたちが解決してくれたぞ？」
メアリー「何と!?　それはどういうことなのかい？」
まさに寝耳に水といった感じで驚きを露わにしているメアリーさん。ここはワタシが詳しく説明しちゃいましょう。
ワタシ「えっとね、昨日、この町の裏門の外にね、谷川をまたぐように橋を架けたの。それでね、今日、ねぇねとおにぃが魔法でババーンって橋から街道までの道筋を作ったの。だからね、もう、谷川の向こうにお出かけできるんだよ？」
メアリー「んん？　それは谷川を渡ってルビンスタイン伯爵領に行くことができる橋と道ができた、そういうことでいいのかい？」

ワタシ「そうで～す。でもね、まだちゃんとした道じゃないから、ボコボコしていて馬車だと通れないかもしれないの。だからね、明日、ワタシがボコボコ道でもヘッチャラな乗り物を用意する予定なんだ～」
メアリー「ほうほう。おチビちゃんの話を聞いた限りでは、薬の輸送は何とかなりそうだねぇ。そういうことなら『シュッセ』には、今から『簡易エリクサー』の作成をお願いできないかい？　坊とお嬢ちゃんには、先日、前のバカ副支部長から嫌な思いをさせられたばかりで申し訳ないけど、協力してはくれんかねぇ？」
おにぃ「オレは協力します。流行り病は、流行り病だけは、放っておいちゃダメなんで、絶対に……」
ねぇね「わ、私も、お手伝いします」
　流行り病と聞いて思うところがあるのか、おにぃのお顔がいつにも増して真剣そのものです。ねぇねもやる気に満ちた眼差しで、メアリーさんにお返事をしています。
メアリー「ありがとうねぇ、そう言ってくれると本当に助かるよ。流行り病は時間との戦いだから、帰ってきたばかりで申し訳ないけど、すぐにでも頼めるかい？」
おにぃ「はいっ」
ねぇね「分かりました」
メアリー「後は誰に『簡易エリクサー』の輸送を依頼するかだけど、橋ができたとしても商隊が行き来するようになるのはもっと後だろうし、時間がかかっても確実そうな商業ギルドに頼むしかないのかねぇ……」

せっかくねぇねとおにぃが頑張って『簡易エリクサー』を作っても、必要としている場所にいち早く届けられないのでは意味がありません。

（ねぇねとおにぃの努力が無駄になるなんて、絶対にあってはならないのです！　ねぇねとおにぃの優しさとまごころがこもったお薬は、なにがなんでもすぐに届けるのでっす！）

心の中でフンスと腹を決めたワタシは、小鼻を膨らませつつ右手を上げて決意表明です。

ワタシ「はいっ！　それは、ワタシにお任せなのでっす！　明日ね、ちょうどビーちゃん様がおじいちゃん領主様にご挨拶しに行くからね、その時にいっしょに持っていきましょ？」

メアリー「んん？　それは、明日私も一緒にルビンスタイン伯爵領に連れて行ってくれる、そういうことで合ってるかい？」

ワタシ「そうで〜す。『旅は道連れ世は情け』なので〜す」

ということで、今後の行動方針が決まったので、早速分かれて作業を開始します。

ねぇねとおにぃは、メアリーさんと一緒に【マダムメアリーの薬店】へ赴き、今から『簡易エリクサー』作りです。アリスちゃんもこちらのお手伝いに参加するようで、当然のごとく一緒に行ってしまいました。

ねぇねとおにぃと離れてしまうのは寂しいワタシですが、明日スムーズに動けるようにするため、ハンターギルドの会議室に残って作業をすることにします。

まずはアイリーンさんに筆記用具を2セット用意してもらい、その1セットを使ってマニュアルを書いていきます。もう一つの筆記用具セットはアイリーンさんに使ってもらい、ワタシが書いたものを丸写ししてもらいます。これで、マニュアルが2部できあがることになります。

そんな作業を続けること２〜３時間。明日の朝一から大活躍してくれるだろうマル秘マニュアルが完成しました。

（これを見ながら、ビーちゃん様の護衛さんには、短時間で色々とマスターしてもらっちゃお〜っと。あっ！　どうせなら、マスターさんにもマスターしてもらっちゃおっか！　マスターさんだけに？　なんちゃって！）

今日も朝からあちこち色々と動き回り、最後はデスクワークで神経をすり減らしてしまったおチビちゃん。そんな疲れが出てしまったのか、最後の締めくくりはダジャレな感じになっちゃいました。ちなみにマスターさんは、親方さんたちのお食事の用意があるので厨房なのでした。

【第4章】 いざ、ルビンスタイン領へ！

そして翌朝。
今日はビーちゃん様たちと遠くまでお出かけする予定なので、いつも以上に色々と準備に余念がないワタシたち3人。
ちょっと早めに起きて炊き込みご飯ととん汁で朝食を済ませると、いつものヨモギとドクダミとタンポポモドキの根のお茶と、昨日入手した【クロモジ】の枝を煮出したお茶もご用意して持っていくことにします。
そして早速、先日創り出したステンレス製の【魔法瓶】に注ごうとしたのですが、10個あったはずの【魔法瓶】が、5個しか見当たりません。
ワタシ「あれれ？【魔法瓶】が5つしかなくなっちゃったよ？」
おにぃ「あっ、おチビごめん。銀色の水筒なら、昨日『簡易エリクサー』を入れるために、メアリーさんに5個渡しちまった。あれなら輸送中に揺れても割れないかと思ったんだけど、ダメだったか？」
ワタシ「いいよいいよ〜、大丈夫だよ〜。そういうことなら、どんどん使ってね〜」
おにぃ「それで、残ってる5つの水筒うち、1つには報酬代わりの『簡易エリクサー』が入ってるから、覚えといてくれな〜」
ワタシ「は〜い」

　ということで、残りの【魔法瓶】にお茶を満タンに入れて、おにぃのリュックに詰め込みます。そして万が一のために、『簡易エリクサー』が入っているという【魔法瓶】も持っていくことにします。

　そんな準備がちょうど終わる頃、ワタシたち３人を呼ぶ、いつもの二人の声が聞こえてきました。

アイリーン「みんな～、おはよ～」
マスター「よぉ！」
「「おはよ～ございま～す」」
アイリーン「昨日はお疲れ様～。午前中は橋の向こう側の除草をしたし、午後は長い時間ポーション作りをしたみたいだから、かなり疲れが残っているんじゃない？　二人とも大丈夫？」
おにぃ「オレ、魔法は得意なんで大丈夫です」
ねぇね「私もです。むしろ楽しかったです」
マスター「ハハッ、お前ら二人の魔力量は底なしだな。昨日あんだけ魔法を使っておいて、こんだけケロッとしてるなんて、オレには信じられねぇぜ」
アイリーン「おチビちゃんも、午後からの教本作りで疲れてるんじゃない？」
ワタシ「ワタシ？　平気で～す」
アイリーン「それは良かったわ。あっ、そうそう。はい、おチビちゃん。これ、昨日頼まれてた教本の写しよ？　他の職員にも手伝ってもらって、全部で６冊できたわよ？」

　そう言ってアイリーンさんがワタシに差し出してきたのは、クマさんとネコちゃんのイラストが愛らしい、見覚えありまくりのノート６冊。そのノートの中身は、今朝これから使う予定の、ワタシが書いた【自動車運転マニュアル】なのです。
ワタシ「6冊も？　ありがと～。これを見て練習すれば、ワタシが用意する乗り物をすぐに運転できるようになるはずなんだ～」
アイリーン「それって、私でも？」
マスター「オレでもか？」
ワタシ「うん、きっと。二人も運転してみる？」
マスター「もちろんだぜ」
アイリーン「何だか楽しそうね？　こんな機会、見逃せないわ」
ということで、早速みんなで荷物を持って、ハンターギルドの裏庭の広場に移動です。
すると、明らかにお貴族様仕様の高級そうな馬車と、それよりちょっと見劣りする馬車が広場に入ってきて、ワタシたちの目の前に止まりました。そして止まるや否や、高級そうな馬車のドアが勢いよく開かれ、見知った美少女が飛び出してきました。
ベアトリス「みんな～、おはよ～、お待たせしちゃったかしら？」
ワタシ「あっ、ビーちゃん様だ！　おはよ～」
「「おはようございま～す」」
ワタシたち3人がビーちゃん様にいつも通りのご挨拶をしていると、高級そうな馬車から、もう一人降りてきました。その女性は、ビーちゃん様を大きくオトナにした感じの見た目です。
（あれ？　この人、見たことあるよ？　たしか、謁見の時に……ということは、ビーちゃん様のお母さん？　なんでここにいるのかな？）

そんな感じでワタシが疑問に思っていると、周りの空気、特にオトナ組の雰囲気に緊張感が漂ってきました。
アイリーン「お嬢様と、奥様？　お、おはようございますっ」
マスター「おおっ、おはようございます」
すかさず胸に手を当てて、頭を下げて丁寧に挨拶をしだしたアイリーンさんとマスターさん。先程までのゆる～い感じが嘘のような変わり身の速さです。
（おぉ～、あの（ガサツな）マスターさんが、ちゃんとご挨拶してる～）
そんなマスターさんたちの慌てぶりに、少々失礼なことを考えていると、今度はワタシたちの背後から声が聞こえてきました。
メアリー「これはこれは、奥様とお嬢様。おはようございます」
アリス「おはようございます」
奥様「皆さん、おはよう。いきなり来てしまって、ごめんなさいね？　ベアトリスから、ルビンスタイン伯爵領に挨拶に行くと聞いたものですから、私《わたくし》も同行させてもらおうと思って。最近、父上様にお会いする機会って、ほとんどなかったものですから」
ベアトリス「ということなんだけど、おチビちゃん、大丈夫かしら？」
ワタシ「えっと、全部で何人で行くの？」
ベアトリス「そうね～、私とお母様でしょ？　それに護衛が6人で侍女が2人で侍従が2人ね？」
おチビちゃんたちは何人なの？」
ワタシ「うんとね～、ワタシたち3人と、アイリーンさんとマスターさんでしょ？　それとね、メアリーさんもいっしょなの」

メアリー「奥様、お嬢様、薬師ギルドの新しい支部長になりましたメアリーと申します。どうぞお見知り置きくださいませ。それで本日なのですが、ルビンスタイン伯爵領から流行り病の支援要請を受け、皆様に同行させていただくことになりました。私と、助手としてこの孫娘のアリス、2名の同行を、どうかご了承くださいませ」

ワタシ「アリスちゃんもいっしょに行けるの？」（コソコソ）

アリス「うん。他領に行ける機会なんて滅多にないから、お手伝いということで無理やりついていくことにしたの」（ヒソヒソ）

　無理やりついてくる、というところがさすがアリスちゃんです。それにしても、聞きなれないメアリーさんの丁寧語、マスターさんの丁寧な挨拶以上に違和感ありまくりです。

ベアトリス「もちろんかまわないです。ですよね？　お母様」

奥様「私《わたくし》も本日は便乗させてもらう立場ですから、否はなくてよ？　しかも理由が例の流行り病への対応ですもの、むしろ是非ともお願いしたいですわ」

メアリー「ありがとう存じます」

　そんな感じでオールスターキャストが勢ぞろいしたようなので、早速乗り物を準備しちゃいましょう。

ワタシ「それじゃ～これから、【自動車】という乗り物を創り出しま～す。ビーちゃん様関係で12人で、ワタシたち関係で7人だから、えっと～、3台用意しま～す」

（よ～っし。タイヤが大きくてエンジンが大きくて、車体が頑丈そうな4WDの車を、3連続で

【想像創造】！）

【ランド○ーバーディスカ○リー　ＨＳＥ　４ＷＤ　２００４年式　排気量４０００cc（ガソリン）　ＡＴ４速　定員７名　５ドア　走行距離９・８万km　修復歴なし　ホワイト　全長×全幅×全高：４７２０×１８９０×１９４０mm　車両重量２１４０kg　ヘッドライトガード　テールランプガード　リアラダー　本革パワーシート　シートヒーター　１５８万円】
【い○ゞビッグ○ーン　プレジールⅡパールリミテッド　４ＷＤ　２００１年式　排気量３５００cc（ガソリン）　ＡＴ４速　定員７名　５ドア　走行距離６・７万km　修復歴なし　パールホワイト　全長×全幅×全高：４７５０×１８３５×１８４０mm　車両重量２０１０kg　18インチアルミホイール　ＥＴＣ　背面タイヤ　１４９万円】
【ミツ○シパジェ○　ロング　スーパーエクシード　４ＷＤ　２０１２年式　排気量３８００cc（ガソリン）　ＡＴ５速　定員７名　５ドア　走行距離９・６万km　修復歴なし　シルバー　全長×全幅×全高：４９００×１８７５×１８７０mm　車両重量２２１０kg　本革シート　シートヒータ　パワーシート　純正ＨＤＤナビ　ブルートゥース　ＥＴＣ　バックカメラ　クルーズコントロール　ロックフォードスピーカー　１５３万円】

前世の記憶にある、悪路走行にめっぽう強そうな四輪駆動の【自動車】を、中古車を想像して創り出してみました。
（きっと新車だと、お値段的に高くて創り出せないだろうからね～）

さらに連続して、【自動車】に必要不可欠な燃料も【想像創造】です。

【ガソリン携行缶（縦型）20リットル　アルミ合金製　外形寸法（幅W×長さL×高さH）（㎜）173×345×465　給油ノズル付き　ガソリン20リットル入り　10500円】×100
1050000円

マスター「なあ、おチビよ。大きさや形は違うみてぇだが、これってお前らの『ねぐら』と同じヤツなんじゃねぇのか？」

ワタシ「ピンポーン！　マスターさん大正解！　これは【自動車】と言ってね？　動力を持っていて自分で走ることができる乗り物なの。ワタシたちが『ねぐら』に使っている【軽パコ】より、もっと大きくてスゴいやヤツなんだ〜」（^^）

そんな説明をしていると、いつの間にやら【自動車】に駆け寄っていたビーちゃん様が、興奮気味にはしゃいでいました。

ベアトリス「何これ何これ！　白くてカワイイ〜！　私、これに乗る！　これに乗って移動する！」

3台創り出した【自動車】の中で、最初の【オフロード車】の周りをグルグルしだしたビーちゃん様。どうやらビーちゃん様は、武骨なガード類が付いた白い【オフロード車】をいたくお気に召したご様子です。

奥様「それではもう一台の白い乗り物もお借りしましょうか。白い乗り物が領主館関係者ということで、色で分かりやすく致しましょう」
マスター「残ったこの銀色のヤツに残りが乗るってことですな？」
そんな感じで乗る車が決まっていく中、ワタシは気合を入れて皆さんに号令を発します。
ワタシ「はぁ～い。それでは運転する人～、運転してみたい人～、全員、集合～」
すると、ビーちゃん様のいつもの護衛さん二人と、見覚えのない男性二人、そして、アイリーンさんとマスターさんがワタシの前にやってきました。
ワタシ「えっとね～、運転する人は～、まずはこの【運転マニュアル】を一通り読んでくださ～い」
大きめの声でそう言って、先程アイリーンさんから受け取った、クマさんとネコちゃん柄のノート6冊を差し出すワタシ。
アイリーン「私は昨日、2回も書き写したから、その内容は大体覚えちゃったわよ？」
ワタシ「そうなの？　それじゃあ、アイリーンさんが先生になって、皆さんに説明してくださいな？」
アイリーン「もちろんいいわよ？　それくらい」
ということで、早速運転手の皆さんに説明を始めたアイリーンさん。【運転マニュアル】の最初のページが燃料のお話だったので、6人そろって創り出したばかりの【ガソリン】のところへ行ってしまいました。
（【運転マニュアル】を一通りざっと目を通すだけで、大体1時間くらいかな？　それから実際に運転の練習に1～2時間くらい必要でしょ？　今がたぶん朝の7時ぐらいだから、お出かけするのは10時くらいになるのかな？）

そんな皮算用で今後のスケジュールの予想をしていると、侍女さんを伴った奥様がワタシたち3人に話しかけてきました。

奥様「『シュッセ』のお三人さん、ちょっとよろしいかしら。橋のことや、流行り病に効くポーションのこと、領主の妻として、本当に感謝しています。それだけじゃないわね。最近、この町は活気が出てきたと思うの。【三輪自転車】をはじめ、見たことがない画期的な商品の影響なのかしらね？　それもおチビちゃんたちのおかげなんでしょう？　三人とも、色々と本当にありがとう」

そう言って、ワタシたち3人に深く頭を下げてくれた奥様。ワタシがハンターギルドの講習で学んだ知識では、お貴族様が平民に頭を下げることはないと聞いていたので、かなりビックリです。

侍女1「お、奥様、なな、何ということを……」

侍女2「平民の子供に頭をお下げになるなど……」

奥様付きの侍女さんたちが酷く動揺する中、ワタシたち3人も驚きのあまりリアクションできずにいると、頭を上げた奥様がさらにお話を続けました。

奥様「それに何より、一番感謝しているのは、ベアトリスのこと。使えないと言われていたあの子の属性魔法のことですわね。活発で明るいあの子だけれど、以前はどこか無理をして笑っているところがあったの。それが最近、心の底からの笑顔で私《わたくし》に報告してくれたのよ？　『ハズレ』魔法が使えるようになったって、お友達が助けてくれたって、本当に嬉しそうに話してくれたの。私《わたくし》、あの子の魔法特性のことで、母親として何もしてあげられなかったの……あの子の強がっているような笑顔を見るたびに、私《わたくし》、自分が情けなくて、悔しくて……それがある日突然、心からの笑顔を見せるようになって、あの子の母親として本当に救われた気分だったの。だからおチビちゃん、本当にありがとう」

そう言って、今度は軽く会釈する程度の礼をしてくれた奥様の目は、薄っすらと潤んでいるようでした。

ワタシ「ビーちゃん様のお母さん、どういたしまして〜。でもね？　ビーちゃん様はワタシの大切なおともだちだから、お手伝いするのは、当然なの。だからね、お礼は要らないんだよ？」

奥様「そうなのね？　お友達だから……それでは皆さん、これからもベアトリスの大切なお友達でいてちょうだいね？」

ワタシ「は〜い！」

ねぇね「もちろんです！」

おにぃ「オレたちで良ければ！」

アリス「わ、私も私も！」

奥様「ふふっ、みんないい子ね。ベアトリスは、本当に良い出会いがあったみたいね」

ふわっ

そう言うと、奥様はワタシをふわりと優しく抱きしめてくれました。

（わぁ〜、ふわっとしていて温かくて柔らかくて……）

そうして、次々とワタシたちを連続でハグしていく奥様。そこに、白い【オフロード車】を見ていたビーちゃん様が戻ってきました。

ベアトリス「え？　なになに？　何のお話？」

奥様「いいからいいから、ベアトリスもこっちにいらっしゃい」

ベアトリス「わぁ、どうしたの？　お母様？」

最後にビーちゃん様を大切そうに抱きしめた奥様。ビーちゃん様もはじめは困惑気味でしたが、次第に笑顔で奥様を抱きしめ返しています。

（ビーちゃん様、幸せそうだな～。いいなぁ……）

そんな母娘の様子を間近で眺めていたおチビなワタシ。先程奥様に、オトナの女性に抱きしめてもらった余韻が残る中、小さな胸の奥に、寂しさと愛おしさ、そしてほんのちょっぴり、羨《うらや》ましさが込み上げてきちゃう、おチビちゃんなのでした。

◆◇◆◇◆

ワタシの目の前には、愛おしそうにビーちゃん様を抱きよせる奥様の姿。その姿からはオトナの女性ならではの母性が溢れていて、その神々しいとすら思える姿から目が離せなくなってしまいました。

そして同時に、それは自分に向けられることはない、決して手に入れられないものなのだと、幼いながらも理解してしまったおチビなワタシは、先程奥様に抱きしめてもらえた嬉しさとの落差も手伝って、ちょっとした寂寥感《せきりようかん》に苛《さいな》まれてしまいました。

（なんだか……寂しいな……）　（'＿'）

そんな時、ワタシの全身を大好きな温かさと柔らかさが包んでくれました。

ぽふっ
ワタシ「⁉　ねぇね？」
ねぇね「おチビちゃん、ビーちゃん様と奥様、幸せそうだね？」
ワタシ「……うん」
ねぇね「でもあのお二人を見ていると、何だかちょっとだけ、ほんの少しだけお胸が痛くならなかった？」
ワタシ「うん、なっちゃった……」
ねぇね「私もね、さっきからちょっとだけ、悲しいの」
ワタシ「ねぇねも？」
ねぇね「うん、そうなの。お母さんがいるビーちゃん様が羨ましくて、そしてそう思ってしまう自分のことがちょっと嫌で、悲しくなっちゃうの」
ワタシ「……」
ねぇね「でもね？　こうしておチビちゃんをギュッとしているとね？　そんな気分も吹っ飛んじゃうの」
ワタシ「ワタシもワタシも！」
ねぇね「そう？　それなら私もうれしいな」
ワタシ「うん。ねぇね、ありがとう」
　きっとワタシの視線とその表情から、色々察してくれたのでしょう。優しいねぇねがワタシのことを抱きしめながら、ワタシと同じ目線で言葉を紡いでくれます。

そしてもう一人の大好きな声が、ちょっと拗ねた感じでワタシとねぇねに語り掛けてきました。
おにぃ「二人とも、オレのことも忘れないでくれよな？」　(-з-)
ワタシ「おにぃ？　もちろんだよ」
ねぇね「ふふっ、そうだね。私たちは、いつも3人一緒だもんね？」
（いけないいけない。なぜか急に寂しい気分になっちゃったけど、ワタシには大切な家族、ねぇねとおにぃがいるんだもん。しっかりしなくちゃ！）
　大切な家族、ねぇねとおにぃの声を聞いて、あふれ出しそうな何かを、どうにか胸の内に抑えることができたワタシなのでした。
アイリーン「おチビちゃ〜ん、この教本を読みながら、実際の【自動車】での確認まで、一通り終わったわよ〜。この臭い【ガソリン】とかいう液体も、【自動車】に補充しておいたわよ〜」
ワタシ「は、は〜い。今行きま〜す」
　アイリーンさんからの声掛けで、いつも通りに戻ったワタシ。気持ちを切り替えて、【自動車】ドライバーの育成に注力することにします。
マスター「それにしても、この【ガソリン】か？　ひでぇ匂いだなぁ。しかもこれ、ちょっとの火種で爆発するんだろ？　厄介どころの騒ぎじゃねぇな」
ワタシ「そうなの。危ないから、絶対に火を近づけちゃダメなんだよ？」
マスター「あぁ。この教本にも、最初にデカデカとそう書いてあったな。とりあえず、【ガソリン】の管理はオレがすることにするぜ。他人が触れないように、地下倉庫の鍵付きの場所にでも放り込んでおくとするか。あそこなら誰も近づけねぇし、火の気も気にしなくていいだろうしな」

ワタシ「よろしくお願いしま～す」
　そんなやり取りの後、ついに実車による教習走行の開始です。
ワタシ「それでは運転手のみなさ～ん。２人１組で、担当する【自動車】に乗ってくださ～い。そして実際に町を走っているつもりで、【三輪自転車】で使った教習コースを運転してみてくださ～い。運転方法は【自動車運転マニュアル】の通りで～す。重要なのは、『慌てずゆとりをもって』、これを意識してくださいね～。【自動車】の運転は、急な操作は厳禁なのですよ～」
「「「「は～い（おう！）」」」」
　そんなこんなで小一時間、運転練習をしたドライバーの皆さんは、とても満足そうな充実の笑顔です。
アイリーン「楽しいわ～、この【自動車】の運転♪」
マスター「馬がいない分、馬車より前の状況が分かりやすくていいな」
護衛１《リチャード》「そもそも馬車では、ここまで思い通りに曲がったり止まったりできませんからな」
護衛２《フィリップ》「しかも簡単に後退までできるなんて、驚きです」
ワタシ「町の中では、事故の可能性が高いから、スピード出しちゃダメだよ？」
侍従１「町では時速20㎞以下、教本ではそうなっておりますな」
　そう言われて、重要なことを思い出しました。
（あっ！　【自動車】のスピードメーターって、アラビア数字だった！　時速20㎞って言っても、分からないかも！）
ワタシ「あのね、【自動車】のスピードメーターの数字、外国語だったでしょ？　大丈夫？」

侍従２「ん？　あぁ、あれって例の『デンタク』と同じでしょ？　今や領主館であの数字を理解できない者はいませんよ」
アイリーン「ギルドの主だった人間も、大抵覚えているわよ？　だって、あんなに便利な計算道具と、その表現方法なんですもの」
マスター「あの渋ちんの商業ギルドが、あれだけの大枚を出す程のモノだしな。今じゃあの数字を読めないヤツはモグリってぐらい、町中にも広まってるぜ？」
　そんな【電卓】とアラビア数字の意外な流行っぷりを教えてもらいつつ、【自動車】教習を締めくくることにします。
ワタシ「それじゃあ、みんな、【自動車】の運転練習はもう大丈夫？」
マスター「あぁ。御者の経験があるヤツなら、この教本さえ覚えちまえば、どうってこたぁねぇな」
護衛１《リチャード》「そうですな」
ワタシ「それなら、もう出発できる？」
マスター「もちろんだぜ」
護衛２《フィリップ》「ええ、大丈夫でしょう」
　ドライバーの皆さんから、出発準備完了とのお返事をもらったワタシは、今さらながら基本的で重要なことを確認しておきます。
ワタシ「それでね、ルビンスタイン領の町までは、ここからどれくらいの距離があるの？」
アイリーン「そうね～、今まではマッドリー男爵領経由で、大体40㎞ぐらいだったかしら。今回は橋を使ってかなりショートカットする形になるでしょうから、20～30㎞ぐらいかしらね？」

（時速30㎞で走れば、大体1時間で到着できるってことかな？　意外と近いんだね～。それにしても、今までのルートより10～20㎞も短縮できちゃうの？　それって、今までが、かなり遠回りだったんじゃないの？）

そんな疑問が浮かんだので、ついでに聞いてみることにします。

ワタシ「あのね？　なんで、今までマッドリー男爵領を経由していたの？」

マスター「そりゃあマッドリー男爵領に行けば、川を簡単に渡れるからだ」

アイリーン「あの谷川、ロータル川って言うんだけど、マッドリー男爵領の山間《やまあい》に、両岸が繋がっているところがあるのよ」

マスター「まぁあれだ、岩でできた天然の橋みてぇになってるところがあるんだよ」

そんな雑談をしていると、【カメラ】のフラッシュと思しき閃光が目に入ってきました。

カシャ（パッ）　ウィーン
ベアトリス「はぁ～い、お母様～。次はその乗り物のガラスに顔を寄せる感じで～。そうそう、ちょっと右から覗き込む感じで～そう！　そのままそのまま～はいっ！」

カシャ（パッ）　ウィーン
ビーちゃん様によって、またもやどこかで見たような光景が繰り広げられています。

（今回の被写体はワタシたちじゃないんだ～、よかった～。ビーちゃん様からのポージング要求って、地味に大変なんだよね～）

そんなことを思いつつ、ちょっとだけホッとしていたら、ここで意外な人物から、意外な提案がなされました。
アリス「あ、あのっ、私が『シャッシン』しますので、ビーちゃん様と奥様、お二人でいかがですか？」
見た目と違って意外とアクティブ女子なアリスちゃんが、『カメ子』役をかって出たのでした。
ベアトリス「そういえば、お母様と二人の『シャッシン』はなかったかも」
奥様「そうね？　アリスちゃんだったかしら、お願いしてもいい？」
アリス「はいっ、是非お任せくださいっ」
そんな感じで、ちょっとだけ緊張気味のアリスちゃんによる、美人母娘の写真撮影会が始まったのでした。
アリス「それではこちらに目線くださ～い。どうせですから、お二人とも、もう少し近づいてくださ～い。いっそのこと、腰を抱き合ってしまいましょうか～そうですそうです、それでは～はいっ！」
カシャ（パッ）　ウィーン
お貴族様の母娘相手に、臆せずポーズの指示を出すアリスちゃん。やはりアリスちゃんは、見た目と違って豪胆なキャラクターのようです。
そんな和気あいあいとした写真撮影の様子を眺めていたワタシ。すると何かを察してくれたのか、ねぇねがワタシの右手を、おにぃがワタシの左手を、それぞれ握ってくれました。
ねぇね「大丈夫？」
おにぃ「平気か？」

ワタシ「うん、もう平気だよ？　ワタシには、ねぇねとおにぃがいるもん」
今はもう、先程感じた寂寥感はありません。両手から感じる温かさのおかげで、ビーちゃん様母娘の楽し気な様子を、純粋に喜ばしいと思うことができたワタシなのでした。

◆◇◆◇◆

ベアトリス「それでは早速、ルビンスタイン領へ向けて、出発よ！」

今回の使節団？　の団長であるビーちゃん様の号令のもと、ついにルビンスタイン伯爵領へ出発することになりました。

それでは乗り込みましょうと、みんなで【自動車】の方に向かうと、どこから持ってきたのか、赤地に黒ネコちゃんっぽい図柄が描かれている大きな旗が、いつの間にやら3台の【オフロード車】に装着されていました。

二足立ちした黒ネコちゃんがガオーとしているそのデザインは、前世で見たことがあるフランスの自動車メーカーのエンブレムにそっくりですが、そのお顔はかなりニャンコ寄りで、かなりラブリーに仕上がっています。

ワタシ「あれ？　なんで【自動車】に旗が付いてるんだろう」

アイリーン「ん？　あの旗、気になる？　あれはね、オーレリア家の紋章なの。あの旗を付けているのはね、これはお貴族様のモノだから安易に近づくな、そんな意味合いもあるのよ？」

そんなちょっとしたトリビアを教えてもらいつつ、早速3台の【オフロード車】に分乗していきます。
先頭のビーちゃん様お気に入りの白い車（一号車）には、ビーちゃん様と奥様、そしていつもの護衛さん二人と侍女さん二人が乗り込んでいきます。パールホワイトの車（二号車）には、運転手の侍従さん二人と、残りの護衛さんが乗り込むようです。
そして最後の銀色の車（三号車）に、ワタシたち３人と運転手のマスターさんとアイリーンさん、そして、薬師ギルドの支部長のメアリーさんとその助手としてついてきたアリスちゃんが乗り込みます。
ワタシ「メアリーさんとアリスちゃんは、３列目の座席に座ってね？　ポーションとかのお荷物は、後ろのゲートから入れてね？」
アリス「は〜い」
メアリー「面倒かけるねぇ」
ワタシ「ワタシたち３人は、２列目に座ろうね？」
おにぃ「分かった」
ねぇね「うん」
ワタシ「マスターさんとアイリーンさんは、前の運転席と助手席ね？」
マスター「おうよ！　まずはオレが運転することにするぜ」
アイリーン「え？　ズルいじゃない。私が先に運転したかったのにー」
そんな感じで、順次乗り込んでいくワタシたち。ワタシはおにぃの後に続いて、颯爽と車の乗降用のステップに足を掛け……ようと思いましたがおチビなワタシには意外とステップが高くて届かなかったので、マスターさんに乗せてもらいます。

　そしてみんなに「危ないからシートベルトをしめてね～」と張り切って注意喚起していると、いつもの可愛らしい声が聞こえてきました。

ベアトリス『みんな～、聞こえる～、準備はいいかしら～？』

侍従『こちら二号車、問題ありません』

アイリーン『三号車も大丈夫です』

ベアトリス『それでは、しゅっぱ～つ！』

　ビーちゃん様の【電波】魔法と【トランシーバー】により、３台の【オフロード車】間のコミュニケーションはバッチリなのでした。

　そして静かにゆっくりと走り出した３台。その武骨な見た目とは裏腹に、意外と閑静で柔らかな乗り心地です。

アイリーン「練習していた時も思ったけど、この【自動車】、凄く乗り心地がいいわよね♪　そう思わない？」

　助手席に座るアイリーンさんからご機嫌そうな声が聞こえてきましたが、運転席のマスターさんにはそんな余裕はなさそうです。

マスター「ばっきゃろぅ。今、話しかけんじゃねぇ。危ねぇじゃねぇか」

アイリーン「あなた、練習の時はあんなに平然としていたじゃない。もっと肩ひじ張らずにリラックスしなさいな？　そんな調子じゃ、ルビンスタイン領都までもたないわよ？　あ、前見て！　荷馬車が向かってきてるわ、気をつけてよね？」

マスター「わ、わぁってらぁ」
　そんな漫才じみた前席での会話とは違い、後部座席のワタシたちはのんびりとしたものです。
アリス「私、馬車とか乗ったことないけど、辻馬車って、こんな感じなのかな？」
メアリー「いやいや、辻馬車なんぞとは比べ物にならないよ。きっとお貴族様が乗るような高級な馬車でも、ここまで良い乗り心地のモノはないんじゃないのかねぇ」
おにぃ「なあ、おチビ。オレたちの『ねぐら』、ケッパコも、こんな感じに動くのか？」
ワタシ「うん、動くよ？　今度動かしてみる？」
おにぃ「お？　いいのか？」
ねぇね「え？　私たちの『ねぐら』、動かしちゃうの？　大丈夫？　危なくない？」
ワタシ「そうなの、人にぶつかったりすると危ないの。だからね、動かすのはギルドの裏庭の広場だけにしようね？　広場なら、人もいないから安心だよ？」
アイリーン「そういうことなら、この教本を渡しておくわ。前もって読んでおけば、すぐに運転できるようになれるわよ？」
おにぃ「ありがとうございます」
　そんな雑談をしていると、あっという間にこの町の裏門が目に入ってきました。
　車に取り付けた黒ネコちゃんの旗が効いているのか、３台の【オフロード車】は一時停止することもなく、そのまま裏門をくぐり抜けていきます。
　そしてそのままさらに進み、何事もなく、大きな赤いアーチが可愛らしい、例の鋼鉄製の橋をも渡り切ってしまいました。

（うんうん、順調順調〜）

そんな風に心の中で一人満足気にうなずいていたら、事態が急変しました。

マスター「危ねぇ！」

キィッ
「「「「わぁ！（キャッ！）」」」」

運転手のマスターさんが叫ぶや否や、【自動車】を急停止させたのでした。あまりスピードが出ていなかったとはいえ、フルブレーキでの急停止だったため、車はガックンです。

ワタシ「どうしたの？」

マスター「それがよぉ、横から急に、鍛冶ギルドの連中が飛び出してきやがったんだよ」

順調に町を出られたのに、まさかの身内からの妨害でした。おチビなワタシの着座位置からではよく見えませんが、どうやらワタシたちの【自動車】は、親方さんたちちっちゃいおじさん軍団に取り囲まれているみたいです。

外の様子を知りたいので、窓際に座っているおにぃのお膝の上に乗せてもらって、ドアウィンドウを下げて見てみると、鍛冶ギルドのドワーフさんたちが、まさに目の色を変えてといった感じで、3台の【オフロード車】をあちこちペタペタと触っているところでした。

マスター「こいつはまずいかもしれねぇな。こうなっちまった親方たちは、手に負えねぇぞ」

（これって、【プレハブハウス】のときと同じで、興味を惹かれたモノに夢中になっちゃってるのかな？　でもそうなると、このままここでとおせんぼされちゃうかも。う〜ん、これは作戦を考えて、親方さんたちを引き剥がさなくっちゃだね！）

そう思ったワタシは、まずはちっちゃいおじさん軍団のリーダー、親方さんを呼ぶことにします。

ワタシ「親方さ～ん。この【自動車】について知りたいなら～、こっちに来てくださいな～」

ドタドタドタ
するると、土煙が上がる勢いで、親方さんがワタシの目の前に登場です。

親方「おお童！　これは『じどうしゃ』というのか？　どうやって動いておる？　こいつの本体は鉄ではないな？　何でできているんだ？」

親方さんから矢継ぎ早に質問が飛んできますが、ワタシはそれを丸っと無視して、高らかに宣言します。

ワタシ「親方さ～ん。街道までキレイな道を作ってくれたら、【自動車】をプレゼントしま～す。逆に～、今のままワタシたちの邪魔をするなら～、お食事もお酒も出しませんよ～」

という感じで、飴と鞭よろしく、親方さんと交渉を開始するワタシ。でも、口だけだと無責任な気もするので、道を作る道具も提供しておくことにします。

（地面を平らにするならアレ、ということで【想像創造】！）

【手動式整地ローラー　ローラー径80㎝×幅120㎝、取手幅140㎝×長さ190㎝、重さ500kg　材質：鉄　221250円】×10　2212500円
横着して下車せず、高いところから失礼しますとばかりに、おにぃのお膝の上からワタシが【想像創造】したモノは、前世で学校のグラウンド整備に使ったり、昭和の香り漂うスポコンアニメ内

でトレーニングにもご活躍いただいていた【整地ローラー】。またの名を『転圧ローラー』、『グラウンド（コート）ローラー』、その界隈では『コンダラ』なんて呼ばれたりもしていたヤツを一気に10台ご提供です。

親方「な、いきなりなんじゃこれは！」

ワタシ「親方さ～ん。その【整地ローラー】をあげるので、早く道を作ってくださいな～。その大きな鉄のローラーを転がせば、すぐに平らな道ができますよ～。あっ、でも、使い方には注意してね～。その【整地ローラー】は『引いて使う』んじゃなくて、『押して使う』んだよ～」

　使い方を間違えると危ないので、使用上の注意もキッチリ周知しておきます。

（野球のスポコンアニメだと『引いて』足腰鍛えてたけど、アレだといざという時逃げられずに轢かれちゃうよね。『♪重いコンダァラ～』なんて歌いながら引っ張っちゃダメ、ゼッタイ！）

（≧へ≦）

親方「むむっ？　このデカい鉄の塊を押し転がして、橋から街道までの道を作ればいいのだな？　そうすれば【じどうしゃ】をくれるのだな？　本当だな？」

ワタシ「うん。だからみんな～、【自動車】から離れてね～？」

親方「むむむ、あい分かった。皆の者、話は聞いておったな？　この【じどうしゃ】なるものから離れよ！」

「「「「おう！」」」」

　意外と素直に聞き入れてくれたちっちゃいおじさん軍団。親方さんの声に即応して、全員離れていきます。

ベアトリス『今よ！　しゅっぱ～つ』
その隙を見逃さず、ビーちゃん様からの無線連絡で、一斉に発車する3台の【オフロード車】。
その後ろをドワーフさんたちが名残惜しそうにお見送りです。
親方「約束だぞ～、道を作り終えたら～、絶対に～、【じどうしゃ】をもらうからな～！」
そんな地を這うような怨念じみた声を耳にしながら、おにぃのお膝の上から降りて、中央の座席に戻るワタシ。すると車内から、色々な意見が聞こえてきました。
マスター「いやぁ～驚いたぜ。まさか親方たちが横から急に飛びついてくるとは思いもしなかったからな～」
アイリーン「ドワーフ特有の興味を持ったものに対する執念は、ちょっと困っちゃうわよね？」
アリス「周りに何もないこの場所だったからよかったけど、町中であんなことしたら事故になってたよね？」
メアリー「ドワーフに限らず、町中だと急に飛び出して来たり、物珍しさで近寄ってくる者もそうだねぇ」
アイリーン「その辺り、今後は注意が必要よね？　今日は3台ともオーレリア領旗を付けていたから警戒して近寄ってこなかっただけかもしれないし、今後はどうなるか分からないものね？」
マスター「オーレリアの町は、辻馬車もそれほど走ってねぇしな。きっと小せぇ子供なんかは、興味を惹かれちまうだろうぜ」
おにぃ「自分が乗っていなかったら、オレもたぶん、近づいたかも」
ねぇね「えぇ？　ダメだよ？　危ないよ？」

（うんうん、交通事故は危ないよね～。前世でも、【自動車】が関係した交通事故って、一向になくならなかったもんね～。ワタシのせいで町中が危険になるのは嫌だし、【自動車】は町の外で使ってもらおっと）

座りなおした座席のシートベルトを締めながら、珍しく真面目モードで、今後の安全対策を考えるワタシなのでした。

◆◇◆◇◆

親方さんたちからの爽やかさの欠片もないお見送りを受けつつ、まだちゃんと整備されていない道路予定地を進む3台の【オフロード車】。それでも昨日のうちに親方さんたちが大きめな石を取り除いてくれたことが効いているようで、ゆっくり走行であれば多少の揺れ程度で進むことができました。

（親方さんたち、お仕事はちゃんとしてくれるし、あの変な執着さえなければいい人たちなんだけどな～）

そんなことを思っていると、それほど時間もかからずに街道と思われる広めの道に到着しました。

アイリーン「この街道を右に行くとマッドリー男爵領で、オーレリア領に行くのに使っていた今までのルートになるわね。左に進むと、今回の目的地、ルビンスタイン伯爵領の領都に着くわ」

そんな解説を聞いていると、ビーちゃん様の声がアイリーンさんの【トランシーバー】から聞こえてきました。

ベアトリス『みんな～、ここで少しやっておきたいことがあるから、ちょっと止まりま～す』
侍従『二号車、承知しました』
アイリーン『三号車も了解です』
　ビーちゃん様から『全体止まれ』の号令がかかったので、車を停車させてそのまま待っていると、
ワタシたち3人が座る座席のドアが開けられました。
ベアトリス「おチビちゃん、お願いしたいことがあるんだけど、一緒に来てもらっていい？」
ワタシ「は～い」
　ビーちゃん様からの御用命ということで、颯爽と【オフロード車】から飛び降り……ることは高さ的に無理そうなので、おにぃに抱き上げてもらって車から降ろしてもらい、ビーちゃん様に先導されつつ、みんなで街道との接道部にやってきました。
ベアトリス「ここにオーレリア領へ続く新しい道ができたんだって、街道を通る人にちゃんと周知したいの。だから、道標を設置したいんだけど、看板みたいな手軽なモノだと勝手に位置を変えられてしまう可能性があるし、かと言ってそこら辺にある石にすると目立たないでしょ？　だからちょっと悩んでいるの。それでね？　おチビちゃんに何か良い案がないかしら？」
ワタシ「えっと～、いたずらで場所を変えられたりしなくて、目立つモノがあればいいの？」
ベアトリス「そうなの。ここを通る人が見落とさない程度には目立たせたいのよね。だってここを通り過ぎてしまったら、何十キロと無駄にした挙句、マッドリー男爵領で通行止めでしょ？　それを防ぎたいのよね。ただ、目立つと言ってもオーレリア領の玄関口になるのだから、悪目立ちは避けたいけどね？　あと、盗まれる可能性がある高価なモノも避けたいわね」

ワタシ「う～ん、それなら、【熱気球】を縛り付けておくために創り出した、【テト○ポッド】でいい？」
ベアトリス「あの面白い形の岩ね！　確かあの岩、表面がかなり白くて、しかもすべらかだったわよね？　奇抜な形で人目を引くし、表面に文字も書けそうだし、しかも重くて持ち去られる心配もない。うん、道標にモッテコイね！」
ビーちゃん様からのGOサインもいただけたので、早速【想像創造】しちゃいましょう。

【消波ブロック　テト○ポッド（2・0t型）　質量1・84t　体積0・8㎥　高さ1420㎜
コンクリート製　1822100円】×2　3644200円

新しい道が街道にぶつかる場所、その両端に、おにぃの背丈ぐらいの高さがある、愛らしい四脚の独特の造形をした【テト○ポッド】を創り出しました。
ベアトリス「うんうん、いいわね！　これがあれば、まず見逃す人はいないでしょう。おチビちゃん、ありがとう」
ワタシ「どういたしまして～」
ベアトリス「それじゃ早速、案内を書いてしまいましょうか」
侍従1「畏まりました」
侍従2「承知しました」
そう言うと、どこからともなく大きめなアタッシェケースみたいなカバンを持ってきた二人の侍従さん。その中から色々と取り出して、【テト〇ポッド】に何やら始めました。
アイリーン「アレは多分、特別な魔法のインクで案内を書いてるんだと思うわよ？　おチビちゃんたちも見たことあるでしょ？　完了報告書の魔力証明、アレで使うインクよ？　あのインクで書いておけば、悪戯で消される心配もないでしょうからね」
　またもやトリビア的な知識を教わっていると、すぐに2つの【テト〇ポッド】の道標は完成したみたいです。
　そこには大きく『オーレリア新道入り口』と書かれており、さらには、【オフロード車】に付けられている大旗の図柄、二足立ちしてガオーしている黒ネコちゃんも描かれていました。
ワタシ「あっ、黒ネコちゃんだ！」
ベアトリス「あの紋章を描くことで、これはオーレリア家由来のモノだという証になるの。当然魔力証明付きだから、下手な改変はできないわよ？　ちなみにおチビちゃん、アレは黒ネコちゃんじゃなくて、クロヒョウよ？　クロヒョウ。オーレリア家の歴史ある大切な紋章なので、しっかりと覚えておいてね？」
ワタシ「は～い」
　そんな雑談をしていると、いつもの閃光が目に入ってきました。
　カシャ（パッ）　ウィーン
アリス「記念に『シャッシン』しておきました～」
ベアトリス「ありがと～。アリスちゃん、気が利くわねぇ～」
アリス「いえいえ～。私、ただ『シャッシン』が好きなだけなんです。どうせですから、奥様も一緒に『シャッシン』いかがですか？」
奥様「ええ。是非お願いしますね」
そんな感じで急遽開催された青空撮影会をこなしつつ、無事、オーレリア新道の道標設置作業を終えたワタシたちなのでした。
それからは、既存の街道をルビンスタイン領の領都に向けて進みます。街道はただ土の地面を踏み固めただけのようでしたが、思いのほか整地されていて、【オフロード車】が時速20～30㎞で走行しても大きく揺れることは稀でした。ただ、意外と交通量があったため、足の遅い馬車を追い抜いたりする機会が幾度とあり、その際、お馬さんを驚かせないように、かつ対向馬車が来ないうちに迅速に追い抜く必要があり、運転にまだ慣れていないマスターさんの苦悩の嘆き声が頻繁に聞こえてきました。
マスター「オイオイオイオイ、頼むから、もうちょっとだけ左に逸《そ》れてくれよ～。そんな真ん中を走られちゃ、抜くに抜けねえだろうが～。よっしゃ、今だ！　今しかねぇ！」
アイリーン「ちょっとあなた、もう少し丁寧に運転できないの？　さっきから忙しないわよ？　みんなの首がカックンカックンしちゃってるじゃない」
マスター「しょうがねぇじゃねぇか。街道は人や荷馬車が多いし、それに前の2台に遅れるわけにもいかねぇし……おっと危ねぇ、今度は徒歩の連中だ」
マスターさんによる一人実況中継と助手席のアイリーンさんからのツッコミ。それと同時に繰り返される急加速や急減速、それに急ハンドルまでもが加わります。街道での走行は、上下振動はそれほどではありませんでしたが、前後左右への揺さぶられはかなりのもので、おチビなワタシの頭はスイングされっぱなしです。
おにぃ「うっ……」
ねぇね「うぅぅ～」
アリス「気持ち悪いよ～」
ワタシ「うわぁぁぁ～、目が回る～」
（うぅ～マズイです～。このままだと、遠足での嫌な思い出ナンバーワン、『エチケット袋』案件になっちゃうよ～）
　そう思ったワタシは、すかさず【想像創造】です。

【酔い止め薬　トラベル○ン　チュ○ップ　ぶどう味　第2類医薬品　6錠　474円】×2　948円

ワタシ「気分が悪くなった人～、大惨事になる前にこのお薬飲んでね～」
　ワタシが車内にそう呼び掛けると、急に【オフロード車】が停止しました。
おにぃ「オレ、ダメかも。おチビ、薬くれ～」
ねぇね「わ、私も……」
アリス「うっぷ、気持ち悪～い」
　お子様組が全滅の様相を呈している中、オトナ組からは意外な声が聞こえてきました。
アイリーン「私は大丈夫よ？　この程度、全然平気」

メアリー「私もそれほどではないねぇ」
マスター「お、オレはダメだ。さっきから気持ち悪ぃ……」
運転手さんであるマスターさんが、まさかのアウトでした。
アイリーン「あなた、自分の運転で酔ったの？　なかなか器用なことをするのね？」
マスター「うっせぇ、うぷっ……」（」´－｀）」
そんなアイリーンさんからのツッコミに、リアクションすら取れない弱り切った強面《こわもて》マスターさんなのでした。

◆◇◆◇◆

自身が操る車で自爆的に車酔いしてしまったマスターさんに代わり、ここからは急遽アイリーンさんによるドライブとなりました。

アイリーン「この【自動車】、馬車と比べて自由自在に操れるし、楽だわよね～。馬の手綱をとるのって結構疲れるし、御者席《ぎょしゃ》って外だから、風が当たったりして意外と体力を消耗するのよね～。それに馬車だと、馬の疲労を考えて休憩させる必要もあるから、色々と面倒なのよね～」

そんな感じで、鼻歌でも歌い出しそうなくらいご機嫌で運転をしているアイリーンさん。かたや助手席には、いつもの強面を真っ青に変色させて、完全にグロッキーなマスターさん。対照的なお二人です。

アイリーン「あなた、護衛としての役割もあるんだから、ルビンスタイン領都に着くまでに、無理矢理にでも回復しておいてよ？　日中だから魔物の心配はないし、この辺りは盗賊の心配も要らないからいいけれど、人目がある町の中では形だけでも護衛はしてちょうだいよ？　私たちの新生ギルドの体面と、周りへの牽制にもつながるんだからね？」

マスター「わ、わぁってらあ……」

そんな二人の会話が耳に入ってきたワタシは、疑問に思ったことを聞いてみることにします。

ワタシ「ねえ、アイリーンさん。日中は魔物の心配はいらないの？」

アイリーン「ん？　そうよ？　魔物は日の光に弱いの。だから日中、野外で魔物に出くわすことはまずないわね。まあ、さっきの虫の魔物みたいに物陰に潜んでいたり、薄暗い洞窟や森の奥、さらにはダンジョンなんかは別だけどね？」

ワタシ「へぇー」

（ファンタジーの定番、ダンジョン！　やっぱりあるんだ！）（☆ω☆）

車酔い寸前だったのが嘘のように、にわかに気分が盛り上がるワタシ。前世のファンタジー小説でよく出てきた単語に、目がピキィーンと輝いちゃいます。

アイリーン「魔物は闇夜に生きるモノだから、日の光、そして【光】魔法にとても弱いの。だから魔物討伐に行く時は、【光】魔法の使い手がいると、かなり捗るのよ？　まあ、【光】属性を持っている人なんて稀だから、そうそう出会うことないんだけどね？　ちなみに私が知っている【光】属性保有者は、奥様だけね」

ワタシ「奥様って、もしかしてビーちゃん様のお母さんのこと？」

アイリーン「ええそうよ。奥様は【光】魔法の使い手として、この国でも屈指の御方よ。『閃光のヴィクトリア』と言ったら、この国では知らない人はいないぐらい有名なの。まあ、ここに知らなかった人が一人いたみたいだけどね？」
ワタシ「うん。ワタシ知らなかった」
ねぇね「私も知りませんでした」
おにぃ「オレもです」
アイリーン「あら、三人だったみたいね。それじゃついでに、ご領主様のことも覚えておくといいわ。強力な【雷】属性魔法を操る、『雷帝リッカルド』。この辺りに盗賊がいないのは、リッカルド様が定期的に撲滅して回っているからなのよ？」
ワタシ「へぇー。ご領主様も奥様も、すごいんだね～」
アイリーン「ええ。凄く有名で民衆にとても人気があるのよ？　逆に敵も多いんだけど、嫉妬やひがみは人気者の宿命みたいなものだしね。でも、そのあおりを一番受けてきたのが、ベアトリスお嬢様だったのよね。例の魔法属性、『ハズレ』だなんだって、格好の餌食になってしまったの。成果を上げているご領主様ご夫婦には面と向かって言えない分、ベアトリスお嬢様には、みたいな感じね？　でも、最近のお嬢様はもう大丈夫そうだし、逆に凄い魔法よね？　あれも結局、おチビちゃんのおかげなんでしょ？」
ワタシ「んーん、違うよ？　ワタシはお手伝いしただけだよ？　すごいのはビーちゃん様なんだよ？」
アイリーン「そうね、そういうことにしておきましょう」
　そんな会話をしていると、ダッシュボードに置いてあった【トランシーバー】から、噂の張本人の声が聞こえてきました。

ベアトリス『みんな～、聞こえてる～？　そろそろルビンスタイン領都に到着よ～。今、目の前に迎えの騎馬が来ているから、それに続いて町に入るわよ～』

侍従『二号車、承知しました』

アイリーン「ちょっと、運転で手が離せないから、あなたが返答してちょうだいよ」

マスター『……りょ、了解です。うぷっ』（；´３｀）

アイリーンさんからの指示を受けて、覚束《おぼつか》ない手つきで【トランシーバー】でお返事したマスターさん。酔い止め薬の効果で多少回復しているようですが、まだまだのようです。

そうこうしているうちに、進行方向に大きな建造物が見えてきました。

アイリーン「あら、もう到着しちゃったのね？　まさかお昼前に着くとは思ってもみなかったわ。馬車と違って馬を休ませなくて済むのが大きいのかしらね」

そんなアイリーンさんの大きな独り言を耳にしていると、目の前に大きな門が現れました。そしてワタシたちが乗る車の横には、入門待ちと思われる人や馬車の列が延びていました。

アイリーン「結構混んでるわね～、というよりこの行列、全く進んでいるように見えないわね。これって、町に入る審査待ちというより、町に入ること自体を制限しているように見えない？」

マスター「……あ？　あぁ、たぶん流行り病を広げないように人の行き来を止めてるんだろうぜ」

そんな大渋滞を横目に、ワタシたちが乗る車は少しスピードを落とすだけで門を素通りしていきます。きっと先頭にいると思われるお迎えの騎馬さんや車に掲げている大旗のおかげなのでしょう。ノーチェックで門をスルーです。その際、槍を持った数人の衛兵さんが整列していたので、「バイバ〜イ」と手を振っておくワタシです。
そして大きな門から町の中に入ると、意外や意外、目の前には人影が全くないガラガラの町並みが広がっていました。
メアリー「これはこれは、何とも殺風景だねぇ。もしかすると、流行り病対策で、住民に外出の制限でもかけているのかねぇ」
アリス「私、この町に来るの初めてだったから、ちょっと残念かも」
アイリーン「でも道が空いているのはありがたいわ。アレコレ気を遣わずにど真ん中を堂々と運転できそうだし」
ということで、全く渋滞することなくスムーズに道を進むことができたワタシたちの【オフロード車】。前世的に言うところのシャッター街のような町中をあっという間に通り抜けると、さらに緑豊かな庭園のような場所を走り抜け、最終的に豪華なお城のような建物の前に横付けしたのでした。
アイリーン「みんな、お疲れ様〜。ルビンスタイン領主城に到着したわよ〜」
マスター「はぁ〜、やっと着いたぜ〜。だが止まってしまえばこっちのもんだ」
車酔いに苦しんでいたマスターさんが、いの一番に車を降りていきます。
ワタシ「ねぇね、おにぃ、アリスちゃん、気分はどう？　車酔いは大丈夫？」
ねぇね「うん。お薬が効いたみたいで今はもう平気だよ」
おにぃ「オレもだいぶ良くなったよ」
アリス「私も私も〜」

そんな感じでほっと一息、みんなで【オフロード車】を降りていくと、とても慌てた感じで、数人の男女が駆け寄ってきました。
男性1「すいませんが、薬師ギルドのオーレリア支部長さんはどちらですか？」
男性2「至急、例のポーションをお願いします。重症者がいるんです、急いでください」
女性1「まずはポーションを、ポーションの引き渡しを、お願いします」
メアリー「はいよはいよ。私がオーレリア支部長さね。例のポーションはこの【自動車】の後ろに積んであるから、そちらさんで運び出しておくれ。それと、ここの支部長のところに案内してくれるかい？」
アリス「私も一緒に行っていい？」
メアリー「もちろんさね。アリスは私の助手なんだからね」
どうやらメアリーさんとアリスちゃんとは、ここで一旦お別れのようです。
ワタシ「アリスちゃん、お仕事がんばってね～。またあとでね～」
アリス「うん。行ってくるね～」
ベアトリス「それでは薬師ギルドの支部長さん、流行り病のことはよろしくお願いしますね？」
メアリー「承りました」
ベアトリス「他の皆さんは、私と一緒についてきてくださいね？」
アイリーン「畏まりました」
マスター「承知しました」
おにぃ「分かりました」

ねぇね「ました」
ワタシ「は〜い」
　ということで、奥様とビーちゃん様たちの後ろに続いて、城内を進んでいくワタシたち。廊下のいたるところには、槍を持った衛兵さんが立っていて、独特の張りつめた空気が漂っています。
　そんな空気にあてられて緊張気味のオトナ組とは異なり、おチビなワタシはのんきに雑談を始めちゃいます。
ワタシ「それにしても、薬師ギルドの人たち、よくメアリーさんがここに来るって分かったよね〜」
おにぃ「そう言われると、そうだよな」
ねぇね「どこからか、連絡が行ったのかな？」
ベアトリス「あぁそれはね、私が朝、領主館に【電波】して、文通鳥をおじいさま宛てに飛ばすよう指示しておいたの。それでおじいさまに、薬師ギルドの職員を領主城に集めてもらったのよ。そうしておけば、時間の短縮ができると思ってね」
　ワタシたち３人のおしゃべりを拾って、ビーちゃん様が内情を教えてくれました。今朝、薬師ギルドのメアリーさんが同行すると知ったビーちゃん様は、すぐさま【電波】魔法を駆使して、即座に段取りを整えてくれたようです。
ワタシ「すごいねすごいね！　ビーちゃん様は、とっても頭がいいんだね！　ご領主様の【雷】魔法も、奥様の【光】魔法も強くてすごいけど、ビーちゃん様の【電波】魔法も、全然負けてないよね！　情報伝達とか人を動かすことに関しては、きっと最強だね！」

ベアトリス「そんなことないわよ？　それにこれは全部、おチビちゃんのおかげですもの。本当に感謝していいます、おチビちゃん、ありがとう」

そう言ってワタシの手をとって微笑んでくれたビーちゃん様。

ワタシ「どういたしまして～。せっかくだから、このまま手をつないでいっしょに歩いていい？」

ベアトリス「もちろんよ」

おともだちに感謝されて嬉しくなったワタシは、周りの緊張なんてどこ吹く風。今にも『らんらら〜ん♪』と歌い出しそうな勢いで、ビーちゃん様とつないだ手をブランブランさせながらお城の荘厳《そうごん》な廊下を歩くのでした。

◆◇◆◇◆

ヴィクトリア「父上様、母上様、ご無沙汰しております。お変わりありませんか？」

ベアトリス「おじいさま、おばあさま、お久しぶりです」

伯爵「よく来た、ヴィクトリア、ベアトリス。元気そうで何よりだ。こちらも息災だよ」

伯爵夫人「トリア久しぶりね、元気そうでよかったわ。それにトリスも。少し見ないうちに、また大きくなったわね？」

今ワタシの目の前では、前世的に言うところのセレブな方々が、再会を祝して優雅に挨拶を交わしています。そしてセレブではないワタシたちは、その様子をちょっと離れたところから立ち見です。そう、ワタシたちは今、立って見ています。

今日は正式な謁見ではないということで、お膝をついての格式ばったご挨拶はしなくていいみたいなのです。
ベアトリス「あの、おじいさま、おばあさま。早速なのですが、ご紹介したいお友達がいるのです」
伯爵「それはそこにいる子供たちのことかね？」
ベアトリス「はい、私の恩人でもある３人です。こちらの二人、オニール君とネーネちゃんは、今回薬師ギルドが手配した、例の『簡易エリクサー』の作成者で、我がオーレリア領で病が流行せずに済んだのは、この二人のおかげです」
おにぃ「お、お初にお目にかかります」
ねぇね「か、かかります」
伯爵「うむうむ。そうかそうか」
ベアトリス「そしてもう一人、こちらのおチビちゃんは、空に浮かび上がることができる【ネッツキッキュー】や一瞬にして風景画を描いてしまう【カメラ】、その他にも、人力だけで動かせる乗り物【三輪自転車】、誰でも簡単に計算ができる【デンタク】と外国の数字表現、そして何より、誰も知らなかった私の【電波】属性魔法を教えてくれた、私の大恩人なのです！」
ワタシ「えっと、こんにちは～」
伯爵夫人「あらあらこのおチビちゃんが？　文通鳥で報告は聞いていましたが、本当に可愛らしいのですね？」
ベアトリス「今日ここに来られたのも、おチビちゃんのおかげなのです。領境を封鎖された我が領のために谷川に橋を架けてくれたり、悪路でも大丈夫な馬がいらない車、【自動車】という乗り物まで用意してくれたのですよ？」
伯爵「ふむ。マッドリー男爵による領境封鎖については、こちらでも把握しておる。全く、マッドリー男爵にもほとほと呆《あき》れたわい。どうせまた、いつもの嫌がらせなんだろうよ」
伯爵夫人「あの御仁、いつまでヴィクトリアに振られたことを根に持っているのかしらね？」
　ここで驚愕の事実を耳にしてしまいました。なんと、マッドリー男爵の嫌がらせは、ビーちゃん様のお母さん、ヴィクトリア様に振られたことへの逆恨みが原因だったようです。
（なるほど～。マッドリー男爵という人は、自分を振った人とその旦那さんがいるオーレリア領を恨んでいるんだね～）
　そんなことを考えている合間にも、ビーちゃん様のお話は続きます。
ベアトリス「それでおじいさま、今日はその橋についての報告と、お願いがあって参りました」
伯爵「橋については、文通鳥でもらった連絡と、実際に騎士団長に確認させた報告を聞く限り、特に問題はないと思っている。マッドリー男爵による嫌がらせ行為の先が見えぬ今、領外との交通経路の確保は死活問題であろう。街道へ繋げる接道についても、自由にして構わぬ」
ベアトリス「ありがとうございます」
ヴィクトリア「父上様、感謝いたします」
伯爵「それで？　もう一つのお願いというのは？」
ベアトリス「はい。お友達で恩人でもあるこちらの3人が、是非とも知りたいことがあったのですが、私では答えられませんでした。でも、おじいさまならご存じかもしれないと、今日一緒に連れて来たのです」
伯爵「ふむ。今回の『簡易エリクサー』提供に対する礼として、そして何より、ベアトリスがそう望むのであれば、私が分かることは答えよう」
ベアトリス「ありがとうございます」
伯爵「それで？　私に何を聞きたいのかな？」
ベアトリス「おじいさまは、『天恵の里』という場所について、何かご存じありませんか？」
伯爵夫人「え？　『天恵の里』ですって？」
伯爵「ほう？　まさかそのような言葉をまたこの場所で聞こうとは」
ベアトリス「何かご存じなのですね？」
伯爵「その前に問おう。なぜ、どこから、その名を？」
ベアトリス「実はこのネーネちゃんの故郷が『天恵の里』という場所らしいのです」
伯爵「何と！」
伯爵夫人「あの里の関係者なの？」
ベアトリス「ネーネちゃん、詳しく説明できる？　おじいさま、いいですよね？」
伯爵「うむ。直答を許そう」
ねぇね「はい。私は小さい頃、『天恵の里』というところで母と二人で住んでいました。そのお里には、『神の御使い様』に関するモノがいたるところにありました。食べ物や道具、日常の生活に使われるモノから、お社に祀られるようなモノまで、たくさんでした。そんなお里で、私と母は、『御使い様』に日々感謝しながら生活していたのですが、ある日急に新しい里長が私たちのお家にやってきて、私たち二人はお里を追放されました。追放の理由は、私たちが人間じゃないから、そう言われました」
ベアトリス「え？　人間じゃないってどういうこと？　どこからどう見たって、ネーネちゃんは人間じゃないっ！」
　ねぇねの最後の言葉に、ビーちゃん様が意味が分からないとばかりに反応しますが、どうやら伯爵夫人には思い当たる節があるようで、ねぇねに優しく確認してくれました。
伯爵夫人「なるほどね。その見た目なら、そういうことなのね？　お嬢さん、あなたエルフの血が入っているのではなくて？」
ねぇね「えっと、私にはよく分かりません。でも、私の曾おばあちゃんも曾々おばあちゃんも、凄く長生きだったと聞いたことがあります」
　またもや驚愕の情報を耳にしてしまいました。なんと、ワタシの大好きなねぇねは、前世のファンタジックなお話では必要不可欠な存在、かの有名なエルフさんかもしれないのです。
（そうなんだ！　でも、ねぇねは美人でカワイイから、エルフさんでも全然不思議じゃないね！）
　そんな感じで一人納得しているワタシをよそに、お話は続いていきます。
伯爵「ふむ、そういうことか。大体理解した」
ベアトリス「おじいさまは、何かご存じなんですね？」
伯爵「ああ。『天恵の里』の前の里長とは、古い友人だった」
伯爵夫人「私《わたくし》もね」
伯爵「その縁で、以前は『天恵の里』と我が領は親交もあった。こちらから魔石を融通する代わりに、何度か貴重な植物を譲り受けたこともある。今では一切のやり取りはなくなったが……」
ねぇね「あの、もしかして、谷川の近くにあった柿の木は」
伯爵「おぉ、柿の木。久しぶりに聞く名だ」
伯爵夫人「ええ。かなり前のことだけど、『天恵の里』の前の里長から何本か移植してもらったわね」
ねぇね「そうだったんですね」
　どうやらアイリーンさんにターザンロープで採りに行ってもらった柿は、ねぇねのふるさと『天恵の里』由来だったようです。
伯爵「話を戻すが、前の里長は教会の中では極々稀な、本当に信心深い人物だった。それが教会内での権力争いに敗れて、私の知らぬ間に命までも奪われてしまった……今から10年ぐらい前の話だ。その後、『天恵の里』の新しい里長になった男はかなりの有名人でな。そやつの名が知られているのは、極度の人間至上主義者だったためだ。王都やその周辺で、人種による階級制度を導入しようとした人物として、貴族間で知らぬものはおらぬぐらいだ。だがこの国で人種差別は法度、さすがに教会内でも問題視されたのだろう。失脚して左遷、『天恵の里』の里長という形で島流しにされたのだ。そなたと母御が追放されたのは、つまりそういうことだったのであろう。して、母御は？
ここには見当たらぬようだが」
ねぇね「母は、数年前に……」
伯爵「そうであったか。新しく来た里長のこと、さぞや憎かろう」
ねぇね「最初は恨みました。里長のことも、それを許している世の中のことも……なんで私たちがこんな目に遭わなければならないのかって……。でも、母が、大好きだったお母さんが、毎日私に教えてくれたんです。神様は見ていてくださるって、だから神様に見られて恥ずかしいことをしてはいけないって。情けを忘れず、いつも朗らかに、精一杯生きるんだよって……そして『その日』を待っていなさいって、今は苦しく困っていても、必ず救いの手は差し伸べられるからって……」

伯爵「……」

ねぇね「私はそれを信じました。私にはそれしかできなかったから……でもそれは、お母さんが言っていたことは間違っていませんでした。私が本当に困ってどうしようもなくなった時、黒パンを譲ってくれた人が現れたんです。それがお母さんとの最後の食事になってしまいましたけど……」

伯爵夫人「そう……」

ねぇね「お母さんとはお別れになっちゃいましたけど、神様のお導きで、その後とってもとっても大切な出会いに恵まれました。今ではこうして3人で楽しく暮らせています」

伯爵様にそう説明しながら、おにぃ、そしてワタシに笑顔を向けてくれたねぇね。けれど微笑むその瞳の中に、わずかに輝くものを見つけてしまったワタシは、居ても立ってもいられなくなり、お貴族様の前でしたが、思わずねぇねに抱きついてしまいます。

ポフン
(ねぇね、今まで大変だったんだね。急にお里を追い出されて、しかもお母さんも……そんな状況だったのに、足手まといのおチビなワタシを拾ってくれて、家族として迎えてくれて……)

その温かな心根が嬉しくて、それ以上にねぇねの今までの境遇が切なくて、ワタシも自然と涙が零れてしまいます。

（ねぇねのことは、ワタシが絶対、ゼッターイ、幸せにします！　天国にいるねぇねのお母さん、安心してね！）

日頃から思っていた事ではありますが、今までにも増してワタシが決意を固めていると、ねぇねが独り言のように小さくつぶやきました。

ねぇね「お母さんは正しかった。神様はちゃんと見ていてくださり、そして、おチビちゃんを、……（ボソボソ）をお遣わしくださったのですから」

最後のところは良く聞こえませんでしたが、ヒシッと抱きついたワタシの頭を優しく撫でてくれたねぇねなのでした。

伯爵「今が幸せであるなら、何よりだ」

伯爵夫人「あなたと、あなたの御母堂《ごぼどう》の気高き信仰心に、神もご厚情を示されたのでしょうね」

ねぇね「はい……」

その後、お部屋にしばしの静寂が訪れました。ワタシは伯爵様たちの前で泣いてしまわないように、そして大切な人に『そばにいるよ』と伝えたくて、ねぇねに必死にしがみつくので精一杯なのでした。

そんな静けさがしばらく続いていましたが、突如として大きな声が静寂を破りました。

ベアトリス「えっ⁉　何ですって！」

何の前触れもなく、ビーちゃん様が驚愕に満ちた声をあげたのです。

ベアトリス「おチビちゃん大変！　今、アリスちゃんから【電波】が届いたの！　おじいさま、薬師ギルドのみんながいる場所が、襲われてるみたいです！」

「「ええ！」」

静かだった室内に響き渡る、子供特有の甲高い声。

突然おともだちのアリスちゃんが襲われていると聞かされて、お貴族様の前だということも忘れて驚きの声を上げるワタシたち3人なのでした。

伯爵「ベアトリス、慌てる必要はない。既に手は打ってある。というより、想定通りだ」
ベアトリス「え？　想定通り？　おじいさま、どういうことなのです？」
伯爵「間もなくウィルフレッドが制圧するであろうよ」
ヴィクトリア「兄上様が？」
伯爵「うむ。せっかくの『簡易エリクサー』だ。流行り病に使うだけでは勿体ないと思ってな？どうせだから、この伯爵領に巣食う病巣までも一掃してやろうと策略を巡らせたのだ」
ヴィクトリア「策略ですか？」
伯爵「ああ。あえて教会関係者に『簡易エリクサー』の情報を流して、わざと襲撃されるよう意図的に誘導したのだ。もちろん、薬師ギルド関係者の安全対策は万全であるし、大掛かりな捕り物となろうから、余計な被害が出ぬよう、町中に外出禁止の触れも出しておる。指揮を執るウィルフレッドにも抜かりはないはずだ」
　ワタシたちがこの町に入ってきた時、町に人影がなかったのは、流行り病対策ではなくて、このためだったみたいです。
ベアトリス「おじいさま、どうしてそのようなことをお考えで？」
伯爵「いやなに、私は単にベアトリスの真似をしたということだよ」
ベアトリス「私の真似ですか？」

伯爵「ああ。ベアトリスが先日送ってきた報告に、『【ネッツキッキュー】という大きな風船で空を飛びました。とても楽しい時間でしたが、その際、教会の害虫にたかられたので駆除しました』とあっただろう？」
ベアトリス「はい。確かにそのように報告しました」
伯爵「今回は、それと同じことをしたまでのことだ。金になりそうなモノを目の前にぶら下げてやれば、やつらは無警戒にホイホイと食らいついてくるからな。たとえそれが、仕組まれた罠だったとしてもだ」
　そんな会話を聞いていると、急にビーちゃん様の表情が安堵したように変わりました。
ベアトリス「良かった～。今アリスちゃんから【電波】が届いて、騎士と衛兵が助けに来てくれたって！　薬師ギルド関係者は全員無事で、誰一人としてけが人は出ていないって！」
ワタシ「良かった～」
ねぇね「アリスちゃん。無事で良かったね～」
おにぃ「ホントだな～」
　すると今度は、伯爵様が驚いた表情でお話を始めました。
伯爵「覚醒したとは聞いていたが、それにしてもベアトリスの魔法は便利なものだ！　離れた場所の状況が、まるでその場にいるかのように、瞬時に報告されるのだからな。実際、私のところには、ウィルフレッドからも騎士団長からも、未だ何も報告は届いておらぬ」
ヴィクトリア「それはすべて、こちらのおチビちゃんのおかげなのですわ。ベアトリス、そうなのでしょう？」

ベアトリス「はい。【電波】属性魔法そのものの性質について教えてくれたのもそうですが、それを使うために必要な道具をくれたのがおチビちゃんなのです。その道具、【トランシーバー】がなければ、私の【電波】魔法だけでは他者と連絡を取り合うことはできません」

伯爵「ほぉ？　ということは、今、襲撃現場にいる誰かが、その【トランシーバー】なるモノを持っておるのか？」

ベアトリス「はい。薬師ギルドの新しいオーレリア支部長の孫娘で、アリスちゃんというお友達が持っています」

そんな会話の矢先、ドタドタと足音が聞こえてきたと思ったら、お部屋のドアがあわただしくノックされました。

ドンドンドン

伯爵「ん？　やっと報告がきたようだ。入れ～」

騎士「ご歓談中失礼します。ウィルフレッド様からのご伝言を持って参りました」

伯爵「うむ、聞こう」

騎士「はっ。『虫は網にかかった。これより駆除を開始する』以上であります」

伯爵「ご苦労。下がってよい」

騎士「はっ。失礼しました」

そうして伝令役の騎士さんがお部屋から出ていくと、伯爵様がニコリとビーちゃん様に目を向けました。

伯爵「騎士からの報告では、今から賊の捕縛を開始するとのことなのだが、先程ベアトリスからは、もう事は済んだと聞いたな？」
ベアトリス「はい。アリスちゃんからはもう助けられたと【電波】で聞きました」
伯爵「うむ。この時間差よ、これは侮れぬ。ベアトリス、そなたのその【電波】属性魔法、それは、政《まつりごと》の在り方を一変するかもしれんぞ？　何しろ、我ら為政者と実働部隊との距離的時間的隔たりをなくすことができるのだからな。これが政の万事でそうとなれば、その効果は計り知れぬものとなろう。ベアトリスが一人いるだけで、何百何千何万もの手足を、何の時間差もなく操ることができるとなれば、その効果たるや。うむ、まさに為政者垂涎の属性魔法であろうよ」
伯爵夫人「少し前まで言われ続けていた『ハズレ』属性とは、まるで正反対のお話ですわね？」
伯爵「ああ。これは属性魔法の革命かもしれぬ」
伯爵夫人「これを機に、トリスへの誹謗や陰口が下火になればいいのですが……」
伯爵「ベアトリスのこの【電波】属性魔法の効果を聞いて、尚もその有用性に気づかぬ愚か者とは、今後一切関わり合いになりたくないものだ」
ベアトリス「おじいさまにそこまで言っていただけて、私、今までで2番目に気持ちが楽になりました」
伯爵「ん？　2番とな？」
伯爵夫人「1番ではないのね？」
ベアトリス「はい。1番は、まごうことなく決まっています。それはもちろん、私に【電波】魔法を教えてくれた、おチビちゃんです！　おチビちゃんに【トランシーバー】をもらったあの日が、私にとって人生最良の日です！」

フワッ　ギュッ

そう言って、伯爵様ご夫妻の目の前でおチビなワタシを抱きしめてくれたビーちゃん様。急なことでちょっとビックリしちゃいましたが、もちろんとても嬉しいので、ワタシもビーちゃん様を抱きしめ返しちゃいます。

（わぁ〜い。ビーちゃん様にギュッってしてもらえた〜）

伯爵夫人「あらあら、なんてほほえましいのかしら」

伯爵「うむ。こんな光景が見られるのなら、私が２番でも何も文句はあるまいよ」

またもやお貴族様たちの前であることをすっかり忘れて、おともだちのビーちゃん様としばし戯れるおチビちゃんなのでした。

◆◇◆◇◆

そんなこんなで、ひとしきりビーちゃん様とのスキンシップを満喫していると、伯爵様が思い出したようにお話を始めました。

伯爵「そういえば、話の途中であったな。そなたら３人は『天恵の里』に行きたい、それが望みということでいいのかな？」

ねぇね「はい」

おにぃ「ぜひ」

ワタシ「そうで〜す」

伯爵「そうか。だが残念ながら、それはちと難しいかもしれぬ。先程話した通り、今の里長がいるうちは、実現は容易くなかろうて」
ねぇね「そうですか……」
伯爵「全く可能性がない訳でもないのだが、さりとて相手は教会という組織、迂闊《うかつ》に近づくのは悪手かもしれぬな……」
そう言って考え込んでしまった伯爵様。ワタシたちのために、色々と思考を巡らせてくれているみたいです。
すると今度は、ビーちゃん様のおばあちゃん、伯爵夫人が、何か思いついたようにお話を始めました。
伯爵夫人「ねぇあなた、『天恵の里』って、そもそもどこの領地だったのかしら？」
伯爵「ん？　それはもちろん国王陛下の直轄地、王領であるぞ？」
伯爵夫人「それでしたら、国王陛下のご許可が頂ければ、問題ないのではありませんか？」
伯爵「ふむ。かの地の領主でもある国王陛下のご命令とあらば、里長とてどうすることもできないか……なるほど。よし、その方向で考えてみるか……」
どうやらビーちゃん様のおばあちゃんがナイスアシストをしてくれたみたいで、ワタシたち３人が『天恵の里』へ行ける可能性が上がったみたいです。
（ビーちゃん様のおばあちゃん、貴重なご意見ありがと～）
そんな風に心の中でお礼をしつつ、ビーちゃん様のおばあちゃんに目を向けると、その立ち姿に少し違和感を覚えました。

（あれ？　ビーちゃん様のおばあちゃん、なんだかちょっと斜めに立ってない？　んん？　よく見ると、片足を庇っているようにも見えるよね？）
そう思ったワタシは、幼女特有の空気の読まなさを遺憾なく発揮して、思ったことをストレートに口に出してみます。
ワタシ「あのあの、伯爵夫人様、もしかして、足をけがしているんですか？」
ベアトリス「え？　おばあさまがおけがを？」
ヴィクトリア「え？　母上様が？」
伯爵夫人「あらあら、おチビちゃん凄いわね。どうして分かったのかしら？」
おチビなワタシの視線は、今日も今日とてローアングル。オトナの足腰の不自然な動きは、否が応でも目に入ってしまうのです。
伯爵「お前がけがをしていたとは気づかなんだ。して、どうしたのだ？」
伯爵夫人「実は、足というか、太ももの後ろをちょっとぶつけてしまって……」
伯爵夫人がそう説明していると、夫人の後ろに控えていた、いかにも『できる』といった雰囲気の侍女さんが、音もなく前に進み出てきました。
侍女「恐れながら発言をお許しください。オードリイ様のおけがは、あの者が、あの新参者がわざと――」
伯爵夫人「証拠は何もないわ」
侍女「ですが！」
伯爵夫人「心配してくれているのは分かるわ。けれど、ね？」

侍女「っ、出過ぎた真似をいたしました。お許しくださいませ」

なんだか突然、雲行きが変わってきました。伯爵夫人の足のけがは単なる事故という訳ではないようです。『あの者』とか『証拠』とか言っているので、それはもうきっと、そういうことなのでしょう。

（ほほぅ？　これはすなわち、サスペンスですね？　なんだか『香ばしく』なってきましたよ？）

気分は名（迷）探偵でそんなことを考えていると、伯爵様が謝罪を始めました。

伯爵「ドリー、気づけずに済まぬ。いささかあやつを自由にさせ過ぎたようだ。だが今の話で決心が固まった。一時的とはいえお前には苦労をかけたが、それも今日までのこととなろう」

伯爵夫人「それはもしかして……いいえ、私《わたくし》はあなたの決断に従うだけですわ」

なんだか思わせぶりな会話が繰り広げられています。どうやら、色々な思惑が錯綜《さくそう》しているみたいです。

（今日まで？　ということは、ふむふむ。今日これからなにかが起こる、そういうことかな？）

またもや名（迷）探偵の真似事をしてワタシが推理を巡らせていると、伯爵夫人が心配無用だとお話を切り上げました。

伯爵夫人「とにかく、けがと言っても大したことはありませんの。立っている分には何ともありませんし、椅子に座ると少し障りがある程度です」

そう口にした伯爵夫人は、室内にある応接セットへと目を向けました。もしかすると、椅子に座ると痛いから、このまま座らずにやり過ごすつもりなのかもしれません。

（あの椅子、いかにも豪華そうだけど、木でできていて硬そうで、座り心地は悪そうだもんね～。

伯爵様はねぇねのお里のことを色々教えてくれたし、伯爵夫人様もナイスアシストしてくれたし、そのお礼をしちゃおっかな～）

そう思ったワタシは、早速行動に移ります。いきなり後ろを振り向いたと思ったら、トテトテとお部屋の後方の広く空いたスペースに勝手に移動しちゃいます。

すると、ワタシたちの護衛役として少し離れた場所にいたマスターさんとアイリーンさんが、慌ててワタシを追いかけてきました。

マスター「おいおチビ、勝手にウロチョロすんな」（ヒソヒソ）

アイリーン「内謁とはいえ、伯爵様の御前なのよ」（コソコソ）

伯爵「いや、別に構わん。されど、何をするつもりなのだ？」

ワタシ「えっとですね？　この辺の空いている場所、使ってもいいですか？」

ワタシからの突然の許可申請に、意味が分からないといった表情の伯爵様でしたが、ビーちゃん様がすかさずフォローしてくれました。

ベアトリス「おじいさま、こういう時のおチビちゃんには、期待していいですよ？」

伯爵「そうなのか？　ベアトリスがそう言うのなら好きにして構わん。存分にせよ」

ワタシ「わかりました～」

（それではお言葉に甘えまして、例のアレを【想像創造】！）

【イタリア製　リアルレザーソファーセット　２Ｐ（幅１４５×奥89×高88　座面高43㎝）＋３Ｐ（幅１８５×奥89×高88　座面高43㎝）＋ガラス天板ローテーブル（幅１５５×奥70×高80㎝）　天

然木フレーム、中材：ポケットコイル、ウレタン・シリコンフィル　生地：牛革　色：アイボリー
５２７７７０円】×３　１５８３３１０円

ワタシの知識の中で一番高級な応接家具、イタリア製の【ソファーセット】を３セット、最大で15人座れるように創り出してみました。柔らかなポケットコイルとウレタンで体を包み込むように優しく支えてくれる座り心地抜群の本革製【ソファー】と、大きなガラス製天板の【ローテーブル】をセットでご用意です。透明で歪みがないガラスは大変貴重だと聞いているので、お貴族様の伯爵様にもきっとお気に召していただけるでしょう。

ということで、先程までただのガランとした空間だったお部屋の後ろのスペースが、ハイグレードな応接空間に一瞬にして早変わりです。

伯爵「なっ、何が起こった！　もしやこれが報告にあった例の能力……」
ヴィクトリア「そうですわ。ですが父上様、母上様、このことはなにとぞ御内密に」
伯爵「うむ、それは約束しよう。それで、これは一体……な、何と、まさかこれはガラスでできたテーブルか！　これほどの大きさで全く歪みがないガラスなど、この年になって初めて目にする。何と素晴らしい！」

早速ガラス製の【ローテーブル】に気づいた伯爵様。ワタシの目論見通り、とても驚いてくれました。

（やったー！　作戦大成功～）
内心で『してやったり』と、大変満足なワタシでしたが、その後の展開は予想外でした。

伯爵「それにしても、その周りにあるのは……」

伯爵夫人「まさかこれって、椅子なのかしら……」

ヴィクトリア「そのようですわね。でもこれでは……」

ガラスの【ローテーブル】よりも、むしろメインと言っていい【ソファー】に対して、皆さんのリアクションは芳しくありません。残念な物を見るような、あまり歓迎されていないような、何とも微妙な雰囲気です。

（あれれ？　硬い椅子だと太ももに負担だと思って、柔らかい【ソファー】をご用意したんだけど、ダメだったのかな？　気に入ってもらえると思ったんだけどな〜）

当てが外れてワタシが少しシュンとしていると、ビーちゃん様がその理由を教えてくれました。

ベアトリス「あー、えっとね、おチビちゃん。実はね……」

少し言いづらそうに切り出したビーちゃん様の説明では、お貴族様は人前で座面が低い椅子に座らないのだそうです。高貴な人々にとって、人前で尻もちをつくことは屈辱的で恥ずべきことなのだそうで、座面が低い椅子に座ることは、その尻もちをついた姿勢を彷彿とさせるため、敬遠されているのだそうです。

（そうだったんだ〜。お貴族様には【高級ソファーセット】は必要なかったんだね〜。そういえば、ビーちゃん様のお家にも、ワタシだと『ちょ〜っとだけ』届かない椅子しか無かったかも）

あくまで『ちょ〜っとだけ』座面が高かったと、ビーちゃん様のお家（領主館）にあった椅子を回想するおチビなワタシ。自力で座れたことはただの一度もありませんが、もうすぐ大きくなる予定（願望）なので、これくらいの『些細な誇張』は許されるでしょう。

そんなどうでもいいことを考えていると、ビーちゃん様のおばあちゃん、伯爵夫人が、ワタシに向かって話しかけてきました。
伯爵夫人「もしかして、私《わたくし》のためなのかしら。硬い椅子だと足のけがに障《さわ》りがあるからと、ご用意してくれたの？」
ワタシ「はい、そうで～す」
伯爵「そうかそうか。せっかくの厚意だ、無下にはできまい。早速、皆で座ろうではないか」
ヴィクトリア「父上様、よろしいのですか？」
伯爵「なに、構わんだろう。今ここにいるのは身内とその友人だ。貴族の体面など気にする必要はあるまい」
伯爵夫人「そうですわね。何より、その心遣いが嬉しいですもの」
　ということで、ワタシが創り出した【高級ソファーセット】は無駄にならずに済みそうです。
伯爵夫人「そういうことですので、ヨアンナ、お茶と例のアレの用意をお願いね」
ヨアンナ「畏まりました」
　先程発言した、いかにも『できる』といった感じの侍女さんが、キレイなお辞儀をして退出していきます。
　そして伯爵様夫妻は、二人そろって【高級ソファーセット】の上座的なポジションに腰を下ろしました。
伯爵「あぁ～、なるほどこれはいい。沈み込むように柔らかで、それでいて不安定さは一切ない。最上の座り心地だ」

伯爵夫人「そうですわね。後ろに体重がかかるので太もものけがをした場所に負担もかからなくて、ありがたいですわ」
伯爵「公の場では差し障りもあろうが、プライベートでは是非とも愛用したいものだ。ヤンセン、追って移設の手配を頼む。寝室とリビングが良かろう」
ヤンセン「承知しました」
　最初からずっと伯爵様の後ろに控えていた、いかにも執事さん風な装いをしたナイスミドルが、深みのある声でお返事します。
（あの執事さんっぽい人、ヤンセンさんというお名前なんだ〜。ワタシとしては、セバスチャンがお勧めなんだけどな〜）
　またもやどうでもいいことを考えていると、伯爵様が上機嫌に話しかけてきました。
伯爵「ここには今、身内とその友人しかいないのだ。皆も座れ」
ヴィクトリア「ええ、そうさせていただきますわ」
ベアトリス「はい、おじいさま。おチビちゃんたちも座って？　もちろんハンターギルドのお二人もね？」
ワタシ「は〜い」
おにぃ「え？　いいんですか？」
ねぇね「えっと、し、失礼します」
　ワタシたちお子様組は（一人を除いて）遠慮気味に従いますが、オトナ組はそういう訳にはいかないようです。

マスター「大変申し訳ございません。オレ、ゴホン、私は護衛としてここにいますので、遠慮させていただきます」
アイリーン「ご配慮いただきまして大変恐縮なのですが、私も後ろにて控えさせていただきます」
ヴィクトリア「まあまあそう言わないで？　これも何かの縁でしょ？」
伯爵夫人「トリアとトリスがお世話になっているのですもの。あなた方のお話も伺いたいわ」
伯爵「うむ。不敬だ何だと言わぬ故、気楽にして欲しい」
　そうこうしていると、先程の侍女さんが、ティートローリー（台車）を押したメイドさんと一緒に戻ってきました。もちろん、ティートローリーにはティーセットを載せているのですが、そこには他にも、とっても見覚えのあるモノが……
おにぃ「なあ、あれって」（コソコソ）
ねぇね「やっぱりそうだよね」（ヒソヒソ）
　どうやら気づいたのはワタシだけではなかったようで、ワタシを挟むようにソファーに座ったねぇねとおにぃが即座に反応しました。それはそうでしょう。ワタシたちの原点、あの【はちみつ】が、見慣れたビンごと運ばれてきたのですから。
伯爵夫人「せっかくだから、先日ヴィクトリアの所から送ってもらった『黄金色の蜜』を入れて、お茶をいただきましょう。さあ、全員分のお茶の用意ができたことですし、冷めないうちに早くお座りになって」
　お貴族様にここまで言われてしまっては拒む訳にはいきません。マスターさんとアイリーンさんも断り切れずに着席することになったのでした。ちなみに体の大きいマスターさんは、二人掛けのソファーを独占です。
　そうして急遽始まった、『ふんわりソファーでまったり』お茶会。参加しているメンバー的にも、座っている椅子的にも、お貴族様のお茶会としてはありえない状況なのですが、伯爵様夫妻は終始ご機嫌です。
伯爵夫人「この【はちみつ】を入れると、お茶がとっても美味しく飲みやすくなるわ。これを知ったら、もう元のお茶には戻れませんわね」
伯爵「甘いモノは得意ではないが、この『黄金色の蜜』は甘さに嫌味がなくていいな。これの出所も、そうなんだろう？」
ヴィクトリア「そうですの。ね？　おチビちゃん」
　そう言って、意味ありげにワタシに微笑みかけるビーちゃん様のお母さん。とりあえず、コクコクとうなずいておきます。
伯爵夫人「そうなのね。それにしてもこの【ソファー】だったかしら？　かなり出来がいいわね。座り心地がとても快適だわ」
伯爵「しかもお前の足を慮《おもんぱか》っての品だ。そんな気遣いの贈り物ともなれば、何であれ嬉しいものよ」
伯爵夫人「そうですわね」
伯爵「それに加えてこれほど美しいガラスのテーブルまでももらい受けたとなれば、そなたらへの褒美も奮発せねば……ところでそなたら、例のポーション、『簡易エリクサー』献上の際、褒美はなんであったのかな？」

おにぃ「献上？」
ねぇね「褒美？」
ワタシ「えっと、献上の褒美って、なんですか？」
突然、伯爵様に全く心当たりのないことを質問されて、困惑を隠せないワタシたち3人。すると伯爵様は、さらに質問を重ねてきました。
伯爵「そなたら、国王陛下に『簡易エリクサー』を献上したのであろう？ その時の褒美を聞いておる」
ワタシ「ねぇね、おにぃ、国王様に『簡易エリクサー』を献上したの？」
おにぃ「オレは知らないぞ？」
ねぇね「私も聞いてないよ？」
伯爵「薬師ギルドが代わりに行ったのではないのか？ よもや、国王陛下に献上していないということはあるまい」
そんな会話を聞いていたビーちゃん様が助け舟を出してくれました。
ベアトリス「おじいさま、私が薬師ギルドの新しい支部長に確認してみますね？」
伯爵「おぉ、そういえば薬師ギルドのオーレリア支部長は孫娘と共にこの町に来ておるんだったな。今は捕り物の現場か。だがベアトリスの属性魔法なら離れた場所でも即座に連絡がとれる。わざわざここまで呼び出す必要もないとは、何とも便利な事よ」
ベアトリス「はい、その孫娘、アリスちゃんに【電波】してみます」
そうして【電波】魔法で確認を終えたビーちゃん様は、何やら言いづらそうに伯爵様に報告を始めました。
ベアトリス「……えっとあの、おじいさま。先日オーレリアの薬師ギルドで不正というか、いざこざがあったのですが、そのどさくさで何もなされていないようです」
伯爵「ん？　何もとは？」
ベアトリス「どうやら献上どころか、新薬としての報告すら行われていないようです」
伯爵「何と！　それは一大事であるぞ！　早急に手配せねばなるまい！」
急に大きな声をあげた伯爵様。おチビなワタシにはよく分かりませんが、その様子からしてよろしくない状況のようです。
お話の内容から、ねぇねとおにぃが作った『簡易エリクサー』のことのようなので、ワタシは伯爵様に一つ提案してみることにします。
ワタシ「伯爵様、えっとあの、『簡易エリクサー』なら今ここに持っているので、それを出せばいいですか？　おにぃ、あの水筒を出してくれる？」
おにぃ「わかった」
おにぃがリュックの中から『簡易エリクサー』が入った【魔法瓶】を取り出して、伯爵様の前のガラス製【ローテーブル】の上に置きます。
伯爵「おぉ、今持っておったか。それは僥倖《ぎょうこう》。早馬で王宮に送り、速やかに報告と献上を行えば、今ならそれほど問題にならぬだろう」
これで一件落着と思いきや、またもやビーちゃん様が言いにくそうに話し始めました。
ベアトリス「あ、あの、おじいさま。もう一つ、報告があるのですが」

伯爵「ん？　どうしたというのだ？」
ベアトリス「はい、この町の薬師ギルドの職員から、患者が多くて『簡易エリクサー』が足りないと、そう連絡が来ているそうです」
伯爵「何と！　それでは今受け取ったこれを……いや、国王陛下への献上品に手を出すわけには……」
　この町の領主としての立場と、国王陛下への忠誠心。伯爵様はこの二つの間で揺れ動いているようです。
　そんな時、ワタシの両隣から決意に満ちた声が聞こえてきました。
ねぇね「あ、あのっ、伯爵様。この『簡易エリクサー』は、この町の患者さんに使ってください。これはそのために持ってきたものなんです。王様への献上品は、お家に戻ってからもう一度作りますので、どうか、お願いします」
おにぃ「伯爵様、お願いです。流行り病は、すぐに根絶しないとダメなんです」
伯爵「だがそれでは国王陛下への献上が遅れることに……最悪、お主たちが罪に問われることになるやもしれぬのだぞ？」
ねぇね「怖いですけど、それでも構いません」
おにぃ「悪い病が流行るより、よっぽどマシです」
（カッコイイ～。さすがワタシのねぇねとおにぃだね～。だけど、何も悪くないねぇねとおにぃが、何で罪に問われるの？　国王様が病気になってるのなら分かるけど、そうじゃないなら納得いかないい～）（◎´ε｀◎）

ワタシが心の中でねぇねとおにぃを称えつつ、絶対君主制に対してクレームを入れていると、伯爵様が『その意気やよし』とばかりにねぇねとおにぃの要望を請け負ってくれました。

伯爵「あい分かった。そなたらの気持ち、決して無下にはすまい！　王宮関連のアレコレは、すべてこの私が引き受けるとしよう。誰かある！　至急、この銀の容器を、薬師ギルドの詰め所まで送り届けよ！　急げ、急ぐのだ！」

伯爵様の檄《げき》により、やにわに慌ただしくなるルビンスタイン領主城なのでした。

◆◇◆◇◆

すぐに駆けつけてきたお偉いさんっぽい騎士さん。伯爵様がその騎士さんにアレコレ指示を出していると、先程報告に来た伝令っぽい騎士さんがまたもやお部屋にやってきました。
騎士「伯爵様、騎士団長、打ち合わせ中失礼します。ウィルフレッド様からの続報でございます」
伯爵「うむ、聞こう」
騎士「はっ。『害虫の駆除は完了。こちらに被害なし』以上であります」
伯爵「ご苦労。下がってよい」
騎士「はっ。失礼しました」
そうして伝令の騎士さんが帰っていくと、伯爵様はボソリとつぶやきました。
伯爵「ベアトリスから聞いていたとはいえ、何事もなく無事に終わって何よりだ。それにつけても、ベアトリスの【電波】魔法との時間差よ。これほどまでに差があるとは……伝令からの口頭報告が、滑稽なお遊びに見えてしまうな」

伯爵夫人「本当にそうですわね」

伯爵「これは今回のような報告に限った話ではない。一事が万事、ベアトリスがいるオーレリアの町は、今後、政の機敏さと正確さが増すであろうよ」

（うんうん。さすが伯爵様、分かってる〜。前世と同じで、やっぱり情報を制する者がすべてを制するってことなんだよね〜。つまり、ビーちゃん様、最強〜♪）（＞ｰ。）ゝ
　そんなことを考えているうちに、色々な指示出しも終わったようで、騎士団長さんも退室していきました。

　でもその代わり、またもやこのお部屋に別の誰かがやって来たようです。

女性「義父《おとう》様、義母《おかあ》様、そろそろ昼食のお時間でございますよ？　あら？　来客中でしたの？」

ヴィクトリア「ステファニー義姉《あね》上様、ご無沙汰しております」

ベアトリス「伯母様、ご無沙汰しております」

ステファニー「あら、誰かと思えば、平民から煽てられて調子に乗っている下級貴族とその付属物ですか。貧乏臭い母親と不出来な娘を目にするなんて、今日はついてないですわね」

（え？　このおばさん、今なんて言った？　付属物？　不出来？　まさかビーちゃん様のことじゃないよね？　なんなの？　このお貴族のおばさん、一体なんなの?!）（｀へ´）

　闖入者《ちんにゅうしゃ》からのまさかの発言に、ワタシが驚きと戸惑い、そして強い不快感を覚えていると、ビーちゃん様のお母さんがビーちゃん様をなだめるようにお話を始めました。

ヴィクトリア「トリス、いいこと？　いつものように真面目に取り合ってはダメよ？　ステファニー

様は心を病んでいらっしゃるの」

ベアトリス「はい、心得ております。いつも通り、病人の戯言を真に受けたりいたしません」

おチビなワタシにはかなり『インパクトのあるご挨拶』に聞こえたのですが、どうやらこのやり取りは『通常運転』のようで、ビーちゃん様母娘は『いつも通り』気にしないようです。

ステファニー「ふん、相変わらずスカしていること。癪《しゃく》に障るったらありませんわ」

（こういうの、なんて言うんだっけ？　嫁姑争いじゃなくて、嫁小姑問題？　よく分からないけど、この女の人、怖っ！）

そんなことを考えていると、そのケバイ感じの貴族のおばさんが、攻撃ならぬ『口撃』を再開しました。

ステファニー「それにしても皆さん何ですの？　その恥ずかしい格好は。平民ならばいざ知らず、高貴な者のする姿勢ではありませんことよ？　あら？　よく見るとその平民もいるのね？　地に腰を下ろすような無様な格好のみならず、下賤な者と同じテーブルにつくなんて、さすがは下級貴族。私《わたくし》のような高貴な上級貴族には理解が及びませんわ」

どうやら先程教えてもらったことは本当だったようで、座面の低いソファーに深々と腰を下ろしている伯爵様やビーちゃん様母娘を見た貴族のおばさんは、蔑んだ視線と共にこれでもかとこき下ろしてきました。

自身の優位を確信したのか、ニヤリと不快な笑みを零した貴族のおばさんは、『口撃』をさらに続けます。

ステファニー「それはそうと義父様、義母様。私《わたくし》、実家の侯爵家から、良いものを手に入れましてよ？　商業ギルドが今一押しの、変わった容器に入った【ワイン】ですの。雑味がなくてスッキリとした味わいなのだと、近頃有名なのですって。ですが流通の関係で数が限られているようで、結構な金額を請求されたと父上から聞きましたわ。そんな珍しい逸品ですもの、伝手のない地方領主ではまず手に入らないでしょうから、施して差し上げようと思いましたの」

その言葉と共に、後ろに控えていたメイドさんが、これまた『かなり見覚えがある容器（ペットボトル）』に入った【ワイン】を掲げます。

ステファニー「代わりと言ってはなんですけど、以前朝食でいただいた『黄金色の蜜』を融通していただければ嬉しいですわね」

施してあげると言っておきながら、対価を要求してくるあたり、何とも『せこい』上級お貴族様のようです。

ここまでは、嫌味な貴族のおばさんによるワンサイドゲームでしたが、ここで伯爵様が反撃を始めました。

伯爵「我々は身内とその友人を交えたプライベートな会談をしていたのだ。お主のような『他人』からは見苦しく見えようが、『親しい仲』であればこのような椅子で少々羽目を外して寛いだとて何も問題ない。そもそもお主に入室の許可は与えておらぬが？」

ステファニー「まあ！　次期領主の伴侶たる私《わたくし》が、この城で何の制約を受ける必要がありましょう。それに義父様の口ぶりでは、まるで私《わたくし》が身内ではないように聞こえますわよ？」

伯爵「どうやら耳だけは真面《まとも》だったようだな」

伯爵夫人「そうでもありませんわよ？　この方はいつもご自分の都合の良いことしか聞こえていな

いご様子ですし」
ステファニー「んまぁ！　義父様、義母様、何をおっしゃってますの？　もしや、そちらの下級貴族とその『ハズレ』娘に何か唆《そそのか》されまして？　それとも無能で下賤《げせん》な平民と同じテーブルにつくことで、卑しさがうつってしまいましたの？」
　その言葉を聞いた途端、伯爵様は何かを決心したように表情を厳しくしました。
伯爵「その『ハズレ』とやらだが、最初にお主が言いふらしたことは調べはついておる。そんなお主には残念だろうが、ベアトリスの【電波】魔法は、今はもう見事に開花しておるぞ？『ハズレ』のハの字も見当たらぬわ。先程も、遠く離れた場所で起きた出来事について、伝令の何千何万もの速さで報告してくれたのだ。その有能さは、まさにアッパレとしか言いようがなく、オーレリア領の未来は明るいと、皆でそう確信していたところなのだよ」
ステファニー「報告ですって？　それがどうしたというのです？　そんなもの、貴族ではなく下々の仕事でしてよ？」
伯爵「それがそなたの意見、いや、認識なのだな」
ステファニー「ええ、その通りですわ」
伯爵「話は変わるが、そなたが実家から入手したというその【ワイン】、そして先日私が譲り受けた黄金色の【はちみつ】、そなたは出所を知っておるのか？」
ステファニー「いいえ。ですが、王都か王都近郊ではありませんの？」
伯爵「【ワイン】の出所については、そなた自身が口にしていたではないか。流通に問題があると。つまりはだ、少し前までは自由に行き来できたが、今現在は行き来が困難な場所、ということだ。

そのような場所に聞き覚えはないか？」
ステファニー「いいえ、全く」
伯爵「そうか……ならば教えてやろう。その【ワイン】の出所は、現在隣の領から領境を封鎖されているオーレリア領だ。お主が常日頃からこき下ろしているヴィクトリアとベアトリスの領地だよ」
ステファニー「え？」
伯爵「ついでに、黄金色の【はちみつ】もオーレリア領主からの贈答品だ」
ステファニー「は？」
伯爵「さらに言うとだ。その両方とも、そこにいるベアトリスの友人が関わっておる。お主の言では、無能で下賤な平民だったか？　無能な者に、それだけの逸品を調達できようはずがないだろうに」
ステファニー「そ、そんなはずは！」
伯爵「このようなこと、少し調べれば自ずと分かることだ。全く、自分のことを棚に上げて、よくもヴィクトリアとベアトリスのことを悪し様に言えたものよ。無能なのはどちらなのか、ゴブリンの赤子でも分かるであろうよ」
ステファニー「なっ！」
伯爵「それはそうとだ。ちょうど今しがた、私はあることを決心したところなんだ」
ステファニー「な、何ですの？　唐突に」
伯爵「情報の大切さを理解できない愚か者とは今後一切関わり合いになりたくないものだ、となし」

ステファニー「それはどういう――」
伯爵「ウィルフレッドからのたっての願いであったし、上位貴族からの『命』でもあったので、今《こん》日《にち》まで我慢していたが……身内であるヴィクトリアとベアトリスに対する日頃からの暴言や目に余る噂の拡散、そして我妻オードリイへもちょっかいを出したようだな？　ステファニー、そなたには暇を与える。ウィルフレッドとは離縁ということだ。子もおらぬことだし、さして問題はなかろう？　実家の侯爵家へ戻り、二度とこのルビンスタイン伯爵領に足を踏み入れるな」
ステファニー「そ、そんなことをして、侯爵家が、オースティン家が黙っていませんわよ！」
伯爵「元よりそのつもりだ。我がルビンスタイン家は、オースティン家との関係を一切合切白紙とする！」
（えぇ～？　よく分からないけど、大変なことになっちゃってませんか？　まぁ、あの嫌なおばさんとビーちゃん様の縁が切れるのは大賛成ですけどね～。それにしても、こんなドラマみたいなことホントにあるんだね～）　(◎。o。◎)
　まるで前世の昼ドラのような修羅場展開を目の当たりにして、不謹慎ながら、ちょっとだけワクテカしちゃうワタシなのでした。

◆◇◆◇◆

伯爵「一日やろう。明日にはこの屋敷にそなたの居場所はないと心得よ」
ステファニー「こんな横暴、許されるはずがありません！　必ずや、オースティン侯爵家の総力を挙げて、報復して差し上げますわ！」
伯爵「好きにするがよい。されど、その際はこちらも黙ってはおらぬ。そのつもりでな」
ステファニー「たかが地方の伯爵風情が、高位貴族である我が侯爵家に何ができるとおっしゃるの？」
伯爵「お主、まだ分からぬのか。先程の【ワイン】や【はちみつ】はどこから来ていると教えた？　つまり、今後一切、お主はそれらを口にすることができなくなるということだ」
ステファニー「そんなことできるわけ……」
伯爵「やり様はいくらでもある、楽しみにしていることだ。しかもそれだけではないぞ？　調べたところ、今のオーレリア領は見たことがないような品々で溢れかえっているらしい。気づいていないようだから教えておくが、私の目の前にあるこの【ローテーブル】をよく見てみるがいい」
ステファニー「テーブルがどうしたって……えっ！　透けてる⁉　まさか、それは、大きなガラス⁉」
伯爵「ハハッ、ようやく気づいたか。このように透明で歪みがないガラス等、国中どこを探しても見つけられぬだろう。例えば、これほどの品を交渉材料としたならば、どのような立場の人間でも、コロリと心変わりすると思わぬか？　こちらにはこのような強力な手札が数多あるということを、肝に銘じておくがいい」
ステファニー「……」
　お貴族様同士の、そんな怖いやり取りの真っ最中なのですが、ワタシたちと同じテーブルにいるビーちゃん様母娘は、そんなことはお構いなし。ワタシが用意したゆったり【ソファー】の上で、たっぷり【はちみつ】を入れたお茶をまったり美味しそうに味わっています。
ビーちゃん様があまりにあちらのお話に無関心過ぎるので、ちょっと疑問に感じたワタシ。早速本人に聞いてみることにします。
ワタシ「ビーちゃん様、あのね？　どうして、あんなことになってるのに、なにも驚かないの？」
ベアトリス「ん？　あぁ、それはね？　私の【電波】魔法をおじいさまが革命かもしれないと言ってくださった時のこと、覚えてる？」
ワタシ「うん。ビーちゃん様が2番目に嬉しいって言ってたときでしょ？」
ベアトリス「そう。その時おじいさまは、『【電波】属性魔法の効果を聞いてもなお、その有用性に気づかぬ愚か者とは、今後一切関わり合いになりたくないものだ』とおっしゃったでしょ？　だからこうなることは予想していたの。伯母様、いいえ今はもう違うわね。ステファニー様は、以前からずっと私の【電波】魔法を『ハズレ』呼ばわりしていたからね」
ワタシ「それだけで？」
ベアトリス「それ以外にも、おばあさまのおけがのことを聞いた時、おじいさまは何やら決意をなさったように見えたの。だから、きっと何かしら行動を起こすのだろうと思っていたわ」
ワタシ「へぇー」（それだけでここまでの展開を予想できるんだ。すごいね～）
そうこうしていると、ギャーギャー騒いでいたお貴族のおばさんは、標的を変えて最後の悪あがきのようです。
ステファニー「ヴィクトリア！　アンタが、アンタがすべて悪いのよ！　アンタさえいなければ、私《わたくし》が社交界で注目の的になっていたのに！」

ヴィクトリア「……」

でもビーちゃん様のお母さんは完全無視を決め込むようで無反応。目すら合わせませんでした。最後には、いつの間にやら集まっていた使用人や騎士の皆さんに囲まれて、抵抗虚しくお部屋から強制的に追い出されていく、派手な貴族のおばさん。すると、そのおばさんと対峙していた伯爵様夫妻が一仕事終えたとばかりに戻ってきました。

伯爵「我が伯爵家の最大にして唯一の懸案が、これでようやく解消された。しかしこれで完全にオースティン侯爵家とは手切れとなる。我が国随一の馬の産地との絶縁だ。今すぐではないが、中長期的に物流への影響が出るであろう」

伯爵様が少し難しい顔をしながら、独り言のようにお話をしています。

すると、ビーちゃん様がいいことを思いついたとばかりに、伯爵様に提案を始めました。

ベアトリス「それでしたら、おじいさま。おチビちゃんにお願いしてはいかがでしょうか。私たちのために今日おチビちゃんが用意してくれた乗り物、【自動車】は、乗り心地がとても快適で、しかも馬やロバがいなくてもとても速く動くのですよ?」

そう言うと、ワタシに期待の眼差しを送ってきたビーちゃん様。ワタシ、完全にあてにされちゃっています。

（およ？　ビーちゃん様が【自動車】をプレゼントして欲しそうにアピールしてますよ？　でも【自動車】は燃料の問題があるし、ワタシの身近じゃないと運用的に難しいと思うんだよね～。しかも【ガソリン】って、すっごく危ないしな～）

いつものワタシなら、ここでポンッと【自動車】をプレゼントしちゃうところなのですが、給油の問題があるため、ちょっと考えてしまいます。
　すると、今までずっと会話に口を挟むことなく控えていたアイリーンさんが、ここで言葉を発しました。
アイリーン「恐れながら伯爵様、発言をお許し願えますでしょうか」
伯爵「ん？　もちろん構わぬ。ところでそなたは？」
アイリーン「はい。そちらの３人『シュッセ』の後見をしております、ハンターギルドオーレリア支部の職員兼『ユービン』ギルドの職員で、アイリーンと申します」
伯爵「ん？　『ユービン』ギルドとな？　寡聞にして聞かぬ名だが」
アイリーン「はい。『ユービン』ギルドは『シュッセ』がオーナーを務めています新設されたばかりのギルドでして、主な業務として物流を担っております」
伯爵「ほう、物流とな？」
アイリーン「はい。ルビンスタイン伯爵領に『ユービン』ギルドの支部を設置させていただければ、只今ベアトリス様が話題にされた【自動車】を含め、多様な運搬手段を提供できると存じます」
伯爵「ふむ。できたばかりで実績のないギルドか……」
アイリーン「『ユービン』ギルドは設立されたばかりとは言え、オーレリアのハンターギルドと薬師ギルド、それに鍛冶ギルドを傘下に収めており、決して弱小という訳ではありません」
伯爵「ほほう。それだけの団体を傘下にしているとは、商業ギルド並みの資金力と規模か」
アイリーン「知名度さえ上がれば、発展することは間違いないと確信しております」
伯爵「うむ。馬については今すぐ問題となる訳ではないし、その『ユービン』ギルドの有用性を時間をかけて試すのも悪くないか……よかろう。『ユービン』ギルドの支部の設置を許可しよう。詳細は後日、事務方と詰めるように」

アイリーン「格別のご高配、ありがとうございます」

どうやら『ユービン』ギルドがここの領地でも増殖しちゃうみたいですが、ワタシたち3人は完全に他人事モード。特にワタシは、現在進行形でビーちゃん様から発せられている『なんとかして』熱視線を、そのままアイリーンさんにスルーパスするのに手いっぱいで、お話の内容は全く頭に入っていません。

（なんだかまた難しそうなお話してるけど、面倒そうなことは全部、オトナの人たちにマルっとお任せ！　アイリーンさん、よろしくで〜すっ！　ということで、ワタシはビーちゃん様からの熱視線をどうにか……そうだ！　変顔をして、ビーちゃん様を笑わせちゃえ！）

ワタシ「あっぷぷっぷ〜」（・﹅ω﹅・）

ベアトリス「ぷふっ、アハハ。おチビちゃん、なにそのお顔！」

みんなが真剣にお話をしている中、突然ビーちゃん様に向かて『にらめっこ』をはじめちゃう、相も変わらず空気を読まない、能天気なおチビちゃんなのでした。

◆◇◆◇◆

ワタシ「ビーちゃん様、今笑っちゃったでしょ？　だからワタシの勝ちで〜っす！」

ベアトリス「え〜、ズルいズルい〜。急にそんなお顔するんだもの〜。それじゃあ、今度は私の番

ね？　えっと〜、ぷっぷくぷ〜」（ｏ ´・ε・｀ｏ）
ワタシ「ぷぷっ、ぷはは。ビーちゃん様、変なお顔〜」
おにぃ「お、おチビ、あまり騒がない方が……」
ねぇね「おチビちゃん、しーっ、しーっ」
　突如として始まった、最年少組によるお遊戯会。ねぇねとおにぃの心配をよそに、ヒートアップするおチビちゃんとビーちゃん様によるガチンコ『にらめっこ』大会です。ですがどちらもちょっとお顔を変えただけですぐに笑ってしまうので、猛烈などんぐりの背比べ。いつまでたっても勝負はつきそうにありません。
　そんな様子に気づいたのか、先程まで真面目な雰囲気で話し合いをしていたオトナの皆さんも、お話をやめてその様子を見守ることにしたようです。
ヴィクトリア「ふふっ。色々あって同世代の友達がいなかったベアトリスでしたが、今はこんな笑顔を見せてくれるようになって……」
伯爵夫人「今まで辛い思いをしてきた分、トリスには、これからたくさん幸せになってもらいたいですわね」
伯爵「本当にそうだな」
　そんな和やかな雰囲気のお部屋に、またもお客さんが来たみたいです。
執事「ご歓談中失礼いたします。ウィルフレッド様とお連れの方が戻られました」
伯爵「うむ、通せ」
ウィルフレッド「父上、只今戻りました」

伯爵「ご苦労。現場はどうであった？」
ウィルフレッド「はい、万事滞りなく。オーレリアからの客人も、こちらに」
するとその男性の背後から、メアリーさんとアリスちゃんが元気そうに姿を現しました。
（あ！　アリスちゃんとメアリーさんだ！　何事もなさそうで、良かった〜）
伯爵「うむ。そなたら二人には捕り物に巻き込み、苦労をかけた。例のポーションの代金と共に褒美ははずむ故、許せ」
メアリー「勿体なきお言葉、ありがとうございます」
アリス「あ、ありがとうございます」
伯爵様からの労いのお言葉に、丁寧な言葉遣いでお返事をしているメアリーさんとアリスちゃん。とても恐縮している感じです。
（きっとアレが本来のお貴族様と平民のやり取りなんだろうな〜　ワタシも見習わないとね〜）
先程まで、そのお貴族様を相手に『あっぷっぷ〜』していたワタシ的には、既に手遅れな感じです。
そうこうしていると、伯爵様がお話を切り替えました。
伯爵「ときにウィルフレッド。そなたには伝えておくべきことがある」
ウィルフレッド「何でしょう」
伯爵「そなたとステファニー嬢との婚姻関係は解消する。理由は言わずもがな、そうであろう？」
ウィルフレッド「……承知しました」
伯爵「ほう、さすがに反論しないか」

ウィルフレッド「……私も、ルビンスタイン伯爵家の人間です。まさか彼女が、あそこまでとは思っておらず……特にヴィクトリアとベアトリスには、申し訳ないことをしたと思っています」
ヴィクトリア「兄上様……」
ベアトリス「伯父様……」
伯爵「ウィル、これで身に染みて分かったであろう。お主が押し通した自我と自由恋愛とやらが、いかに盲目的で周囲に無配慮であったかということが」
ウィルフレッド「……返す言葉もありません」
伯爵「しばらくは政務に励め。ちょうど今、新たな発展につながる話を聞いていたところだ。仔細は後程話すとするが、それをお主に任せることにしよう。今回の失態、今後の活躍で取り戻して見せよ」
ウィルフレッド「はい。失礼します」
そう言って、うつむき気味にお部屋を出て行こうとした男のお貴族様でしたが、何かを思い出したかのように、ビーちゃん様母娘の前まで戻ってきました。
ウィルフレッド「ヴィクトリア、今まで済まなかった。ステファニーがお前のことをあれほどまでに敵視していたなんて思わなかったんだ。いや違う、これは単なる言い逃れだな。本当のことを言うと、昔から俺はお前のことが羨ましかった。希少な【光】魔法の使い手で、民衆から絶大な人気があったお前に嫉妬していたんだ。だから、ステファニーがお前のことを目の敵にしていると知っていて、あえて交際相手に選んだんだ。実際、ステファニーからは日常的にお前に対する愚痴やや つかみは聞いていたし、そのことを何とも思わなかった。むしろ、俺の気持ちに寄り添ってくれているとさえ感じた事もあった」
ヴィクトリア「……」
ウィルフレッド「けれど物事には限度がある。まさか、他家の貴族や教会を巻き込んで、ありもしない醜聞を実しやかに広げるなどとは……」
ヴィクトリア「兄上様、その程度、私《わたくし》は問題ありません。ですが、巻き込まれた形になったトリスが……」
ウィルフレッド「そうだったな。お前はいつも完璧だから、いくら醜聞を流されようとビクともしなかった。それ故、標的が娘のベアトリスに移ってしまい、ステファニーの流した噂によって、ベアトリスはついには『ハズレ姫』とあだ名される程に……。ベアトリス、ステファニーの暴走を止められず、今まで多大な迷惑をかけてしまった。不甲斐ない伯父で本当に申し訳なかった」
そう言って、深々と頭を下げたビーちゃん様の伯父さん貴族様。ビーちゃん様が『ハズレ姫』と悪口を言われていると聞いて憤慨したのは記憶に新しいですが、どうやらその元凶はさっきのおばさんだったようです。
（あのおばさん、信じられない！　親戚だったのにビーちゃん様の悪い噂を流すなんて‼　ビーちゃん様と縁が切れて、本当に良かった～。伯爵様、グッジョブ！）　（　´ω｀）b
そんなことを思いながらビーちゃん様の様子を窺ってみると、その表情からは悲壮感といったネガティブな感情は一切見て取れませんでした。
ベアトリス「伯父様、頭をお上げください。私に謝罪は不要です。あの方はある種の心のご病気だったのでしょ？　お母様からそう聞いていたので、全く、これっぽっちも気にしていませんわ」

（＞_−）−☆

そう言って、おどけたようにパチリとウィンクを決めたビーちゃん様。その心の広さは、どちらが大人なのか分からなくなってしまう程です。

ウィルフレッド「ありがとう、お前も母親に似て強いな。何というか、余裕があるのだな」

ベアトリス「いいえ。少し前の私なら、このように思えなかったはずです。今の私にゆとりがあるのは、ステキな出会いがあったからです」

そう言ったビーちゃん様は、ワタシにお顔を向けて、ニッコリ微笑んでくれました。

（大切な出会いって、ワタシのこと？　わーい！　おともだちにそんな風に思ってもらえて、とっても嬉しいな〜）

ビーちゃん様の視線の意味に気づいたのか、伯父さん貴族様はワタシを一瞥してから、お話を続けます。

ウィルフレッド「そうか。どうやら私はその素敵な出会いに失敗してしまったようだ。ベアトリスの寛大な許しを得たからには、今度こそ失敗しないように、出会いを大切にしようと思うよ」

ベアトリス「はい。是非そうしてください」

ウィルフレッド「ありがとう」

最後にそう言葉を残して、ビーちゃん様の伯父さんは退室していきました。その表情は、伯爵様とお話ししていた時より、いく分晴れやかになったように見えます。

（いや〜、嫉妬とか醜聞だとか、なんだか色々とドロドロしたお話だったね〜。でも、実の妹に嫉妬して、結婚相手をそれで決めちゃうってどうなのかな〜　まあ、今は後悔していて、離縁を言い渡されても不満はないみたいだけど……）
（あれ？　伯爵様がこの人をアリスちゃんたちの『現場』に行かせていたのって……この人がいない方が、離縁がスムーズに進むと考えたのかな？　そうだとしたら、伯爵様って計画的だよね〜。ていうか、こんなお貴族様の醜聞、ワタシたちが聞いちゃって良かったの？）
　そんな感じでワタシがリアル昼メロの裏事情を考察していると、ビーちゃん様が伯爵様にお別れのご挨拶を始めていました。
ベアトリス「おじいさま、みんな戻ってきたみたいですし、そろそろお暇させていただきますね？」
伯爵「ん？　いつものように泊まっていくのではないのか？」
ベアトリス「いいえ。今日は新しい道の報告に来ただけですし、それにこの新ルートは、今までのマッドリー男爵領経由に比べて距離がかなり短縮できるんです。おチビちゃんが用意してくれた【自動車】を使えば、１時間ぐらいでオーレリアまで戻れてしまうんですよ」
伯爵「そうか、そこまで短縮されたのか。オーレリアと我が領との今後の交流が期待できるというものだ」
伯爵夫人「それでしたら、今度はこちらから訪ねてみるのもいいかもしれませんわね」
伯爵「そうだな」
ヴィクトリア「それでは、今日はこの辺で。またお会いいたしましょう」
ベアトリス「おじいさま、おばあさま、またお会いしましょう」
　そしてワタシもお別れのご挨拶をしようとしたタイミングで、伯爵様がワタシたち３人にお声がけしてくれました。
伯爵「そなたら3人は、確か『シュッセ』と言ったか」
おにぃ「は、はい」
ねぇね「そ、そうです」
ワタシ「そうで〜す」
伯爵「今日は『簡易エリクサー』を融通してもらい、心から感謝する」
かなり厳格な雰囲気のある、バリバリのお貴族様である伯爵様に、突如真剣な表情で感謝の言葉をいただいたワタシたち3人。お貴族様が平民にお礼を言うことは滅多にないと聞いていたのでビックリです。
そして伯爵様は、さらに言葉を続けます。
伯爵「手数だが、国王陛下への献上用の『簡易エリクサー』の準備をよろしく頼む。そしてでき次第、私に送って欲しい。そなたらに代わり、私が責任をもって国王陛下に献上することを約束しよう。そしてその際、国王陛下から褒美として、『天恵の里』への立ち入り許可をいただいて来よう。それがそなたらが一番望む褒美であろうからな」
おにぃ「あ、ありがとうございます」
ねぇね「戻ったら、すぐに『簡易エリクサー』を作ります」
ワタシ「ねぇね、よかったね？」
ねぇね「うん。3人でお里に行けたらいいな」
そう言って、ニッコリ微笑んでくれたねぇね。カワイイねぇねには、やっぱり笑顔が一番です。

ワタシがねぇねの笑顔から癒しのエナジーを充填していると、先程までの威厳に満ちた表情から一変して、いかにも好々爺《こうこうや》といった柔らかい表情になった伯爵様が、ワタシに近づいてきました。

伯爵「最後に一人の祖父として、これからもベアトリスと仲良くしてくれると嬉しい限りだ」

ワタシ「は～い。もちろんで～す」

そう元気よくお返事したワタシの頭に、大きくて少し筋張った手が乗せられました。

遠慮がちに左右に動いたその手のひらは、予想外に慣れた手つきで心地いいナデナデなのでした。

そうして伯爵様たちとお別れしたワタシたちは、乗ってきた【オフロード車】に分乗して、早速帰宅です。もちろんワタシたちの【オフロード車】を運転するのはアイリーンさん。まだ外出禁止が解かれていない、人影がない町中をゆっくりと進みます。

シャッター街的な風景に特に興味を引かれるものはなかったので、みんなとおしゃべりをすることにしたワタシ。早速気になっていたことを聞いてみることにします。

ワタシ「アリスちゃん、アリスちゃん。襲われたんでしょ？　平気だった？　怖くなかった？」

アリス「ん？　最初は怖かったけど、すぐ大丈夫になったよ。私たちがいた建物に騎士さんや衛兵さんが予め隠れていたみたいでね、すぐに守ってくれたの。だから、全然危険はなかったの。むしろ、間近で捕り物を見られて得しちゃったかも。あっ、おチビちゃんからもらった【デジカメ】で、捕り物の様子を動画撮影しておいたから、後で一緒に見ようね？　すごくイイ感じで、迫りくる悪漢を倒していく騎士さんの様子を撮れたと思うの。期待しててね？」

ワタシ「へぇー、それは楽しみだね～」

（もうアリスちゃんは、完全に『カメ子』ちゃんだね～。それにしてもアリスちゃんは、見た目と違って肝が据わってるよね～）

下手をすると流血の現場となったかもしれないのに、ケロッとしたお顔で楽しそうに撮影のことを話すアリスちゃんに、軽く畏怖の念を抱いていると、アリスちゃんのお隣から別の話題が提供されました。
メアリー「この町の薬師ギルドの支部長と話をしたんだけど、例の『簡易エリクサー』の代金、すごいことになりそうだよ。少なくとも、薬師ギルドのオーレリア支部が支援してもらった金額と、同等以上にはなるだろうさね。そのほとんどが、『シュッセ』のものになるのかねぇ？　金額が金額なだけに、わたしゃちょっと心配だよ」
ワタシ「大丈夫で～す。お金のことは、アイリーンさんたちに全部丸投げで～す」
どうせ聞こえていないだろうと、こっそりアイリーンさんにスルーパスを出しておくワタシ。すると運転中にもかかわらず、ちゃんと聞こえていたらしいアイリーンさんから、しっかりリアクションをいただきました。
アイリーン「丸投げって言われるとちょっとアレだけど、『シュッセ』のお金は『ユービン』ギルドの資金として活用させてもらう予定でいますよ？」
マスター「ルビンスタイン伯爵領にも『ユービン』ギルドの支部を立ち上げるんだろ？　とりあえずは、その資金だな」
ワタシ「は～い。良きに計らっちゃってくださ～い」
おにぃ「今まで通り、よろしくお願いします」
ねぇね「します」
マスター「それにしても、今回のベアトリス様との同行は、驚かされっぱなしだったぜ。何なんだよあの騒ぎの連続は⁉　お貴族様のあんな裏事情を知っちまってよ、オレたち、消されるんじゃないかとヒヤヒヤもんだったぜ」

アイリーン「確かにそうよね。特に伯爵家の次期様の離縁については、驚きだったわよね」
マスター「全くだぜ」
アイリーン「でも『シュッセ』が欲しかった『天恵の里』の情報も手に入ったし、『ユービン』ギルドとしての収穫もあったし、結果的には良いこと尽くめだったじゃない。しかも、私たちオーレリアの今後も明るそうだと分かったしね？」
マスター「ベアトリス様の魔法についてか？」
アイリーン「【電波】魔法も確かにそうだけど、むしろベアトリス様ご本人と言った方がいいかしら」
マスター「ん？　どういうことだ？」
アイリーン「ベアトリス様は、以前から【三輪自転車】の普及にかなり乗り気だったでしょ？」
マスター「ああ。最初にオレたちが領主館に乗り付けた直後から、興味を示されていたな」
アイリーン「その時おっしゃっていた理由を覚えている？」
マスター「確か、馬を減らす——そういうことか。つまり、今日のこと、馬の一大産地である侯爵領との関係が切れることをあの時既に予測していたのか」
アイリーン「あの伯爵様でさえまだ代替案をお考えではなさそうだったのに、凄いと思わない？」
マスター「なるほど。それほどの切れ者がオレたち領の次期様なら、安泰ってもんだな」
アイリーン「そういうこと。オーレリアに居を構える者として、明るい未来を想像できることは、幸せなことよね」
　アイリーンさんとマスターさんが難しそうなお話をしていますが、どうやら、お話の中にちょいちょい出てくるビーちゃん様のことを褒めているみたいです。

（うんうん。ビーちゃん様のこと、もっと褒めていいよ〜。ビーちゃん様カワイイし、頭いいもんね〜　それにだよ？　あんなに面白いお顔ができるんだよ？　侮れないよね〜。それにしても……、今日も……、疲れ……）　（▯ ╻̄▫ ）。○◯

先程激闘を繰り広げた『にらめっこ』を思い出して、一人、ビーちゃん様を称賛していたワタシでしたが、いつものお昼寝タイムを過ぎていたためか、だんだんお眠になってきました。

おにぃ「ん？　おチビ、寝ちまったみたいだ」

ねぇね「今日もおチビちゃん、朝から色々活躍してたもんね」

最終的にはおにぃの腕に頭を預ける形になって、スピスピ夢の世界に直行な、おチビちゃんなのでした。

◆◇◆◇◆

アイリーン「あら、もうここまで戻ってきたの？　馬車とは比べ物にならない速さと快適さね。快適すぎて、馬車よりスピードが出ているはずなのに実感がないのよね。それにしてもあの道標、かなり目立つわね」
マスター「あれだけ目立ってんなら、オーレリア領へ行くヤツが見落とすことはねぇだろうな」
ワタシ「……んん〜ん……」　（=_=）
おにぃ「お？　起きたか？」

ねぇね「おチビちゃん、大丈夫？」
ワタシ「……うん。大丈夫……」
知らないうちに、どうやら寝落ちしていたワタシ。気が付けば、オーレリア領へ繋がる新道への入り口、例の【テト〇ポッド】の道標が見えるところまで来ていました。
すると、【オフロード車】のダッシュボードに置いていた【トランシーバー】から、ビーちゃん様のお声が聞こえてきました。
ベアトリス『みんな～、聞こえる～？　もう新道の入り口まで到着よ～。あれ？　どういうこと？　もう、キレイな道になってるんだけど！』
そんなビーちゃん様の報告を耳にしつつ、ワタシたちの【オフロード車】も新道に入ります。すると、道の端の方はまだまだ整備されていませんでしたが、車が走る場所はキレイに踏み固められていて、今まで走ってきた街道と比べても、遜色のない道になっていました。
アイリーン「これって、もしかしなくてもあの人たちよね？」
マスター「ああ。間違いなく、親方たちの仕業だろうぜ。だが、ちいとばっかし早すぎやしねぇか？」
アイリーン「誰か【土】魔法の使い手がいたとか？」
マスター「いや、そんな話は聞いたことがねぇ。そもそも連中の姿が全く見えねぇのもおかしくねぇか？　出発の時の様子からすれば、道を作ったんだから褒美をよこせと、街道の前で暑苦しい出迎えがあっても不思議じゃねぇだろ？」
アイリーン「そう言われるとそうよね、何かあったのかしら」

そんな会話を聞いていると、あっという間に目の前に赤いアーチの橋が見えてきました。その橋の周りに目を向けてみると、明らかに大勢の人が集まっていて、豪華な馬車の姿も見て取れます。

(あれ？　まだ道の工事中なのに、もう馬車が来てるんだね)

そんなことを思っていたら、またもや【トランシーバー】から、ビーちゃん様のお声が聞こえてきました。

ベアトリス『みんな～、どうやら橋の近くに、お父様が来ているみたい。とりあえず、ここで一旦【自動車】を降りることになりそうよ』

侍従『二号車、承知しました』

マスター『りょ、了解です』

慣れない手つきで【トランシーバー】を操作して、ビーちゃん様にお返事をしたマスターさん。

重要な任務を終えてホッとしているマスターさんに、アイリーンさんが会話を振ります。

アイリーン「ご領主様が橋の所までお越しのようね？」

マスター「なるほど、そういうことか。だから街道付近でドワーフ連中に待ち伏せされずに済んだのか。さすがの親方たちでも、ご領主様が御出座しとあっちゃ、無視する訳にはいかねぇからな」

アイリーン「そのようね？　とりあえず急ぎましょうか。私たちもご挨拶しなくてはならないでしょうし」

マスター「そうだな。どう考えてもご領主様の目的は、奥様とベアトリス様の出迎えだろうしな」

ということで、起き抜けのワタシも早速ご領主様のところへご挨拶に行くことになりました。

おにぃに持ち上げてもらって【オフロード車】を降りると、橋の工事に引き続いて道路の整備もやっていた衛兵の皆さんが、キレイに整列していました。そしてその近くには鍛冶ギルドのちっちゃいおじさんたちもおとなしく勢ぞろいしていましたが、ワタシたちの姿を見つけると、今にも走ってこちらにやってきそうな、そんな雰囲気の熱視線を送ってきました。

（うわぁ～、髭もじゃおじさんたちからの熱い眼差しだ～。あまり嬉しくないんだけどな～）

そんなことを思っていると、ワタシたちより先に【自動車】を降りていたビーちゃん様たちがお話を始めていました。

ベアトリス「お父様、只今戻りました。もしかして、お出迎えに来てくれたのですか？」

領主「もちろんだとも。トリア、トリス、お帰り。ん？　何だか二人とも機嫌がいいように見えるな」

ヴィクトリア「ええ、とても。やっとアレから解放されましたのよ？」

領主「アレとは、まさか⁉」

ヴィクトリア「ふふっ、詳しいことは後程ゆっくりと。それにしても珍しいですわね？　お出迎えだなんて、どういった風の吹き回しですの？」

領主「いやなに。橋と新しい道を確認しておきたいのもあるが、そこの恩人にも挨拶をと思ってな」

そう言ってビーちゃん様から少し離れたところに並んでいたワタシたちの方に視線を送ってきたご領主様。ここはとりあえず、ご挨拶しておくべきでしょう。そう思ったワタシは、元気よくご領主様に話しかけます。

ワタシ「ご領主様、ごきげんよ～」

アイリーン「おチビちゃん、まずはご領主様から発言のご許可をいただかないと――」

領主「よいよい。話をしたくて出向いてきたのはこちらなのだから」

アイリーン「ご厚情、ありがとうございます」

どうやらワタシは先走ってしまったようです。

（なるほど～。こういう時は、話しかけてもらうまで待ってないとダメなのか～。覚えておこ～っと）

それでも大目に見てもらえたようで、何事もなかったかのようにご領主様がお話を始めました。

領主「それで本題なのだが、『シュッセ』の3人には、大変世話になった。流行り病に効くポーションの提供、領境閉鎖の解決策としての橋の設置、取扱いに困っていた空き地の公園化、その他にも、この町のため、そして何より娘のベアトリスのために、数々のことをしてくれたと聞いている。そこで褒美を取らせるつもりなのだが、『シュッセ』の3人、何か要望はあるかな?」

どうやらご領主様は、ビーちゃん様たち母娘の出迎えのついでに、ワタシたち3人にご褒美の要望を聞いてくれるみたいです。

ねぇね「ご褒美ってお金なのかな？　もう要らないよね?」（コソコソ）

ワタシ「そうだよね～」（ヒソヒソ）

おにぃ「どうする？　こういうのは、いつもみたいにおチビに任せるよ」（コソコソ）

（ご褒美か～、う～ん。もうお金はいっぱいあるしな～）

そんなことを考えていると、ワタシに向けられていた熱い視線を思い出しました。

（そういえば道はできてたから、約束通り親方さんたちに【自動車】をあげなくっちゃだよね～。

でも、交通事故とか危なそうで、町中で【自動車】をあまり走らせたくないんだよな～。う～ん、いっそのこと、親方さんたちには【自動車】を町の外で使ってもらおうかな？　でもそうすると、【自動車】を置いておく場所とか必要だよね～。あ、そうだ！　ご褒美として、町の外に駐車場をもらえないかな？）

そう思ったワタシは、ご領主様に早速お願いしてみることにします。

ワタシ「あの、今お願いしてもいいですか？」

領主「もちろんだとも」

ワタシ「えっと実は、今日乗っていた乗り物、【自動車】というんですけど、町中で使うと、人とぶつかったりして危ないと思うんです。だから、町の外で使うようにしたいんですけど、その【自動車】を置いておく場所が欲しいで～す」

領主「ふむ。町の外に土地が欲しい、ということかな？」

ワタシ「はい、そうで～す」

思いつきにしてはなかなかのグッドアイデア。そう思ったのですが、ここで待ったをかけるようにビーちゃん様から心配の声が上がりました。

ベアトリス「おチビちゃん、本当に町の外でいいの？　街壁の外は、夜になると偶《たま》に魔物が出たりするから、とっても危ないよ？」

ワタシ「え？　そうなの？」

町の外のことをよく知らないおチビなワタシには、予想外の情報でした。

領主「魔物が心配ならば、比較的安全で衛兵の見回りが頻繁な、裏門付近の土地であればどうかな？　その辺りであれば、夜になろうが魔物はほとんど出没しないはずだ」
　さすが日頃から魔物や盗賊退治をして『雷帝』と呼ばれているだけのことはあります。魔物の出没状況についても詳しいご領主様です。
ワタシ「ぜひ、それでお願いしま～す」
おにぃ「お願いします」
ねぇね「します」
　こうして、後に『ユービン』ギルドの車両基地となる土地をゲットしたおチビちゃんなのでした。

◆◇◆◇◆

　ワタシたち3人へのご褒美のお話も終わり、あとはもう解散というタイミングで、もらったばかりの土地の方がにわかにさんざめき始めました。どうやらお話を聞いていた親方さん率いるちいさなおじさん軍団が、早速とばかりに行動を開始したみたいです。
親方「おーい童よ！　この場所は【じどうしゃ】を置く場所にするのだろう？　それにはワシらの【じどうしゃ】も入っておるのか？　もしそうであれば、ワシらがここを整地するが？」
　そう言った親方さんの傍らには、出かける時に渡しておいた【整地ローラー】が控えていて、まさに準備万端といった感じです。
ワタシ「は～い、その通りで～す。デコボコしてるとアレだから、キレイにお願いしま～す」
親方「よし、任された！　皆の者、チャチャっと仕上げるぞ！」

「「「「オーッ！」」」」

親方さんの号令の下、一斉に動き出したドワーフさん一行。巨大な鉄の塊である【整地ローラー】を、ひょひょいと片手で転がし始めました。まるで、前世のお掃除道具『粘着式クリーナー（コロコロ）』を扱うように、縦横無尽に軽々です。

（あれって、たしか、５００kgの重さだったよね……昭和のスポコンアニメの主人公たちの苦労は一体……）

そんな目の錯覚を覚えるような手際で、あれよあれよという間に踏み固められていく土地。さすがドワーフさん、まさに人間重機といった感じです。

アイリーン「なるほどね～。あの調子なら短時間で道ができたのも納得ね～」

マスター「それにしてもスゲェ速さで整地されていくな。コイツは『オーガに金棒』ならぬ、『ドワーフに大鉄筒』ってなもんだぜ」

そんな感想を耳にしつつ、またたく間に整地された駐車場予定地に移動すると、待ってましたとばかりに親方さんが近づいてきました。

親方「童よ。言われた通り、この鉄円柱を転がして街道までの道も超特急で仕上げたのだ。約束通り【じどうしゃ】を所望するぞ？」

ワタシ「わかりました～。親方さんはどんなタイプの【自動車】がいいですか？」

親方「ん？【じどうしゃ】には、種類があるのか？」

ワタシ「えっとですね、悪い道でも進めるのとか、人を大勢乗せられるのとか、荷物をたくさん載せられるのとか、工事現場で活躍するのとか、色々で～す」

親方「なるほど、となれば全部だ、全部見てみたい！」
鍛冶師1「ワシもすべて見てみたいぞ！」
鍛冶師2「そうだそうだ！」
マスター「親方たちのことだ、そう言い出すだろうと思ったぜ。まあ、オレも親方たちと同意見だがな」
アイリーン「そうね。【自動車】は『ユービン』ギルドの主要事業、物流の主役になるでしょうから、私も色々見てみたいわ」
　ワタシの後ろから、ドワーフさん以外の声も割り込んできました。親方さんたちのみならず、マスターさんやアイリーンさんにまでそう言われてしまっては、ワタシとしては対応するしかありません。
ワタシ「分かりました～。それじゃあ、色々出してみますね～」
（う～んと、鍛冶ギルドの人たち用と、『ユービン』ギルドでお荷物を運ぶ用の【自動車】ってことだよね？　ということは、お仕事で使う、働く【自動車】を創り出せばいいのかな？　ワタシ的には、働く【自動車】というと、ディーゼル車のイメージなんだよね～。ということで、色々と働いてくれそうな車を、【想像創造】！）
【トヨ〇ハイエ〇スバン　ロングDX　GLパッケージ　4型　4WD　2014年式　排気量3000cc（ディーゼル）　AT4速　定員9名　5ドア　走行距離17・5万km　修復歴なし　シルバー　全長×全幅×全高：4695×1695×1980㎜　車両重量1970kg　9人乗りバ

ルー　フォグランプ　１３４万円】
【ニ○サンシビ○アンバス　ロングSVターボ　２００５年式　排気量４９００cc（ディーゼル）　AT４速　定員29名　左スイングオートドア　走行距離１９・８万km　修復歴なし　シルバー　全長×全幅×全高：６９９０×２０６０×２６２０mm　車両重量３７２０kg　エアサス　ABS　バックモニター　モケットシート　後輪ダブルタイヤ　１５３万円】

最初に人も荷物も載せられるバンタイプ、次に、大勢で工事現場に行ける大きなトラック、最後に、大勢の人を運べるバス、全部で３種類の働く【自動車】を創り出してみました。
ワタシ「じゃじゃーん！　人と荷物を運ぶタイプと、工事現場に行くタイプと、たくさんの人を運べるタイプで〜す！」　（。o^)/
親方「おぉ！　確かに見た目からして色々な種類があるようだ」
マスター「大きさも形も、全然違うんだな」
アイリーン「おチビちゃん。これって、もっと創り出すことはできる？」
ワタシ「できま〜す」
アイリーン「『ユービン』ギルドの今後のことも考えて、できれば同じモノをもう一台ずつ、余裕があれば人と荷物を運ぶタイプを多めで創って欲しいのだけれど、いいかしら？」

ワタシ「は～い」

（今日はここまでで、11回【想像創造】しているから、あと5回だね。1回分は燃料を創り出さないとだから、【自動車】はあと4回創り出せるね）

　ということで、同じモノをもう一度【自動車】を【想像創造】することになりました。

【トヨ〇ハイエ〇スバン　ロングDX　GLパッケージ　4型　4WD　2014年式　排気量3000cc（ディーゼル）　AT4速　定員9名　5ドア　走行距離17・5万km　修復歴なし　シルバー　全長×全幅×全高：4695×1695×1980mm　車両重量1970kg　9人乗りバン　フォグライト　159万円】
【トヨ〇ハイエ〇スバン　ロングDX　GLパッケージ　4型　4WD　2014年式　排気量3000cc（ディーゼル）　AT4速　定員9名　5ドア　走行距離17・5万km　修復歴なし　シルバー　全長×全幅×全高：4695×1695×1980mm　車両重量1970kg　9人乗りバン　フォグライト　159万円】
【〇野デュト〇　ダブルキャブロングデッキ2t　2005年式　排気量4900cc（ディーゼル）　AT5速　定員7名　4ドア　走行距離10・5万km　修復歴なし　シルバー　全長×全幅×全高：6170×1990×2210mm　車両重量2950kg　ABS　ダブルタイヤ　パワーミラー　フォグランプ　134万円】
【ニ〇サンシビ〇アンバス　ロングSVターボ　2005年式　排気量4900cc（ディーゼル）

AT４速　定員29名　左スイングオートドア　走行距離１９・８万km　修復歴なし　シルバー　全長×全幅×全高：６９９０×２０６０×２６２０mm　車両重量３７２０kg　エアサス　ＡＢＳ　バックモニター　モケットシート　後輪ダブルタイヤ　１５３万円】

バンを多めにして欲しい、ということだったので、バンだけ3台。トラックとバスは2台ずつになりました。

（なんとなくだけど、色はシルバーに統一しておこおっと。あとは燃料が必要だよね。今回の【自動車】はみんなディーゼルエンジンだから、アレを【想像創造】！）

【ガソリン携行缶（縦型）20リットル　アルミ合金製　外形寸法（幅Ｗ×長さＬ×高さＨ）（mm）１７３×３４５×４６５　給油ノズル付き　軽油20リットル入り　９０００円】×１００　９０００００円

燃料の【軽油】は、かなり多めに創り出しておきます。

これでとりあえず終わりかな？　と思った瞬間、いつものワタシのステータス画面が目の前に現れました。

名前：アミ
種族：人族

性別：女
年齢：5歳
状態：発育不良　痩せ気味
魔法：【なし】
スキル：【想像創造】レベル17（17回／日　または、17倍1回／日）

いつものように、スキルのレベルアップをお知らせしてくれたみたいです。

（やったね！【想像創造】がレベル17になった！）

今日はあと1回、追加で【想像創造】できちゃいます。

（そう言えば、この【軽油】、そのまま外に放置しておくと、とっても危ない感じだよね？　そうなると、ちゃんと【軽油】をしまっておく場所が必要だね！　火気厳禁の危険物だから、頑丈でしっかり鍵がかかる、アレを【想像創造】！）

【タ○ボ物置　3連棟屋外収納庫　ベル○ォーマ　SM−9365　標準屋根　間口9252㎜×奥行き6516㎜×高さ2763㎜　シャッタータイプ　1645300円】

たくさんの【軽油】をしまっておくために、普通の【自動車】なら3台は入れられる、大きなガレージを創り出してみました。

ワタシ「【自動車】の燃料と、その燃料をしまっておく【ガレージ】もご用意しました〜。この燃料、【軽油】はね？　火を近づけると爆発するかもしれない、とっても危ないモノなの。だからね、厳重な管理をお願いしま～す」

マスター「ここはオレたちが音頭をとった方が良さそうだな」

アイリーン「親方たちが相手となると、その方がいいわね」

既に【トラック】や【バス】に夢中になっている親方さんたちにワタシの声が届いているのか微妙です。ということで、マスターさんとアイリーンさんが間に入ってくれました。

マスター「お～い、親方たち～。先に危険物をしまっちまおうぜ～。詳しい話はその後だ～。ゆっくり腰を据えて【自動車】を見たいだろ～？」

アイリーン「ここに、おチビちゃんが作ってくれた【自動車】の操作マニュアルがありま～す。危険物である燃料の片づけが終わったら説明しますので、早く見たいのであれば、早く片づけましょ～」

親方「何と、マニュアルとな？　童、準備がいいではないか。お前たち、さっさと片付けるぞ～」

「「「「お～！」」」」

その直後、親方さんをリーダーに、ちっちゃいおじさんたちによるテキパキとした【軽油】のバケツリレーが開始されました。

「「「「ヨイセ！　コラセ！　ヨッコラ！　ヘッコラ！」」」」

隊列全体が移動しながら一つの生き物のような動きのそのバケツリレーは、少し離れたところから観察しているワタシの目には、まるでマスゲームのように見えます。

がっしりとした体格のドワーフさんたちからは想像できないその機敏で統率のとれた動きに見と

れていると、いつの間にやらワタシの真横に、【デジカメ】を構えたアリスちゃんが来ていました。
アリス「あの動きスゴイよね～、まさに一糸乱れぬって感じだよね～。今日はこの【デジカメ】で、色々面白い動画を撮ることができちゃった～。騎士のおじさんと衛兵のおじさんが、教会のおじさんとならず者のおじさんを縛り上げる映像でしょ？　そして、薬師のおじさんが――」
撮影がいかに楽しかったか嬉々として語り始めたアリスちゃんですが、話が進むにつれて雲行きが怪しくなってきました。
（あれ？　さっきから『おじさん』しか出てきてないような……）
アリス「――ということで自信作が撮れたから、おチビちゃんたち、あとで一緒に見ようね？」
おにぃ「え？」
ねぇね「え、えっと……」
ワタシ「う、うん」
最後に自慢の動画を一緒に見ようと『熱く』誘ってくれたアリスちゃん。もちろん喜んで、と即答したいところでしたが、その被写体の『偏り』に、ちょっと二の足を踏んでしまうワタシたちなのでした。

◆◇◆◇◆

そんな感じで、親方さんたちへのご褒美兼『ユービン』ギルド用【自動車】を各種見繕っていたのですが、その様子を少し離れたところから見ていたご領主様がワタシたちに話しかけてきました。

領主「それにしても、鍛冶ギルドの連中を上手く使うのだな。この場の整地もそうだが、橋から街道までの接道も、短時間で完成させるべく仕向けたと聞き及んだ。いやはや、その歳であの一筋縄ではいかぬドワーフ等《ら》を意のままに操るとは、大したものだ。おかげで、明日からこの新しいルートで領外へ行けると、各方面に通達できそうだ」

どうやらご領主様は、親方さんたちが短時間で街道までの道を作りあげたことを、ワタシが指示したことだと思っているご様子です。

（いやいや、アレは親方さんたちが、【自動車】が欲しいという自分の欲求のためにシャカリキになっただけですよ？　ワタシは危ないから【自動車】から離れて欲しくて『道を作り終えたら【自動車】をプレゼントする』と言ったまでで、決して道路作りを急がせるように仕向けた訳ではないんですよ？　そもそもあんなに早く道ができるなんて、普通、誰も考えませんよね？）

ワタシが心の中でそんな言い訳をしていると、近くにいたビーちゃん様も会話に加わってきました。

ベアトリス「お父様、よろしければ、今から領主館と町中にいる衛兵のみんなに【電波】して、ギルドや市場、大きな商店などに、『明日から裏門側にある橋を使ってルビンスタイン伯爵領に行ける』と周知してもらいましょうか？」

領主「うむ、それはいい考えだ。商人を中心に、一刻も早い領外とのやり取りを望んでいる住民は多いだろう。ベアトリス、早速お願いできるかな」

ベアトリス「お任せください、お父様。それでは早速……連絡終わりました。すぐに主だった場所には伝わると思います」

領主「我が娘ながら、便利で素晴らしい魔法だな。このような通達をする場合、本来であれば衛兵の招集から始める必要があり、それだけで数時間はかかる。だから通常なら翌日の朝一の集合時に衛兵各員に通達し、その後、領主館前と中央広場前に触れを出すのだが、即座にそれを成してしまうとは……ベアトリス一人いるだけで、今後どれほど政の迅速化と効率化が図れるのか、想像すらできないな」

（衛兵さんたちによる口頭での通達と、掲示板みたいなものでお触れを出すのかな？　今までなら翌日まで待っていたのが、ビーちゃん様と【トランシーバー】があれば、即時に通達が始められるんだね？　確かにかなりタイムラグが解消されるけど、でももっと時間短縮できそうなんだよね～。例えば【ラジオ放送】みたいに、ビーちゃん様の声を町のみんなに直接聞いてもらえば……）

そう思ったワタシは、思わずポロリと口走ってしまいました。

ワタシ「ビーちゃん様のお声を【放送】して、この町のみんなに直接届けてしまえば、もっと早くて楽なのにね～」

ベアトリス「え？【ホーソー】？　おチビちゃん、今、何て言ったの？」

ヴィクトリア「私《わたくし》には、ベアトリスの声を、直接この町の住民に届けると聞こえたのだけれど」

領主「それは、ベアトリスのために用意してくれた【トランシーバー】なるモノを住民にも配る、そういうことかね？」

ワタシ「えっと、それとはちょっと違いま～す。【トランシーバー】にはお返事できる機能があって、ビーちゃん様とお話ができるでしょ？　お知らせを聞いてもらうだけなら、お返事できないモノを町のみんなに配ればいいのかなって思いました～」

ベアトリス「それってつまり、お返事はできないけど、私の声を聞くことができる、それが【ホーソー】なの？」
ワタシ「そうで〜す」
領主「ベアトリス頼みにはなるが、それが実現できるのであれば、いつでも住民に触れを出すことが叶い、連絡の速度と精度が、それこそ飛躍的に向上するだろう」
ベアトリス「ねぇ、おチビちゃん。その道具って、すぐに手に入れられるの？」
ワタシ「ごめんなさ〜い、今日はもう無理なの。でも明日なら大丈夫で〜す」
ベアトリス「ねぇ、お父様」
領主「あぁ、分かっている。どうやらこの町に、情報伝達の革命が起きる予感がする。済まぬが明日、領主館でその話の続きを聞かせてはもらえぬか」
ご領主様からの『話を聞かせて』は、平民的には実質『出頭命令』ということでしょう。ということで、ワタシからのお返事は決まっています。
ワタシ「わかりました〜」
領主「うむ、無理を言って済まぬ。時間は昼前ぐらいだとありがたい。そちらの後見人もそのつもりでな」
アイリーン「承知いたしました」
マスター「りょ、了解であります」
急にご領主様からお話を振られて、ビックリ顔のマスターさんとアイリーンさん。それでも、なんとかお返事することができたみたいです。

（詳しいお話は明日、ということで、これで今日はお開きかな？）
　ワタシがそう思っていると、ご領主様が最後にご要望を伝えてきました。
領主「ここでの用事も済んだことだし、そろそろ帰ろうと思うんだが、私も【自動車】に同乗してもいいだろうか」
ワタシ「もちろんで～す。あの白い【自動車】2台は、ご領主様のところでご自由に使ってくださ～い。あっ、でも、燃料とかの問題があるので、使わない時はハンターギルドの裏庭の広場に置いておいた方がいいと思いま～す」
領主「なるほど。創り出した君がそう言うんなら、そうすることにしよう」
ベアトリス「お父様、あの【自動車】、速く走れるのに、静かで凄く快適なんですよ？」
ヴィクトリア「そうね。馬車とは比べ物にならないくらい速くて、しかも柔らかな座り心地でしたわね。まるで応接室がそのまま移動しているような錯覚すら覚えましたわね」
領主「それは楽しみだ。それでは諸君、先に失礼するよ」
ヴィクトリア「皆さんご機嫌よう。今日はありがとうね」
ベアトリス「おチビちゃんたち、今日もありがとう。また明日ね～」
ワタシ「ご領主様、奥様、ビーちゃん様、さようなら～」
おにぃ「さようなら」
ねぇね「さようなら～」
　ということで、ご領主様ご一家は白い【オフロード車】に乗ってご帰宅なのでしたが、その様子に全く興味を示していない、ある意味不遜《ふそん》な人たちがいました。

鍛冶師１「信じられん精度のネジが使われておる」
鍛冶師２「この燃料、酒の類なのかと思ったが、毒の間違いじゃったわい」
鍛冶師３「このマニュアルに書かれていることが本当であれば、この【じどうしゃ】とやらは、ゴーレムの類なのかのぉ」
親方「今夜は徹夜だ！」
　鍛冶ギルドの皆々様は、自分の興味の赴くままに、ワタシが【想像創造】した各種【自動車】に張り付いています。
マスター「やれやれ。ここはオレが残って親方たちの相手をすることにするぜ。このまま放置するのは得策じゃねぇ気がするからな」
アイリーン「お願いね？　私はみんなを送り届けるわね。みんな、私たちも帰りましょう」
「「「は～い」」」
メアリー「いやはや、今日は長い一日だったねぇ」
アリス「でも初めて町の外にお出かけできて、すごく楽しかった～♪」

◆◇◆◇◆

　ということで【オフロード車】に乗って帰ることになったのですが、そのタイミングで、それを阻む野太い声が聞こえてきました。

親方「ちょっと待ってくれ。その【自動車】は他と形が違う。それもじっくり見せてもらいたいのだが」
　声のする方を見てみると、両手を広げてとおせんぼしている親方さん以下数人のちっちゃいおじさんたちが、ワタシたちの【オフロード車】を取り囲んでゾーンディフェンスを敷いていました。
アイリーン「こうなった親方さんたちはテコでも動かないでしょうね。仕方がないから、歩いて帰りましょう。大した距離でもないでしょうし」
ワタシ「は～い」
おにぃ「分かりました」
ねぇね「久しぶりにみんなでお散歩だね？」
メアリー「私も構わないよ」
アリス「私も私も！」
　そんな訳で、ここからは徒歩で帰ることになりました。最近は、マスターさんによる【三輪自転車】＆【リアカー】のタクシーでお出かけしてばかりだったので、町中をみんなで歩くのは久しぶりです。
　ここぞとばかりにねぇねとおにぃと手をつないだワタシは、二人に挟まれた形で町の裏門に向かいます。裏門では、衛兵さんが数人、整列して門を警備していましたが、ワタシたちに気が付くと、みんな笑顔で手を振ってくれました。
衛兵1「やあ、みんなお帰りなさい」
衛兵2「おチビちゃんたち、歩いて帰るのかい？」
ワタシ「うん。みんなでお散歩して帰るの」

衛兵3「そうかそうか、気を付けてな～」
ワタシ「は～い、バイバ～イ」
ねぇね「さようなら～」
おにぃ「お疲れさまです」
　そんな和やかな雰囲気で裏門をくぐり抜け、みんなとお話ししながら大通りをのんびりと進み、そして町の中央付近までやってきました。
アイリーン「せっかくだから、先程ご領主様とベアトリス様からお話が上がった、『お触れ』を見ていきましょうか」
「「「賛成～」」」
　ここでアイリーンさんからの提案で、『お触れ』が出されているだろう中央広場にちょっとだけ寄り道です。
　中央広場の入り口に近づくと、なにやら人だかりができていました。どうやら『お触れ』を見に来た人たちのようです。
男性1「裏門の先に橋ができたらしいぞ？　明日から、その橋を渡って、領外に出られるそうだ」
男性2「裏門の先に橋？　いつの間に橋なんて作ったんだ？」
女性1「何でもご領主家のお嬢様が、色々準備してくださったみたいよ？　凄いわよね、まだお若いのに」
女性2「誰よ、『ハズレ姫』とか言ってたの。全くの真逆じゃないのさ」
（うんうん、ホントだよね～。ビーちゃん様が『ハズレ』だなんて、ありえないよね～）

ワタシが聞こえてきた噂話に心の中で相槌を打っていると、フラッシュの閃光と共に、シャッター音が聞こえてきました。
カシャ（パッ）　カシャ（パッ）　カシャ（パッ）
どうやらアリスちゃんが、広場の入り口を少し入ったところで【デジカメ】で色々撮影しているみたいです。
そうしてひとしきり撮影を終えたアリスちゃんは、今度はワタシたちを手招きし始めました。
アリス「みんな～、記念撮影するから、こっちに入って来て～」
そう言ってアリスちゃんが手招きしているのは、白亜の宮殿という言葉がピッタリな感じの建物の前でした。どうやらアリスちゃんのお眼鏡にかなう、フォトジェニックなスポットみたいです。
ワタシ「アリスちゃんが呼んでる所、あれはなんの建物なの？」
アイリーン「ん？　あぁ、あれはこの町の教会よ？」
ワタシ「へぇー、なんだかすごく立派だね？」
アイリーン「そうでしょ？　この町で一番豪華な建物なのよ？　ただの一地方の教会が領主館より豪華って、冗談みたいな話よね」
メアリー「まさしく豪華絢爛《ごうかけんらん》。これを神様が望んでおられるとは、とても思えないんだがねぇ」
アイリーン「本当にそう」
アイリーンさんたちとそんな会話をしていると、おにぃが無言で少し伏し目がちになりました。
ワタシとつないでいた手にも、心なしか力が入っているようです。
おにぃ「……」

（教会のお話になると、おにぃはなんだか辛《つら》そうになるんだよね）
そう思ったワタシは、せっかくアリスちゃんが見つけてくれた写真映えする背景ですが、変えてもらうことにします。
ワタシ「アリスちゃ～ん。写真を撮るなら、教会の建物より、こっちを背景にして欲しいな～」
そう言ってワタシが指し示したのは、立派な教会の横に立てられていた簡素な告示板。そこには簡潔にこう記されていました。
【子供の3人組ハンター『シュッセ』を異端者と認定する】
きっとこの告示板は、ワタシたち3人が教会からの指名依頼を断った時に立てられたのでしょう。以前ジョシュアさんからその存在自体は教えてもらっていましたが、実物を目にするのは今日が初めてです。
ワタシ「ねぇね、おにぃ、これと一緒に写真を撮ってもらおう？　こっちの方が、ワタシたち3人っぽいでしょ？」
ねぇね「そうだね。ピカピカな教会の建物より、こっちの看板の方が私たちらしいね？」
おにぃ「ぷふっ、あはは、アハハハハ」
ワタシ「おにぃ？　どうしたの？」
おにぃ「ふふふっ、ごめんごめん。教会のことで色々考えていたのが、急に馬鹿らしくなってさ。おチビのおかげで、何だか吹っ切れた気がするよ。ありがとう、おチビ。オレの大切な家族は、やっぱり最高だな！」
ワタシとしては、その場の思いつきでの発言だったのですが、おにぃにはことのほかお気に召していただけたみたいで、ワタシのことを『高い高い』的な感じで抱き上げてくれました。そしてねぇねも一緒になって、ワタシの頭をわしゃわしゃ撫でてくれました。
（ん〜？　急にどうしたんだろ？　ワタシ、変なこと言ったかな？　でも、ねぇねもおにぃも嬉しそうだから、どうでもいいか〜）
ワタシ「わぁ〜い。よくわからないけど、楽しいな〜」　／(o ¯▽¯ o)／
カシャ（パッ）　カシャ（パッ）　カシャ（パッ）
アリス「いいねいいね〜。いい『シャッシン』がたくさん撮れそう♪」
カシャ（パッ）　ウィーン
アイリーン「うふふっ、思わず私も『シャッシン』しちゃったわ♪　微笑ましいおチビちゃんたち3人の背景に、教会による当の本人たちへの【異端者認定】の告示板。教会に対する風刺としては、これ以上ない出来だわ〜」
メアリー「教会により『異端者』とされたおチビちゃんたちが、あの屈託のない無垢な笑顔なだけに、なおさら皮肉が効いてるねぇ。教会と縁が切れた者の方が幸せになれる、そう見えて仕方がないよ」
夕暮れと言うには少し早い時間帯。
派手で豪華な教会の真横で行われたおチビちゃんたち3人の記念撮影は、そのフラッシュの瞬きも手伝って、中央広場に集まっていたオーレリアの住民の注目の的になっていたのでした。

【第7章】お店屋さんごっこ

ビーちゃん様たちと一緒に、お隣のルビンスタイン伯爵領へみんなで遠足に出かけた翌朝。
今朝のワタシは、とっても気分がすぐれません。その理由は、今日は朝からねぇねとおにぃと一緒にいられないからです。
お貴族様の色々な事情を知ってしまったり、ねぇねの故郷、『天恵の里』のことを知ることができたり、『ユービン』ギルドがお隣の領に増殖する兆《きざ》しを見せたり、昨日はとても内容の濃い一日でした。そんな濃い情報の中に、国王様へねぇねとおにぃが作った『簡易エリクサー』を献上する必要がある、というものがありました。そしてそれを行うことで、ワタシたち3人が『天恵の里』に行く許可が下りるかもしれない、そうルビンスタイン伯爵様から聞いたワタシたちは、早速今日からその準備に取り掛かるのですが、その影響でワタシは今日一日、ねぇねとおにぃと別行動になってしまうのです。
おにぃ「早く国王様へ献上する『簡易エリクサー』を作らないとだから、今日一日オレたちはメアリーさんのところだな」
ねぇね「おチビちゃんは、ギルドに納品に行って、その後ご領主様のところだよね？　アイリーンさんも一緒にいてくれるはずだから、心配ないよ？　寂しいけど、今日一日だけだから、頑張ろうね？」
ワタシ「うん……」

ねぇねが優しく諭してくれますが、やっぱり寂しくて、お返事が尻すぼみになっちゃうおチビなワタシです。

そんな会話をしていると、いつものようにアイリーンさんがワタシをお迎えに来てくれました。
アイリーン「みんな、おはよ――って、あら？　今日はおチビちゃん、何だか元気がないみたいね？　あぁ、今日はおチビちゃん以外の二人が、一日【マダムメアリーの薬店】で『簡易エリクサー』の作成だったわね？　それでおチビちゃん、元気がないのね？」
ワタシ「うん……」
おにぃ「おチビ、すぐ終わらせて帰ってくるから、な？」
ねぇね「それじゃ、行ってくるね？　おチビちゃんも頑張ってね？」
ワタシ「うん。ねぇね、おにぃ、いってらっしゃい……」

ワタシが力なく手を振りながらねぇねとおにぃの後ろ姿を見送っていると、アイリーンさんが励ましてくれました。
アイリーン「おチビちゃん、そんなお顔しないで？　あの二人なら、すぐに『簡易エリクサー』を作り上げでしまうわよ。きっと少しの辛抱よ？」
ワタシ「うん……」
アイリーン「それじゃあ、今日は私があの二人の代わりね？」

そう言うと、アイリーンさんはおもむろにワタシを持ち上げて、そのまま抱きかかえて歩き始めました。
（え？　アイリーンさんがワタシを抱っこしたまま運んでくれてるの？）

　スキンシップ大好きなワタシが、嬉しさ交じりの驚きで固まっていると、アイリーンさんがお話を続けます。
アイリーン「おチビちゃん、最近やっと、安心できる重さになってきたわね？　初めておチビちゃんを抱き上げた時、あまりに軽くて驚いたもの」
ワタシ「アイリーンさん、レディに体重のお話は、メッ！　でしょ？」
アイリーン「あら、おチビちゃんも立派な乙女なのね？　でも、もっとフクフクしてないと、大きくなれないわよ？」
　体重には人一倍デリケートな『あの』アイリーンさんともあろう人が、何たることかと猛然と抗議したワタシでしたが、大きくなれると聞いて、今日のところは勘弁してあげることにします。
アイリーン「それで実はね、おチビちゃんに知っておいて欲しいことがあるの。最近、あなたたち3人を養子にしたいと申し出ている人が何人かいるの」
ワタシ「養子？」
アイリーン「ええ。どこから聞きつけて来たのか、ハンターギルドが後見している子供のハンターチーム『シュッセ』を養子にしたいって言ってきているの。でもそのほとんどが、あなたたち『シュッセ』の財産目当てだと思われるの。『シュッセ』の資産はいくらあるのかって、最後に必ずそんな質問をしてくるからバレバレなのよね。それでね？　養子縁組希望の中で一番多いのが、『シュッセ』の3人の中で一番幼いおチビちゃんだけを狙った養子縁組なの」
ワタシ「ワタシだけ？　それって、ねぇねとおにぃは？」
アイリーン「あの二人をおチビちゃんから遠ざけて、おチビちゃんを意のままに操る、そんな意図が見え見えなのよね」
ワタシ「嫌！　そんなの、絶対イヤ！」
アイリーン「もちろんよ。そんな申し出、絶対に認めることはできないわ。それでなんだけどね？　おチビちゃんにも注意しておいて欲しいの」
ワタシ「注意？」
アイリーン「あなたたちを後見している私たちが養子縁組に頷かないとなると、今度は直接おチビちゃんを狙ってくるかもしれないの。甘い言葉で惑わせたり、逆に恐喝じみたことをしてきたり、誘拐なんかの強硬手段をとってくる可能性もあるかもしれないわね」
ワタシ「誘拐……」
アイリーン「それでね？　私たちも気を付けるけど、おチビちゃんにも注意して欲しいの。あの二人とお別れなんて、嫌でしょ？」
ワタシ「嫌！　絶対イヤ！」
アイリーン「だからね？　少しでも不審な人物が近寄ってきたら、例の【トランシーバー】でも何でも使って、すぐに周りにお知らせしてね？　こんなお話をしたのはね？　『ユービン』ギルドの拡大とか色々あって、実は今、ちょっと信頼できる人手が足りなくなっているの。不意を突かれる可能性がある状況なので、一応用心しておいてね？」
ワタシ「は〜い、分かりました〜」
　アイリーンさんとそんな会話をしていると、いつもの納品場所、ハンターギルドの地下の倉庫に着いていました。ワタシたちのお家から、ずっとワタシを抱っこしたままのアイリーンさん。意外とタフなアイリーンさんです。
そしてワタシがアイリーンさんの腕から降ろしてもらっていると、購買部のハンナおばさんが一人でやってきました。いつもの納品の場合、ギルドの幹部の皆さんがほぼ全員集合状態なのですが、今朝はアイリーンさんとハンナさんしか見当たりません。
ハンナ「おや？　坊やとお嬢ちゃんも欠席なのかい？」
アイリーン「ええ。二人は今日、薬師ギルド案件よ」
ハンナ「そうなのかい？　こっちもアレコレ忙しくて、納品の立ち合いはとりあえず私だけだよ。まあ、遅れて食堂の筋肉ダルマが来るかもしれないけどね？　ということで、立会はこれで全員だね。今日は何だか寂しい納品になっちまったね」
どうやら先程アイリーンさんから聞いた通り、今のギルドは人手不足が深刻なようです。
ハンナ「今はまだ領外との交易が不透明だということで、商業ギルドからの注文は止まったままなの。ということで、今回の納品は基本的に前回と同じ、ハンターギルドと『ユービン』ギルドで扱うモノをお願いね？　あっ、今回は、あの特殊な鍋は要らないから。それと、アクセサリーは、前回とは色違いをお願いね？」
ワタシ「は～い、わかりました～」
ということで、前回と同じ納品物を一気に【想像創造】しちゃいます。
まずは、鍛冶ギルドの皆さんのお給料にもなっている、お酒類からです。

【クラフトビール＆定番国産ビール　18種類飲み比べギフトセット　きらめくグラス付き　ア〇ヒ

エ○ス　キ○ン　350㎖×18本詰め合わせ　6980円】×243　1696140円
【いろいろ無添加のおいしいペットボトルワイン　赤　度数11％　720㎖　499円】×　3406　1699594円
【国産ウイスキー　4本飲み比べセット　ちぇりぃEX500㎖、こうしゅう韮崎オリジナル700㎖、はちくまクリア700㎖、あかしレッド500㎖　4980円】×341　1698180円
【日本酒　大吟醸酒10本飲み比べセット　越の清麗　深山あわゆき　ゆきの幻　ゆきの露　雲いづみ　はな自慢　やなぎ　だいせん　おおぎの舞　信濃屋じんべぇ　各720㎖　10989円】×154　1692306円
【果実リキュール6本セット　ブルーベリー梅酒　かぼす酒　ゆず梅酒　いちご梅酒　りんご梅酒　桃梅酒　各500㎖　9980円】×170　1696600円

続いて、ハンターギルド向けの納品物です。

【本格熟成ビーフジャーキー　30g　120個セット　粒胡椒　和風ダレにんにく風味　99800円】×17　1696600円（合計2040個）
【給食用小袋ジャム　業務用セット　いちごジャム　オレンジマーマレード　ブルーベリージャム　りんごジャム　チョコレートスプレッド　ピーナッツクリーム　つぶあん　はちみつ　メープルゼリー　レーズンクリーム　15g×1200袋　32400円】×52　1684800円（合計62

400袋）
【ふんわりパンケーキミックス　170g　小麦粉、砂糖、米でん粉、ホエイパウダー（乳成分を含む）、食塩、ベーキングパウダー等　368円】×4619　1699792円
【無洗米　コシヒカリ　愛知県産　5kg　2280円】×745　1698600円
【カレーパウダー　S&○　特製カレー粉　400g　赤缶　1285円】×1322　1698770円

そして最後に、『ユービン』ギルド向けのアクセサリーを、前回とは色違いで納品です。

【ヘアゴム　4色セット　太め（ロープ風）　ワンポイントイミテーションパール付き　白、ベージュ、ピンク、紺　直径：約6・0cm　幅：約0・8cm　980円】×1734　1699320円
【ヘアピン　福袋8点セット　各種イミテーションジュエリー付き　1000円】×1700　1700000円

連続12回の【想像創造】で、一気に納品完了です。
ワタシ「納品終わりで〜す」
ハンナ「おチビちゃん、お疲れさんだね〜。いやぁ〜、それにしてもあっという間に納品完了、仕事が早いね〜。あ、そう言えば、『ユービン』ギルドのジェーンさんから伝言があったんだ」

ワタシ「ジェーンさんからの伝言？」
ハンナ「そうなの。今彼女、おチビちゃんが用意してくれた【アクセサリー】の販売をしてるんだけどね？　おチビちゃんたちに、売り子兼モデルというか、そういう感じのお手伝いをお願いしたいって、そう言ってたわよ？　もし時間が空いたら、1階の物販コーナーにお願いできないかしら。もちろん、無理にとは言わないから、気が向いたらぐらいの軽い気持ちでいいわよ？」
ワタシ「わかりました～。あとで見に行ってきま～す」
ハンナ「ありがとうね。彼女、今張り切ってるみたいだから、忙しいだろうけど、時間があったら応援してあげてね？」
アイリーン「私たちはお昼前に領主館に行かないといけないから、お手伝いできるとすれば、午後になるでしょうね。それじゃあ、おチビちゃん。ちょっと早いけど、領主館へ出かける準備をしましょうか。いつもの二人がいない分、今日は私がおチビちゃんを、う～んと甘やかしちゃうんだから」
　そう言って、またもやワタシを抱っこしてくれたアイリーンさん。今日はずっとワタシを抱っこして移動するつもりのようです。
（わぁ～い、また抱っこだ～。うれしいな～）　o(≧▽≦)o
　ねぇねとおにぃがいない寂しさを感じる隙を与えない、アイリーンさんによるスキンシップの波状攻撃。今日は朝から、アイリーンさんの術中に完全にはまりつつあるおチビちゃんなのでした。

◆◇◆◇◆

ギルドへの納品が終わったので、アイリーンさんに抱っこしてもらいつつハンターギルドの裏庭の広場に出ると、ちょうどマスターさんと親方さんが、昨日ワタシたちが乗っていた【オフロード車】から降りてくるところでした。
マスター「よっ！　今戻ったぜ」
アイリーン「お疲れ～、そっちの様子はどう？」
マスター「鍛冶ギルドの連中は相変わらずだな。昨日から無我夢中で【自動車】を触りまくってる。一人を除いてな？」
アイリーン「それって、そちらにいる親方さんのことかしら」
マスター「ああ。さっきからちっとばっかし、いや、かなりだな、凹《へこ》んでるみたいなんだ」
アイリーン「凹んでる？　なぜ？　希望通り、おチビちゃんが【自動車】を用意してくれたのに？」
マスター「おチビが用意してくれた【自動車運転マニュアル】があっただろ？　親方はそれを覚えたらしくて、今度は自分で運転したいと言い出してな？　それで実際に運転してみたんだが……」
アイリーン「それで何か問題でも？　マニュアル通りに運転すればいいんじゃないの？」
マスター「それがそう簡単にいかねぇから凹んでるんだよ」
マスターさんとアイリーンさんがそんなお話をしていると、それまで無言だった親方さんが、アイリーンさんの腕の中で満足気にリラックスしていたワタシに向かって話しかけてきました。

親方「済まぬ童よ、頼みがある。ワシにも運転できる【自動車】をあてがってはもらえんだろうか。ワシには、ワシ等《ら》には、あの【自動車】はどうにもこうにも運転できそうにないのだ」

親方さんの表情は、真剣そのものです。

親方「今後、【自動車】や【三輪自転車】に限らず、お主に関わるすべての道具類の面倒は、ワシ等《ら》が責任をもって面倒見ると誓おう。だから、どうかこの願い、聞き届けてはくれぬか？」

ワタシ「えっとね、なんであの【自動車】だと親方さんは運転できないの？」

親方「ワシ等《ら》ドワーフには、あの【自動車】だと体格的に、ちと厳しいのだ」

マスター「親方たちが【自動車】の椅子に座ると、上半身は問題ないんだが、どうしても足が届かねぇんだ」

どうやら親方さんたちドワーフさんは、種族的な特徴で、おみ足の長さがかなり短めみたいで、ワタシが用意した人間用の【自動車】では、ブレーキやアクセルのペダルに足が届かなかったみたいです。

（小柄で胴が長い、そして足が短いから、人間用の【自動車】だと運転できないんだね。せっかく楽しそうな乗り物が目の前にあるのに、実際に運転できないのはかわいそうかも。なんでも面倒見てくれるって言ってるし、ここはサービスしちゃおうかな？）

アイリーンさんに甘やかされてとても気分がいいワタシは、親方さんたちに追加のプレゼントを大盤振る舞いしちゃうことにしました。

（えっと～、足を使わないで運転できて、簡単に乗れそうな、アレを【想像創造】！）

【四輪バギー　ATV　前進1速バック付　公道走行可　排気量50cc（ガソリン）　全長×全幅×全高：１４５０×９８０×９５０㎜　シート高６４０㎜　ホイールベース９６０㎜　最低地上高１２０㎜　ハンドルバー高９１０㎜　車両重量１１０kg　黒　リアキャリア付き　１６８０００円】×10　１６８００００円
【ジェットヘルメット　クラシックスタイル　バイザー付き　オフブラック　サイズ：３XL　２９０００円】×10　２９００００円

足を使わず、ハンドルだけで操作可能な【四輪バギー】を10台ご用意してみました。さらに安全のための装備として、かなり大きめのヘルメットもサービスです。
（親方さんたちの頭、かなり大きそうだもんね……）
ワタシ「親方さん、どうぞ～、これに乗ってみてくださいな？　これはね、【四輪バギー】と言ってね、【自動車】を簡単にした感じの乗り物なの。足は使わないで運転できるし、シートと足置きステップの高低差も少ないから、親方さんたちでも乗れると思いま～す」
親方「おぉ～面白そうだ！　童よ、手間をかけた。感謝する」
マスター「ほぉ～何だか【三輪自転車】に近い感じだな。こいつの動力は人力じゃなくて、例の臭い燃料を使うのか？」
ワタシ「そうで～す。これは【ガソリン】を使うから、マスターさん、ハンターギルドの地下にしまってある【ガソリン】を給油してね？」

マスター「裏門の外の小屋にしまった【ケーユ】じゃなくて、こいつには【ガソリン】なんだな？」
ワタシ「そうなの。間違えると壊れちゃうし危ないから、気を付けてね？」
マスター「あいよっ」
そんなこんなでマスターさんに【ガソリン】の給油も済ませてもらい、いざ運転開始となりました。
ワタシ「右手のハンドルをひねると動き出すからね～。ブレーキはハンドルについてるレバーを握ってね～」
親方「あい分かった」
ブルルルルル
親方「なっはっはっは。マニュアルにあったエンジンで動くとはこういうことか。これは何とも不思議な感覚だ。これは癖になるのぉ」
マスター「よっしゃー！　それじゃあ、オレも一つ乗ってみるとするかー！」
わざわざ小柄な親方さんたちに用意した【四輪バギー】なのに、なぜか身長2メートル近くのマスターさんまでも乗る気満々です。
ブルルルルル
マスター「おほぉ～、【自動車】と違って、こいつは遅せぇんだな？　だがそれも悪くねぇ。意外と楽しいじゃねぇか」
（なんだかアレだね。マスターさんが【四輪バギー】に乗ると、完全におもちゃに見えるよね。デ

パートの屋上にある子供用の動く遊具に、オトナが無理やり乗ってる感じだよね～）

　前世で見たことがある、お金を入れるとゆっくり動くパンダの乗り物を思い出していたら、ワタシの頭の上からアイリーンさんが声をかけてきました。

アイリーン「あの【四輪バギー】何だか楽しそうね？　あまりスピードも出ないようだし、私も乗ってみたくなっちゃった」

ワタシ「きっと楽しいよ？　それじゃあ、アイリーンさん用のヘルメットも用意するね？」

アイリーン「いいのいいの、今日はいいの」

ワタシ「アイリーンさんは乗らなくていいの？」

アイリーン「ええ。さっき言ったじゃない？　今日はおチビちゃんにいっぱい甘えてもらう日なんだから。今はこうして、おチビちゃんをギュッとするのが忙しくて、手が離せないもの」

　そう言って、さらにギュッと抱きしめてくれたアイリーンさん。そんなことを言われたら、もう嬉しくて嬉しくて、じっとしていられないくらい嬉しくなっちゃいます。アイリーンさんの腕や手やらにほっぺをスリスリして、言葉にできない喜びをひたすら無我夢中で表現します。

（ワタシ、本当に甘えていいんだ……ワタシにお母さんがいたら、こういうことが、普通なのかな……）

　すると次の瞬間、前日目にしたビーちゃん様と奥様の、母娘の睦まじい様子を思い出してしまいました。ワタシの憧れを具現化したような、神聖な絵画のようなその美しい光景は、まるで今のワタシに対する『当てつけ』のようで……

ワタシ『今感じている温もりは、本物？』

そんなことを言われているような気がしてしまいます。

するとと、アイリーンさんに抱っこされて確かに触れ合っているはずなのに、なぜかその感触が遠のいていく気がして……

だから一生懸命アイリーンさんにスリスリして、『ワタシはここよ』とアピールしますが、だけどどうしても離れてしまいそうな気がしてなりません。それがとってももどかしくて、胸の奥から色々と溢れてきてしまい……

ワタシ「わぁ〜ん、ヤだよ〜、ワタシを置いていかないで〜、ひとりはヤだよ〜」

アイリーン「え？　おチビちゃん、どうしたの？　急に泣き出して、大丈夫？」

その後、アイリーンさんにヨシヨシとあやしてもらいましたが、落ち着くまでしばらく時間を要したおチビなワタシなのでした。

◆◇◆◇◆

アイリーン「おチビちゃん、大丈夫よ、落ち着いてね？　二人と離れて寂しいでしょうけど、今日一日だけだからね？」

ワタシ「ぐすっ、うん……」（>▽<）

どうにかこうにか落ち着きを取り戻したワタシでしたが、今日は感情の起伏が激しい、おセンチな一日になりそうです。

そうこうしているうちに、時刻は小一時間程過ぎました。すると、おチビなワタシ以上に子供な感じでずっと遊び続けていたおじさん二人組が、満ち足りた表情で戻ってきました。

　ブルンブルルルン
親方「こんなに楽しかったのは久しぶりだ。この【四輪バギー】は、気晴らしには最高の乗り物だわい」

マスター「いやぁ～こういうおもちゃも面白れぇな～。そういや、おチビ。この後、領主館に行くんじゃなかったか？　そろそろ支度した方がいいんじゃねぇのか？」

アイリーン「そうね、そうしましょうか。ねえ、おチビちゃん。まだ時間前だけど、ベアトリス様に【トランシーバー】で、今から行っていいですか？　って、連絡してくれないかしら」

ワタシ「ビーちゃん様に？　うん、わかりました……」

　おともだちのビーちゃん様に連絡すると聞いて、少しだけ気分が上向いたワタシ。言われた通りにポーチに忍ばせている【トランシーバー】を取り出して、電源をオンします。

　すると、目的の人物ではなく、今一番聞きたかった声が聞こえてきました。

ねぇね『おチビちゃ～ん、おチビちゃ～ん、聞こえますか～』

ワタシ『あっ！　ねぇね！　ねぇねだ！』

ねぇね『あっ！　おチビちゃん？　良かった～、おチビちゃんとお話しできた～』

ワタシ『ねぇね、どうしたの？　なにかあったの？』

ねぇね『ううん、何もないよ？　ただ、おチビちゃんがどうしてるかなって、そう思っただけだよ？』

ワタシ『そうなんだ、ありがと～。お薬を作るのは大丈夫？』

ねぇね『うん、今は追加の材料を持ってきてもらう間の休憩中なの。作業はとっても順調で、これなら夕方前には作り終えてしまうかも』

ワタシ『急いで無理してない？　平気？』

ねぇね『まだまだ全然、平気平気。おチビちゃんこそ、平気？　寂しくない？』

ワタシ『うん。ちょっと寂しいけど、ワタシ、我慢する』

ねぇね『おチビちゃん、えらいね？　何かあったら、すぐにアイリーンさんに言うんだよ？　あっ、そろそろ材料が来たみたい。それじゃあ、作業に戻るね？』

ワタシ『うん、またあとでね～』

そんな他愛もない会話でしたが、今のワタシには効果覿面。先程まで泣いていたのが嘘のように、ニコニコ笑顔になっちゃいました。前世の言葉で表現すれば、まさに、泣いたカラスがもう笑う、そんな感じでケロッと復活です。

アイリーン「あら？　ご機嫌が直ったみたいね？」

ワタシ「うん。ねぇねが休憩中に【トランシーバー】でお話ししてくれたの」

アイリーン「それは良かったわ。それじゃあ、今度は――」

アイリーンさんとそんなお話をしていたら、今度は目的の人物の声が【トランシーバー】から聞こえてきました。

ベアトリス『おチビちゃ～ん、おチビちゃ～ん。ネーネちゃんとのお話は終わったのかしら～』

どうやらビーちゃん様は、ワタシとねぇねが【トランシーバー】でお話をしていたのを聞いていたみたいです。

ワタシ『ビーちゃん様！　ねぇねとのお話は終わりました～』

ベアトリス『そうみたいね。それでおチビちゃん、お父様が、そろそろ領主館に来て欲しいんだって。大丈夫？』

ワタシ『大丈夫で～す』

ここでワタシは、領主館に呼ばれることになった要因である【ラジオ放送】の実験をしておきたいと思いつき、ビーちゃん様にお願いをしておくことにします。

ワタシ『ビーちゃん様、あのね？　ワタシたち【自動車】で領主館に行ってもいい？』

ベアトリス『ええ、もちろんいいわよ？　でもわざわざ聞くということは、何かあるのね？』

ワタシ『うん。【自動車】を使って実験をしたいから、ビーちゃん様にもお手伝いして欲しいの』

ベアトリス『実験のお手伝い？　何をすればいいの？』

ワタシ『ワタシたちが着いたら、【自動車】のところまで来てくださいな？』

ベアトリス『え？　それだけでいいの？　それじゃあ、領主館の入り口で待ってるわね～』

ワタシ『お願いしま～す』

マスター「話はついたみてぇだな」

アイリーン「早速行きましょうか？」

ワタシ「は～い」

ということで、昨日と同じ【オフロード車】に乗って領主館に向かいます。

乗り込む直前、ワタシが不意に【オフロード車】に目を向けると、黒ネコちゃんならぬクロヒョウさんが二足立ちでガオーとしている旗が取り付けたままになっていました。

ワタシ「あれ？　この旗は返さなくていいの？」

マスター「ん？　あぁ。実はあの後、衛兵や領主館の連中と話したんだが、あの旗がついてりゃ住民は近づいてこねぇだろうってことで、町中で【自動車】を走らせる時は、常にこのオーレリア領旗をつけておくことになってな」

アイリーン「それはありがたいわね。走っている最中に興味本位で近づいてこられたら危ないものね？」

マスター「この旗がありゃ、よっぽどのことがない限り、住民は近づかないだろうからな」

そんな会話の後、３人で【オフロード車】に乗車開始です。運転席にはアイリーンさんが座って、ワタシは助手席に乗せてもらって、後部座席のど真ん中にマスターさんが陣取ります。

なぜワタシが助手席に座らせてもらったのか、それにはちゃんとした理由があります。ワタシは助手席でシートベルトを着けると、早速センタークラスターにあるスイッチ類をいじり始めます。

（えっと、これが【ラジオ】のボタンでいいよね？　AM／FM切り替えをAMにして……周波数は、とりあえずそのままでいいかな？）

そう、オーディオのボタンをいじって、【ラジオ】を聞けるようにしていたのです。

そんなことをしていたら、【オフロード車】はすぐに領主館に着いてしまいました。すると、見慣れた金髪美少女が、ワタシたちの到着を待っていてくれました。

ベアトリス「おチビちゃん、いらっしゃ～い。お手伝いは何をすればいいのかしら？」

開口一番やる気満々のビーちゃん様。ちょうどいいタイミングだったので、【自動車】から降りずにそのままお手伝いをお願いしちゃいます。

ワタシ「ビーちゃん様、あのね？　ここで【電波】魔法を使って音を出して欲しいの。その時にね？　【トランシーバー】で使う【電波】とは違う感じにして欲しいの」
ベアトリス「【トランシーバー】で使わない【電波】ってことね？」
ワタシ「そうで〜す」
ベアトリス「分かったわ、やってみる……」
　ビーちゃん様が【電波】を飛ばし始めたようなので、ワタシは早速【自動車】のオーディオのスイッチをいじって、受信周波数をアレコレ変えてみます。すると、
『ガァーーー……ザーーーー……ッザァーー……』
『あーーーー』
ワタシ「あっ！　今、聞こえた！」
ベアトリス「今、私の『あー』っていう声が【自動車】の中から聞こえてきたわ！」
ワタシ「やったー！　実験大成功！　ビーちゃん様、もう一度お願いしま〜す」
ベアトリス『は〜い、これでどうかしら〜』
　念のためワタシがもう一度とリクエストすると、ビーちゃん様のお返事がラジオから聞こえてきました。
ワタシ「ビーちゃん様、ばっちりで〜す」
　感度良好ということで、ラジオの設定を確認してみると……
（えっと、ビーちゃん様の声が聞こえた周波数は……え？　777kHz？　さすがビーちゃん様、大当たり〜）

なんと、受信できた周波数は、前世でラッキーナンバーとして親しまれていたゾロ目の『７７７』kHzでした。
ワタシ「やっぱりビーちゃん様って、なにか持ってるよね～」
ベアトリス「え？　私、今、手ぶらよ？」
ワタシ「え？」
ラジオの受信テストの最後は、お互いなんともかみ合わなかった、おチビちゃんとビーちゃん様なのでした。

◆◇◆◇◆

ビーちゃん様の【電波】魔法が【ラジオ】でも有効であることが確認できたので、その足で早速ご領主様との内謁に臨むことになりました。ビーちゃん様とはここで一旦お別れして、家令さんと思しき人に案内されたワタシとマスターさんとアイリーンさん。今回は内々の懇談扱いということで、謁見の間とは違う小さめなお部屋に通されました。ご領主様と同じテーブルに着いてお話しするというフランクな形式みたいです。
ちなみにこのお部屋まではアイリーンさんと手をつないで歩きました。ちょっと残念でしたが、さすがに領主館の中で抱っこしてもらう訳にはいきません。
アイリーン「まさか、またもやお貴族様と同じテーブルに着くことになるとはね」（コソコソ）
マスター「おチビといると、オレの常識が狂っちまうぜ」（ヒソヒソ）

そんな内緒話がワタシの頭上で交わされていると、すぐにご領主様ご一家がお部屋に入ってきました。
領主「やあ、またせたかな？　昨日の今日ですまんね」
ヴィクトリア「よく来てくれました」
ベアトリス「改めて、いらっしゃい」
ワタシ「こんにちは～」
アイリーン「御目文字《おめもじ》叶って光栄に存じます」
マスター「同じく恐悦至極」
領主「今日は気楽な懇談ということで、楽にしてくれ」
マスター「はっ」
アイリーン「ありがとうございます」
ワタシ「は～い」
　ご領主様ご一家が席に着いたのを見計らって、緊張でカチコチになったマスターさんとアイリーンさん、そしてワタシも着席します。
　そう思ったのですが、おチビなワタシの体には『少々』大きな椅子だったので、ワタシ一人では着席困難のようです。
（この椅子、ワタシには『ちょ～っとだけ』高いんだよね～）
　またもや『ちょ～っとだけ』と、心の中でサバを読んでいるのか逆サバなのか分からない見栄を張るワタシ。

いつもなら、ここでワタシの素敵なナイト、おにぃが颯爽とエスコート（椅子まで持ち上げる）してくれるのですが、今日は別行動なのでここにはいません。

（どうしよう、マスターさんもアイリーンさんも緊張でワタシのピンチに気づいてないみたいだし……）

そう思ったのも束の間、問題はすぐに解消されました。

家令「失礼いたします、小さなレディ」

そう言って、ご領主様の後ろに控えていた家令さんが音もなくワタシの隣にやってきました。そして、ヒョイとワタシを持ち上げて丁寧に椅子に座らせてくれたのです。

ワタシ「ありがと～」

家令「いえいえ。こちらこそ、お手伝いできて光栄です」

庶民でおチビなワタシに対しても、レディとしてジェントルに扱ってくれるあたり、さすがはお貴族様に仕えているだけのことはあります。

（う～ん、とってもスマート。手際が良くて颯爽としていて、おにぃの次ぐらい格好良いね～）

そんな行き届いた雰囲気の中、全員分のお茶が用意され、みんなで一息ついてからご領主様のお話が始まりました。

領主「それで早速だが、昨日の話、住民への通知の迅速化と簡素化が図れる【ホーソー】について、その実現の可能性を聞きたい」

ワタシ「えっと、さっきビーちゃん様に【自動車】の【ラジオ】で実験してもらって、大成功でした～」

ベアトリス「そうね。【自動車】の中から私の【電波】魔法の声が聞こえたわね」
ワタシ「なので、【ラジオ】を使えば、たくさんの人にビーちゃん様の声を届けることはできると思いま〜す」
領主「ふむ。【ホーソー】という手段には、その【ラジオ】というものが不可欠ということかな？」
ワタシ「そうで〜す。実際に使ってもらった方が早いので、今ここに用意しますね？」
　ということで、論より証拠とばかりに、早速【ラジオ】を【想像創造】です。
（えっと、電池がなくても動くタイプで、ほかにも色々な機能がある便利なアレを、【想像創造】！）

【防災マルチラジオ（AM／FM）　手回し充電　ソーラー充電　LED懐中電灯機能（ハイ／ロー）　読書灯機能　センサーライト機能　モバイルバッテリー機能　SOSアラーム機能　サイズ：（約）幅16cm×奥行6・3cm×高さ8・1cm　重量：（約）380g　ラジオバンド：AM：522〜1620kHz、FM：76〜108MHz　4000mAhリチウムイオンバッテリー　生活防水　ストラップ付　オレンジ　3900円】×435　1696500円

　片手で持てるぐらい（おチビなワタシには無理ですが）の発電機能付きの【防災ラジオ】を、お部屋の隅の方に山のように創り出しちゃいました。

家令「おやおや。これはまた、たくさんでございますな」

ワタシ「えっと、素敵な家令さん。ここにいる皆さんにも使い方を覚えて欲しいから、1台ずつ配

ってくださいな？」

家令「畏まりました、小さなレディ」

快く請け負ってくれた（おにぃの次に）ジェントルな家令さんの指示により、控えていた従者さんたちが一斉に動き出し、テーブルの上に一人一台ずつ、開封された【防災ラジオ】が用意されました。

ワタシ「えっとですね、まずは、このレバーをグルグルして、充電しま～す。それからこのスイッチを右側にして、ＡＭというモードにしておきま～す。そして、ビーちゃん様の【電波】を受信できるように、このダイヤルで７７７kHzという――」

そんな感じで実物に触れてもらいながらレクチャーして、早速ビーちゃん様による、オンエアー開始です。

ベアトリス『あーあー、聞こえるかしら？　って、聞こえてるわね。自分の声がいろんな方向から聞こえてくるのって、何だか変な感じね？』

ビーちゃん様の声がテーブルに座っている全員のところから聞こえてきて、まさしくサラウンド音源といった感じです。

領主「なるほど。これを主だった人物や団体に配布すれば、ベアトリスの【電波】魔法を、それこそ瞬時に送ることができるという訳か。確かにそうなれば、住民への情報伝達は、今とは比べ物にならないくらい迅速かつ簡潔になるだろう。うむ、文句なしに素晴らしい。【ホーソー】とは、まさに情報伝達の革命であろう。早速採用させてもらいたい」

ワタシ「は～い」

領主「それで対価についてなんだが、君は何を望む？」

　対価と聞かれて、ワタシは、【ラジオ】を思いついた時から考えていたことを要望してみます。

ワタシ「えっとですね、もっとたくさん【ラジオ】を用意するので、それをたくさんの人に配って欲しいです。できれば、【ラジオ】が一家に一台あるようにしたいです」

領主「ん？　もっと多くの【ラジオ】を用意すると？　なぜそのような、言わば自らの損になるようなことを？」

ワタシ「それはですね、なるべく直接ビーちゃん様のお声を聞いて欲しいからで〜す！」

ベアトリス「え？　私の声を直接？」

ワタシ「うんとですね、人から伝え聞いたお話って、最初とはちょっとずつ変わっちゃうでしょ？　情報を正確に使えるには、なるべく誰かからの又聞きをなくした方がいいと思うの」

領主「なるほど。それは一理ある」

ヴィクトリア「人づてのお話は、かなり歪曲されて伝わることが多いですものね」

ワタシ「そしてですね？　これはお願いなんですけど、【ラジオ】が一家に一台ぐらい配布できたら、ワタシたちのギルドからのお得な情報とかを、ビーちゃん様のお声で宣伝して欲しいんです」

『ユービン』ギルドの知名度を上げたいと、オトナの皆さんがお話ししていたことを思い出したワタシ。せっかく【ラジオ】を配るのなら、いっそ全世帯に普及させて、それを使って、ビーちゃん様のお声で『ユービン』ギルドを宣伝してもらおうと考えたのです。

領主「ふむ、ベアトリスはどうかな？」

ベアトリス「もちろん私はおチビちゃんをお手伝いします。お友達で恩人のおチビちゃんのためですもの、私、頑張っちゃうわ！」

領主「よろしい。後は必要な【ラジオ】の台数だが、ジャレッドどれくらいだ？」

家令「はい。全世帯に配布となれば、８千ほどあればよろしいかと」

どうやら（おにぃの次に）スマートな家令さんは、ジャレッドさんというお名前みたいです。

（こちらもセバスチャンじゃなかったのか〜）

そんなどうでもいいことが頭によぎっていると、ご領主様がワタシに確認してきました。

領主「かなりの数のようだが、すぐに用意はできそうかな？」

ワタシ「えっと、今日あと少しと、明日いっぱい創り出せば、大丈夫で〜す。ついでなので、今日創り出せる分は今ここで創っちゃいますね？」

今日はこれまで、15回【想像創造】しているので、残りはあと2回です。

【防災マルチラジオ（AM／FM）手回し充電　ソーラー充電　LED懐中電灯機能（ハイ／ロー）　読書灯機能　センサーライト機能　モバイルバッテリー機能　SOSアラーム機能　サイズ：（約）幅16㎝×奥行6・3㎝×高さ8・1㎝　重量：（約）380g　ラジオバンド：AM：522〜1620kHz、FM：76〜108MHz　4000mAhリチウムイオンバッテリー　生活防水　ストラップ付　オレンジ　3900円】×435　1696500円
【防災マルチラジオ（AM／FM）手回し充電　ソーラー充電　LED懐中電灯機能（ハイ／ロー）　読書灯機能　センサーライト機能　モバイルバッテリー機能　SOSアラーム機能　サイズ：（約）幅16㎝×奥行6・3㎝×高さ8・1㎝　重量：（約）380g　ラジオバンド：AM：5

22～1620kHz、FM：76～108MHz　4000mAhリチウムイオンバッテリー　生活防水　ストラップ付　オレンジ　3900円】×435　1696500円

そうして連続で【ラジオ】の【想像創造】を終えると、目の前にいつものワタシのステータス画面が現れました。

名前：アミ
種族：人族
性別：女
年齢：5歳
状態：発育不良　痩せ気味
魔法：【なし】
スキル：【想像創造】レベル18（18回／日　または、18倍1回／日）

毎度お馴染み、スキルのレベルアップをお知らせしてくれたみたいです。

（やった～！　【想像創造】がレベルアップした～！）

今日はあと1回、追加で【想像創造】できちゃうみたいです。

（もう1回【想像創造】できるけど、【ラジオ】は1300台以上創ったから、今日はもういいかな？）

そう思ったワタシは、【ラジオ】は一旦打ち止めにすることにします。
ワタシ「えっと、とりあえず、これで１３０５台で～す」
領主「うむ、よろしい。それでは、この【ラジオ】を各世帯に1台配り、報酬はベアトリスが【ラジオ】を通して君の要望に応じた宣伝を行う、ということでいいかな？」
ワタシ「は～い、よろしくお願いしま～す」
マスター「何だか知らねぇうちに、『ユービン』ギルドの知名度が爆上げされそうだなコリャ」（コソコソ）
アイリーン「知名度向上のために副支部長たちが今やっていることが全く無駄とは言わないけれど、最初からおチビちゃんに相談しておけばよかったかもね。それにしてもおチビちゃん、ここへ来る前はあんなに寂し気に泣いていたのに……」（ヒソヒソ）
マスター「おチビはアレだろ？　忙しくしてねぇとアレコレ考えちまうタイプなんだろ？」（コソコソ）
アイリーン「そうなのかしらね……」（ヒソヒソ）
　そんなオトナのヒソヒソ話なんて耳に入っていないワタシは、ビーちゃん様とのお話に夢中です。
ワタシ「ビーちゃん様、【ラジオ】でいっぱいお話ししてね？」
ベアトリス「お話？　何をお話しすればいいの？」
ワタシ「えっとね？　ビーちゃん様の好きな食べ物のお話とか、好きな動物のお話とか！」
ベアトリス「え？　『ユービン』ギルドのお話は？」
ワタシ「それはギルドのオトナの人から、ビーちゃん様にお話が行くと思いま～す」

ベアトリス「そ、そうなんだ……」

自ら言い出した『ユービン』ギルドの知名度アップはどこへやら。そちらはオトナに丸投げする気満々のようです。

（よ～っし！　ビーちゃん様を、立派なラジオパーソナリティにしちゃうぞ～）

どこでどう変わったのか、なぜかビーちゃん様のプロデューサー気取りで、妙な闘志を燃やし始めたおチビちゃんなのでした。

◆◇◆◇◆

ワタシ「あっ、ビーちゃん様それとね？　【放送】の前には、必ず『ピンポンパンポ～ン』って言うんだよ？」
ベアトリス「『ぴんぽんぱんぽ～ん』？　それってどういう意味なの？」
ワタシ「えっとね？　この音はね、はじまりはじまり～って意味なの。だからね、【放送】でお話する前に付けると、聞いてる人に今からはじまるって、わかりやすくなるんだ～」
ベアトリス「へぇー、『ぴんぽんぱんぽ～ん』ね？　分かったわ」
こんな感じで、ビーちゃん様を立派なラジオパーソナリティにするべく、【ラジオ放送】の心得をレクチャーしていると、ご領主様が真剣なお顔でワタシに質問してきました。
領主「ベアトリスとの話の最中に悪いのだが、君に一つ、質問してもいいかな？」
ワタシ「はい、どうぞ～」

領主「うむ、では率直に聞こう。君は、『御使い様』なのかな？」
ワタシ「え？　『御使い様』？」　（・＿・?）
ワタシが前世の記憶を思い出してから、ちょいちょい耳にしていた単語『御使い様』。最近も、ねぇねの故郷『天恵の里』に関係して、頻繁に出てきました。
ワタシ的には、昔の偉人さん的な認識で、全くもって雲の上の他人だったのですが、まさか自分がそう呼ばれるとは思ってもいませんでした。
（『御使い様』って偉い人なんでしょ？　たしか国を救ったんだっけ？　ワタシが『御使い様』？ないですないで〜す。ありえないですよ〜）
ということで、すかさず完全否定しておきます。
ワタシ「違います違いま〜す。ワタシはそんな偉い人ではありませ〜ん」
領主「ふむ、違うのか……『御使い様』は、神の御国からおいでになられ、見たこともないモノや知識を我々に与えたもう。そう、今の君のようにだ。今までの『御使い様』は総じて、銀髪銀眼の『成人』であらせられた。君は灰色の髪と瞳をしているが、時折銀色に光り輝いて見える時がある。年齢はさておき、もしやと思ったのだが……」
ワタシ「あの、そもそも『御使い様』って、どうやって決まるんですか？」
領主「うむ。魔法とは異なる神の御業を使うことができ、誰もが認める救世的な活動を行い、最終的には教会と国王陛下に認められることで、『御使い様』は認定される」
ワタシ「へぇー。それじゃあ、ワタシは絶対に『御使い様』になれませんね？」
領主「ほう？　それはどういった理由かな？」

ワタシ「ワタシ、教会の人に認められるはずがないんですっ！」
　ワタシが自信満々に胸を張って、小鼻を膨らませつつそう主張すると、ずっと静観していたアイリーンさんが、ワタシをフォローしてくれました。
アイリーン「ご領主様、発言をよろしいでしょうか」
領主「うむ、かまわぬ」
アイリーン「ありがとうございます。この子たち３人組ハンター『シュッセ』は、先日教会により異端者認定されております。証拠はこちらでございます」
　そう言ってアイリーンさんは、昨日記念撮影した【写真】を取り出しました。
【子供の３人組ハンター『シュッセ』を異端者と認定する】
　そう書かれた告示板を背景に、ワタシとねぇねとおにぃが『いい笑顔』をしている一枚です。
領主「なるほど。確かに」
アイリーン「ですので、教会がこの子に対して何か発言する権利はありません。異端者は教会自らが見放した者たち、教会の管轄外ですので」
ワタシ「そうで～す。だからワタシは、絶対に『御使い様』にはなれませ～ん」
領主「ハッハッハ、至極もっともだ。良く分かった」
　そう言って笑ったご領主様でしたが、急にお顔を引き締めてお話を続けました。
領主「では本題に移るとしよう。君たち『シュッセ』の３人は、今後狙われるだろう」
ワタシ「え？」
領主「金に目がくらんだ有象無象にとどまらず、今後は王侯貴族、つまりは権力者からも目を付けられるだろう」
ワタシ「権力者？」
領主「うむ。今ここにいない二人が作っている、例の『簡易エリクサー』を国王陛下に献上すれば、間違いなくこの国の権力者に君たちのことが知れ渡るだろう。そうなれば、君たちを取り込もうとするのは必定。今でさえ、どこから聞きつけてきたのか、隣のマッドリー男爵が、君たちの『返還』を求めてきている」
ワタシ「へ？　『返還』？　どういうことですか？」（・＿・？）
領主「うむ。男爵曰く、君たちは元々男爵領の人間で、この私が君たちを無理やり拉致しているらしい。だから即刻『返還』せよ、とのことだ。おおかた我が領を去った薬師ギルドの前副支部長あたりから入れ知恵でもされているのだろう。呆れて物も言えんがね？」
（なにそれ⁉　ワタシたち、お隣の男爵領なんて行ったことないのに！　あのすごいお薬が目当てなの？　もしかして、ねぇねとおにぃが危ないの？）
ご領主様からねぇねとおにぃが権力者に狙われていると聞いて、心配で心配で不安になってしまったワタシ。居ても立っても居られません。
ワタシ「ねぇねとおにぃは、大丈夫ですか？　どこかに連れていかれたりしませんか？」
領主「一応こちらでも警戒はしているし、ギルドの方でも対策はしている、そうであろう？」
マスター「はっ」
領主「狙われるとしたらこの領の外、領外へと出た時であろう。なので本来であれば『簡易エリクサー』を国王陛下に献上する際は、君たち自ら王都へ赴くべきなのだが、その役目は私と義父殿、ルビンスタイン伯爵に任せてもらいたい。わざわざ自らゴブリンの巣穴に飛び込む必要もなかろう」

どうやらワタシたち3人を庇うため、ご領主様と伯爵様がワタシたち3人の代わりに国王様に『簡易エリクサー』を献上してくれるみたいです。

アイリーン「ご配慮、ありがとうございます」
マスター「感謝いたします」
ワタシ「ありがとうございま〜す」
領主「うむうむ。この領、そして何よりベアトリスが世話になっていることだ、これくらいのこと造作もない。だがそこで、一つ頼まれてはくれまいか」
ワタシ「はい、なんでしょ〜か」
領主「実は、国王陛下への謁見を短時間で実現するため、いわゆる『袖の下』と呼ばれるものが必要なのだ。王城内は伏魔殿。情けない話なのだが、『賄賂』や『まいない』なくしては、真面に話が進まぬのだ。よって、国王陛下は言うに及ばず、王侯貴族が挙って欲しがるような何かを用意できまいか」

（ん？　袖の下？　それってアレだよね？　『山吹色のお菓子』だよね？　ふっふっふ、それってワタシの得意分野で〜す！）

そう思ったワタシは、本日最後の【想像創造】で、例のアレを創り出しちゃいます。

【シングルモルトウィスキー　ざきやま　リミテッドエディション2017　43度　700㎖　ギ

フト限定　化粧箱　10000円】×180　1800000円

　お部屋いっぱい溢れるくらいに、キレイな化粧箱に入った、贈答用のお酒をご用意してみました。
アイリーン「も、もも、もしかして、おチビちゃん。これって、アレなの？」
ワタシ「そうで〜す。アイリーンさんもご存じ！　『山吹色のお菓子』で〜す！」
アイリーン「信じられない……例のアレが、『琥珀色のソーマ』がこんなにたくさん……」
領主「ほう、『ソーマ』とな？　つまりは『神酒』ということかな？」
アイリーン「そうなのです。これらは、この世のモノとは思えない、芳醇な味わいで強い酒精の美酒なのです」
領主「そこまで賛辞を贈るということは、ハンターギルドの職員は口にしたことがあると？」
マスター「いいえ。オレは飲んだことがありません」
アイリーン「飲んだことがあるのは、今のところ私だけかと。私もご褒美と称して、1本もらったことがあるだけです」
領主「なるほど、希少な美酒か。王城内での付け届けには、まさにもってこいというところか」
ワタシ「えっと、全部で180本あるので、ジャンジャン贈って、ビシバシ便宜をはかってもらいましょ〜」
アイリーン「おチビちゃん、お願い！　1本、1本でいいから、私にもちょうだい？」（コソコソ）
マスター「おい、ご領主様の前で何言ってんだ！」（ヒソヒソ）
アイリーン「だって！　あの『琥珀色のソーマ』なのよ？」（コソコソ）

マスター「だって！　じゃねぇ！」（ヒソヒソ）
領主「ハハッ、優秀だと聞いていたハンターギルドの受付主任をそれほどまでに虜にする美酒か。ありがたく使わせてもらおう」
お貴族様の前であるにもかかわらず、おチビちゃんにおねだりを始めちゃうアイリーンさん。
その様子を目にして、今回の国王陛下への謁見はスムーズになるだろうと確信した、ご領主様なのでした。

◆◇◆◇◆

アイリーン「あっ！　えーっと、ゴホン……大変失礼いたしました。国王様への献上品のことなのですが、予定通りであれば明日には『簡易エリクサー』をお持ちできると思います」
領主「うむ。【ラジオ】の追加もあることだし、明日は『シュッセ』の3人勢揃いとなるのかな？」
アイリーン「はい、その予定でおります」
ヴィクトリア「おチビちゃん、明日もまた来てちょうだいね？」
ワタシ「は〜い、また明日来ま〜す」
ベアトリス「ねえ、おチビちゃん。この後は何か予定はあるの？」
ワタシ「えっと、特にないかな？」
マスター「いやいや、お前、物販コーナーのお手伝い頼まれてなかったか？　装飾品販売の」
ワタシ「あっ、そうだった」

ベアトリス「装飾品販売？　何を売るの？」
ワタシ「うんとね、今『ユービン』ギルドで【ヘアアクセサリー】を売ってるの。コレコレ、こういう髪留めなの」
　そう言って、ワタシは前髪を留めていた髪留めを指さします。ねぇねとお揃いの、星形のアクアマリンが付いた【ヘアピン】です。
ベアトリス「それカワイイから、どこで売ってたのか聞こうと思ってたんだけど、おチビちゃんが創ったものなの？」
ワタシ「そうだよ？　お店に行けばいっぱいあるから、ビーちゃん様もいっしょに来る？　お手伝いしてくれたら、好きなのあげるよ？」
ベアトリス「それって、お店のお手伝いをするってこと？　お店屋さんごっこね⁉　何だか楽しそう！」
　そんな感じで、あれよあれよという間に、午後からはビーちゃん様を巻き込んで『ユービン』ギルドの売店で装飾品販売のお手伝いをすることになりました。
　ご領主様と奥様にお別れのご挨拶をして、ビーちゃん様といつもの護衛さんの二人を追加して、乗ってきた【オフロード車】でハンターギルドへ戻ります。その時、ふと閃いたワタシは、マスターさんとアイリーンさんにお願いをしておきます。
ワタシ「マスターさん、アイリーンさん、さっき使った【ラジオ】持ってるでしょ？」
マスター「あぁ。とりあえず、そのままもらってきちまった」
ワタシ「それをね？　いっぱいレバーを回して、たくさん充電しておいて欲しいの」

アイリーン「【ラジオ】を使って、早速何かする気ね？」
ワタシ「そうで〜す」
ベアトリス「私もそれ、回してみたい！」
アイリーン「それでは、私の【ラジオ】をお願いできますでしょうか。私は運転で手が離せないので」
　ということで、帰りの車内は、ワタシとビーちゃん様とマスターさんが、ひたすら【ラジオ】の充電レバーをグルグルしている、ちょっと不思議な空間になってしまいました。そして【オフロード車】がハンターギルドに到着すると、早速ワタシは行動に移ります。
ワタシ「マスターさん、えっとね？　この【ラジオ】３台のうち、２台をハンターギルドの外のひさしの上に置けますか？」
マスター「この【ラジオ】を外のひさしの上に置くのか？」
アイリーン「それなら私にお任せよ？」
　そう言うと、アイリーンさんはスルリと石造りのひさしの上まで駆け上がり、２台の【ラジオ】を置いてくれました。谷川の【ターザンロープ】の時もそうでしたが、アイリーンさんは高いところでも軽々と登ってしまいます。クールビューティな見た目と違い、アイリーンさんの身体能力はかなりのもののようです。
ワタシ「アイリーンさん、すごいね！　ぴょーんて飛んでスルっと登っちゃったね！」
アイリーン「私ね？　こういう動き得意なの。まあ、種明かしをすると、魔法を使っているだけなんだけどね？」

ワタシ「アイリーンさん、魔法を使ったの？」
アイリーン「ええ、そうなの。私の属性魔法は【身体強化】。腕力や脚力を強化することができるのよ？」
ワタシ「すごいねすごいね！　なんだかカッコいいね！」（*゜◯゜*）
ワタシのことをずっと抱っこしていた時も、疲れないのかな？　と少し心配していましたが、まさか魔法で力持ちさんになれるなんて、アイリーンさんはマッチョ系な能力をお持ちのようです。
ついでなので、見た目マッチョなマスターさんにも、どのような魔法をお持ちなのか聞いてしまいましょう。
ワタシ「ちなみにマスターさんはどんな属性魔法なの？」
マスター「ん？　オレか？　オレはアレだ、【調理】だ」
ワタシ「【調理】？　どういうことができるの？」
マスター「名前の通り【調理】に関することを、短時間かつ正確にこなすことができる。素材の良し悪しや、味なんかも予想できるし、なかなか多才な魔法だぞ？」
ハンターギルドの食堂でマスターさんに注文すると、いつもすぐにお食事が出てくるのが不思議でしたが、どうやら【調理】魔法を使うことで、早くお料理を作ったり、配膳することができていたようです。
ワタシ「マスターさんもすごいね！　お仕事に使える魔法なんて、とっても素敵だね！」
マスター「今のオレにとっちゃあ、手放せねぇ、無くてはならねぇ能力だな」
そんなお話をしながら、ハンターギルド1階の、ちょうど食堂とは反対側になる、物販コーナーにやってきたワタシたち。すると、購買部のハンナさんと『ユービン』ギルドの職員になってくれたジェーンさんが、忙しそうにお客さんの相手をしていました。
ワタシ「こんにちは〜」
ジェーン「あら、おチビちゃん。ひょっとしてお手伝いに来てくれたの？」
ワタシ「うん。おともだちもいっしょに来たんだよ？」
ジェーン「助かるわ〜、今は【干し肉】や【小袋ジャム】、特に【ワイン】が人気でね？　【アクセサリー】を売る人手が足りなかったのよ」
ベアトリス「こんにちは〜、お邪魔しますわね？」
ハンナ「おチビちゃんのお友達もお手伝いに……って、ご領主家のお嬢様！」
ジェーン「え？　ベアトリス様が？　まさか、お手伝いしてくださるのですか？」
ベアトリス「ええ、もちろんです。今日はおチビちゃんと一緒に、私もお手伝い頑張りますね？」
　ということで、早速お手伝いという名のお店屋さんごっこ開始です。
　まずはカウンターの上に【ラジオ】を置いて、ビーちゃん様に【ラジオ放送】で呼び込みトークをしてもらいます。ハンターギルドの建物の外にも【ラジオ】を置いたのは、外を歩く人への客引き効果を狙ってのことです。
（【電波】魔法なら声をあげるわけじゃないから、ビーちゃん様の喉がかれることもないだろうしね〜）
　そんなことを考えていると、早速【ラジオ】から声が聞こえてきました。
ベアトリス『ぴんぽんぱんぽ〜ん……只今『ユービン』ギルドにて、【ヘアアクセサリー】の格安販売を実施中で～す。オシャレな【アクセサリー】を普段使いできるお手頃価格で販売中で～す。前髪を留めるアクセントとして、キレイなお飾りが付いた各種【ヘアピン】。長い髪を束ねる、色とりどりの【ヘアゴム】。すべての商品にキレイなガラスや輝石が付いていて、とってもお値打ちですよ～。是非この機会に、あなたに似合う一品をお選びくださ～い』

こんな感じで【電波】魔法で【ラジオ放送】を始めたビーちゃん様は、一見ただ黙って立っているだけ。むしろ【電波】魔法に集中しているので、ピクリとも身動きしていません。それは傍から見ると、まるで超絶リアルなお人形さんのように見えます。

（目立つ見た目の美少女ビーちゃん様が立ってるだけなんて、なんだか勿体ないよね？　せっかくだし、ビーちゃん様にはマネキン代わりになってもらっちゃおう！）

ということで、ビーちゃん様の前髪に、水色のガラスでできたイルカさんや、薄桃色のハートのガラスが付いた【ヘアピン】等をパチパチと取り付けていくワタシ。ビーちゃん様は【電波】魔法に集中しているようで、ワタシに何をされてもお構いなしのご様子です。

（ビーちゃん様はツインドリルだから、そこにも【ヘアゴム】をたくさんつけちゃおう！）

そうしてほぼ全種類の【ヘアアクセサリー】を装着したビーちゃん様ができあがると、先程まで【ワイン】や【干し肉】の前に群がっていたお客さんが、ちょっと離れた【アクセサリー】売り場にもやってきました。

女性客1「ねぇ、おチビな店員ちゃん。そのキレイなお人形が着けている、薄桃色の丸っこいガラスの髪留め、見せてもらえる？」

ワタシ「は～い、1つ10リルで～す」

女性客1「え？　10リル？　そんなキレイなガラスが付いているのに、そんなに安いの？」
ワタシ「そうで～す、全部1つ10リルで～す」
女性客1「それなら、そのクリーム色の珠が付いた赤い髪輪も一緒にちょうだいな？」
ワタシ「は～い、2つで20リルで～す。毎度アリで～す」
女性客2「あら、そのカワイイお人形が着けてるオレンジ色の星が付いた髪留め、何だかステキね？　10リルでいいのかしら？」
ワタシ「は～い、お買い上げ、ありがとうで～す」
女性客3「あの、髪輪全種類いただけるかしら」
ワタシ「全種類ですね？　えっとー、【ヘアゴム】は全部で8種類なので、80リルで～す」
女性客3「それじゃ、赤い花と緑の葉っぱの髪留めもちょうだいな。はい、全部で小銀貨1枚ね？」
ワタシ「ちょうどいただきました～。ありがとうで～す」
　そんな感じで手際よくお客さんをさばいていくワタシ。値段が統一されているということもあり、難なくそつなく順調です。
　その後も何人かの女性のお客さんを相手にしていると、初めて男性のお客さんがワタシに声をかけてきました。
男性客「すまないが、ちょっといいだろうか」
ワタシ「は～い、なんでしょうか～」
男性客「外を歩いていたら客引きの声が聞こえてきて、気になって入ってきたんだが、あの声はどういう仕組みなんだい？　外と同じ声が、ここでも聞こえている気がするんだけど」
ワタシ「えっとですね、それはこの【ラジオ】から聞こえている声で～す。ビーちゃん様が【電波】魔法を使って、【ラジオ】からお話ししていま～す」
男性客「【ラジオ】？【電波】魔法？　聞いたことがないな。ちなみにそれは、ここで買うことができるのかな？」
ワタシ「できませ～ん。だけど【ラジオ】はね？　たぶん明日から、この町の一家に一台配られると思いま～す」
男性客「配られる？　それってただでもらえるということかい？」
ワタシ「そうで～す。ご領主様が配ってくれま～す」
　そんなやり取りをしていたら、ビーちゃん様の【ラジオ】トークに変化がありました。
ベアトリス『ぴんぽんぱんぽ～ん……【ラジオ】について説明しま～す。【ラジオ】とは、領主館からの大切なお知らせを【ホーソー】する、音声告知の道具で～す。私、ベアトリス・オーレリアが、【ホーソー】を担当しま～す。領主館からの告知のほか、今日みたいに『ユービン』ギルドのお得な情報もお知らせする予定で～す。この町の住民のみなさ～ん、乞うご期待ですよ～』
　そう【放送】し終えると、にわかに動き出したビーちゃん様。先程までマネキン状態だったのに、ニッコリ笑顔でお客さんに手を振り始めたので、辺りは騒然です。
女性客４「きゃぁ！　お人形が動いたわ！　ビックリした～」
男性客「おわぁ！　人形じゃなかったのか！　というか、ベアトリス様じゃないか！」
女性客５「え？　ご領主家のお嬢様？」

ベアトリス「そうで～す！　近日中に始める【ラジオホーソー】、皆さん聞いてくださいね？」

(ゝ_・)☆

イタズラ成功とばかりにウィンクを決めるビーちゃん様。今にも、『ドッキリ大成功！』みたいなプラカードでも出しそうな勢いです。

するとビーちゃん様の前に、ワラワラと列ができ始めました。

男性客「ベアトリス様、あの、握手をお願いできますでしょうか」

ベアトリス「はいは～い」

女性客6「わ、私もお願いします」

ベアトリス「いいですよ～」

日頃の行いが良いからなのか、この町の住民に大人気のビーちゃん様。この後しばらく、ビーちゃん様による握手会が続くことになりました。

その後、ビーちゃん様に握手をしてもらった皆さんが記念として【ヘアアクセサリー】をこぞって買っていくため、お店屋さんごっこ程度に軽く考えていたのが、本格的に大忙しになってしまったワタシなのでした。

◆◇◆◇◆

カシャ（パッ）　ウィーン

アイリーン「こちらはご領主様にお渡しください」

護衛1《リチャード》「いつもながら感謝いたします」

護衛2《フイリップ》「今回のお嬢様の姿絵、とても良い笑顔ですな」

　またもやオトナどうしでやり取りされる金髪美少女の生写真。この一見怪しげな取引は、もう定例行事化しています。

　そうしてビーちゃん様によるアイドル握手会さながらの催しが終わる頃には、時刻は夕暮れ間近になっていました。

ベアトリス「おチビちゃん、お店屋さんごっこすごく楽しかったわ！　また誘ってね？　それじゃあ明日ね！」

ワタシ「うん。ビーちゃん様、またね〜」

　今日は【ラジオ放送】による宣伝と商品ディスプレイ（マネキン）、そして握手会しかしていなかったビーちゃん様。お店屋さんごっことして成立していたのか微妙ですが、当の本人が大変満足そうなニコニコ笑顔なので、良しとすることにしましょう。

　いつの間にかハンターギルドの入り口正面に来ていたお迎えの馬車に、ワタシがこれでもかとくっつけた【ヘアアクセサリー】を装備したまま乗り込んでいくビーちゃん様。

（アレって、誰も指摘しないいんだ。まあ、アレはアレで似合っているから、イイにはイイんだけど……）

　美少女お貴族様がすると、たとえ奇抜で過剰な装飾だったとしても、それはそれでアリに見えてきちゃうから不思議です。

　そんなことを思っていると、ワタシに声がかけられました。

マスター「いつも通り今日も晩飯食ってくんだろ？　ちょっと厨房で仕込んでくるわ」
アイリーン「ごめんなさい。私もちょっと用事を済ませてくるわね？」
そう言って、マスターさんもアイリーンさんも外してしまいました。お客さんもまばらになっていたので、ワタシもそろそろ物販コーナーをお暇しようかと思い始めた頃、ワタシが待ち焦がれていたひとときが、やっとやっと訪れました。
ハンターギルドの入り口に、ねぇねとおにぃがワタシを迎えに来てくれたのです。
ねぇね「おチビちゃ～ん、ただいま～」
おにぃ「おチビ～、お待たせ～」
ワタシ「ねぇね！　おにぃ！　お帰りなさ～い！」
その瞬間、おチビな外見にそぐわない軽快な足さばきでストトトと走り寄り、ねぇねにポフッと抱き着くワタシ。そんなワタシをやんわりと抱きとめてくれるねぇねと、ワタシの頭を優しく撫でてくれるおにぃ。
おにぃ「朝からご領主様のところだったんだろ？　大変だったな」
ねぇね「寂しくなかった？　大丈夫だった？　何か困ったことはなかった？」
ワタシ「うん。寂しかったけど、大丈夫だった」
いの一番でワタシの心配をしてくれるねぇねとおにぃ。その一言で、今日感じた不安な気持ちなんて、全部吹っ飛んじゃいます。
（ねぇね～、おにぃ～、心配してくれてありがと～。そして、大好き～）
離れていた寂しさを補うかのように、ねぇねにヒシッと抱きついて、その柔らかさと温かさを堪能していると、おにぃが申し訳なさそうにお話を始めました。

おにぃ「なあ、おチビ。あの銀色の水筒なんだけど、『簡易エリクサー』を入れるために5個使っちまった。そしてメアリーさんがそれを持って領主館に行っちゃったんだ。多分だけど、そのまま王様のところに持っていくことになると思う。ごめんな？　あと、オレたち用の『簡易エリクサー』で1個使ってるから、銀色の水筒はあと4個しか残ってないんだ」

どうやらおにぃは、『簡易エリクサー』の入れ物として【魔法瓶】を渡してしまったことを気に病んでいるみたいです。

ワタシ「いいよいいよ、大丈夫だよ？　どんどん使って平気だよ～」

そんな会話をしていたら、不躾《ぶしつけ》に見知らぬおじさんの声が割り込んできました。

男性「おい坊主ども。今『簡易エリクサー』と聞こえたんだが、もしかしてお前らが作ってんのか？」

どうやら場所が悪かったようで、ワタシたちのお話を通りすがりのおじさんに聞かれてしまったみたいです。

（マスターさんはお夕食の準備で食堂に戻っちゃってるし、アイリーンさんもお仕事に戻っちゃってるし……）

まさかワタシたちのホームグラウンド、ハンターギルドの建物内で、変な人に絡まれるとは思ってもいませんでした。

そんな感じでワタシたち3人がお返事に困っていると、見知らぬおじさんが一方的に質問を続けます。

男性「見たところお前ら3人、駆け出しのハンターだよな？　ここのハンターギルドの所属ってことでいいんだよな？」

おにぃ「そ、そうですけど」

男性「よっしゃー！　ようやく俺様にも運が巡ってきたぜ！」

おにぃが肯定のお返事をすると、飛び上がって喜び始めた見知らぬおじさん。ワタシたちがここのハンターギルドの所属だと、この人は嬉しいみたいです。

（なんだろうこの人。なんでワタシたちがここの所属だと嬉しいんだろう。変なの～）

ワタシがそんなことを考えていると、見知らぬおじさんが今度はフロア中に聞こえる程の大きな声で叫び始めました。

男性「ハンターギルドオーレリア支部のザコども、よ～っく聞け～！　ハンターギルド王都本部から派遣されて来た地方支部指導官、『審判のダニエル様』とは俺様のことだ～！　今からこの支部は俺様の管轄下に入る！　俺様の命令を聞け～！」

夕暮れ前の、ハンターギルドが一番閑散としている時間帯。そんな折、いきなり大声で叫び出した見知らぬおじさんの声は、ハンターギルド1階のみならず、階上階下や外にまでも響き渡りました。

急な叫び声に驚いた人、何事だと声の主を確認する人、すぐさま誰かに報告に向かう人。色々な反応がありましたが、そのほとんどが緊張感を伴っていました。でもそんな中でただ一人、周りとは違った反応を示している人物がいました。

（ぷぷぷ～、自分で自分のことを『俺様』だって～、カッコ悪～い。こういう人って、大概、三下

さんとか下っ端さんなんだよね～。もうこの人は、これで全力を出し切っちゃったんだろうな～）

普段から強面のマスターさんを間近で見ているワタシ的には、この見知らぬおじさんの見た目は全然迫力が足りませんし、最近頻繁にお話しする機会があるお貴族様と比べれば、言葉にも重みを感じません。

（それについ最近、お貴族様の本物の昼メロ修羅場を見たばかりだしね～）

色々な経験をして胆力を身に付けつつあり、かつ、前世の知識、特に昼メロにも精通しているワタシにとっては、この見知らぬおじさんの発言は既に『出オチ』扱い。この後このおじさんは痛々しいことになるんだろうな～と、呑気に予想するワタシなのでした。

◆◇◆◇◆

自分の発言に酔いしれているといった感じで、意識がどこかにトリップしてしまっている見知らぬおじさん。そんなおじさんの様子を見て、『今がチャンス！』とばかりに、ワタシはねぇねとおにぃの手を取って、そっとその場所から離れます。
ワタシ「ねぇね、おにぃ、今のうちにこっちこっち」（コソコソ）
ねぇね「うん」（ヒソ）
おにぃ「あぁ」（コソ）
悦に入って興奮気味のおじさんの視界に入らないように、そっとそ～っと抜き足差し足するワタシたち３人。

（こういう人は、いきなりなにをしでかすかわからないからね～　とにかく離れるに限るよね～）
そうしてワタシたち3人が見知らぬおじさんから十分以上に離れたタイミングで、ハンターギルドの建物の入り口から、大勢の衛兵さんたちがなだれ込むようにして入ってきました。
衛兵「ハンターギルド内で騒ぎを起こしたのは貴様か！　大人しくしろ！」
ダニエル「フン、俺様はハンターギルド王都本部からこの支部の再建を任された指導官だ。王都から来たエリートの俺様に、地方の衛兵ごときが気安く話しかけてんじゃねぇ！」
見知らぬおじさんのその言葉を聞いて、動きを止めてしまった衛兵の皆さん。真偽が分からないので、どうしていいか判断に困っているといった感じです。
するとワタシたち3人の後方から、ドスの利いた聞きなれた声が聞こえてきました。
マスター「あ？　何だ何だ？　何の騒ぎだ？　こりゃ」
すると、渡りに船とばかりに、衛兵の隊長さんらしき人が、マスターさんに確認を始めました。
隊長「おぉ、メイソン殿。我々では判断できなかったのでちょうどよかった。そこの人物がこのハンターギルドの支部の再建を担っていると言っているのだが、それは本当なのだろうか」
マスター「はぁ？　この支部の再建だぁ？　なんだその世迷言は。寝言は寝てからにしてもらいてぇもんだな」
隊長「つまりは、そこの人物の主張は荒唐無稽であると？」
マスター「真面に相手するのも馬鹿馬鹿しいレベルだぜ」
隊長「よく分かった、情報感謝する。皆の者、そこの男を引っ捕らえろ！」
「「「「はっ！」」」」

そんなやり取りの後、あっという間に床に押さえつけられてしまった見知らぬおじさん。ワタシの予想通り、既にオチは見えていたみたいです。

それでも見知らぬおじさんのお口は達者のようで、捕らえられてもなお、ワーワーと自己主張を繰り広げています。

ダニエル「痛っ！　痛たたっ。何すんだ無礼な！　貴様ら、王都のエリートである俺様にこんなことをして、ただで済むと思うなよ！　クビだ！　この支部の職員、全員クビにしてやる！　王都から圧力をかけて、ここにいる衛兵も全員解雇させてやる！　この行いを生涯後悔させて……ムグムグ……」

あまりにも大声でうるさいので、どうやら衛兵さんが、見知らぬおじさんのうるさいお口をふさいでしまったみたいです。

そんなちょっとした捕り物が1階のフロア中心付近で繰り広げられていると、階段から見慣れた人物が下りてきました。

イーサン「何やら騒がしいと思ったら、王都から害虫が来ていましたか。この男が来たということは、王都の人材不足は、いよいよもって深刻なのかもしれませんね？」

どうやら副支部長さんは、この見知らぬおじさんのことを知っているみたいです。

すると、見知らぬおじさんがジタバタとあがき始めて、衛兵さんの手から、ふさがれていた自らの口を復活させました。

ダニエル「……ムグムグ……プハァ。イ、イーサン貴様、何をしている！　さっさと俺様を助けないかっ！」

イーサン「なぜ？」

ダニエル「なぜだと？　俺様はこの支部の再建のために王都本部から遣わされた指導官だぞ？　助けるのは当然――」

イーサン「再建？　王都が我々の支部を？　それこそ意味が分かりませんね？　我が支部の運営を、他の支部が横からどうこうできる訳がないじゃないですか。そもそも、王都『本部』？　前々から気に入らなかったんですよね、その呼称。なぜ王都にあるだけの、ただの一支部が、『本部』などと名乗っているのでしょうね？　この国のハンターギルドとしては王都が最初の支部ではあっても、国を跨いだ組織であるハンターギルドにおいては、決して本当の『本部』ではないでしょうに。大方、地方支部を借金で無理矢理従えている状況に、自分たちが上位であると勘違いして、『本部』だと、そう嘯《うそぶ》いているんでしょうけど」

　おチビなワタシにはよく分かりませんが、ハンターギルドの王都本部は本当の本部ではなくて、この国のハンターギルドだけで通用する、自称本部、ということみたいです。

（それじゃあ、ハンターギルドの本当の本部ってどこにあるんだろう？）

　そう思ったワタシは、ワタシたち3人の真横まで来ていたマスターさんに質問してみることにします。

ワタシ「ねえ、マスターさん。ハンターギルドの本当の本部ってどこにあるの？」

マスター「ん？　そりゃあおめぇ、始まりの町『ザ・タウン』だろうよ。ほとんどすべてのギルドや大きな組織は、『ザ・タウン』発祥らしいぞ？」

ワタシ「『ザ・タウン』？」

マスター「ああ。この大陸中央のどこかにあると言われている、謎の町のことだ。選ばれた者しか行くことができねぇ、神の町だとも言われている。まあ、オレも詳しくは知らねぇけどな」
ワタシ「へぇー、不思議な町なんだね～」
マスター「何でもその町は、大昔の『賢人様』が色々考案なさってできた町らしい。まあこれは憶測なんだが、『賢人様』とは、オレたちの言う『神の御使い様』のことなんじゃねぇかとも言われている。真偽は誰も知らねぇけどな」
ワタシ「へぇー、『賢人様』か～」
　そんな雑談をしていると、フロアの中心で繰り広げられていたサスペンス劇場が、クライマックスを迎えようとしていました。
ダニエル「貴様ら、この俺様、ひいては王都本部に歯向かって、ただで済むと思うなよ！　この支部からすべての資金を引き上げて、この支部を潰してやる！」
イーサン「呆れますね、我々オーレリア支部の現状を何も調べていないとは……本当に王都の人材不足は深刻のようですね？」
ダニエル「現状だ？　何の話だ！」
イーサン「なぜ私が、害意剥き出しのあなたに、懇切丁寧に教えて差し上げなければならないのでしょうか。衛兵の隊長さん、もうその男と話すことはありませんので、詰所の牢獄にでも放り込んでいただけますか？　罪状は、脅迫、恐喝、強要、業務妨害、そんなところでしょうか。そうそう、衛兵の皆さんに対する虚偽申告と恫喝もお忘れなく」
隊長「了解した。そいつを引っ立てろ！」

「「「「はっ！」」」」

ダニエル「ま、待て、俺様は王都のエリートなんだぞ？　こんな扱いを受けていい人間じゃない！　お、おい、離せ！　俺様は、こんなことをやっている場合じゃないんだ！　俺様はそう、ハンターのガキどもに秘薬を作らせて、これから大金持ちになるんだよ！　そうじゃなきゃ、こんな辺鄙《へんぴ》なところまで、わざわざ王都から早馬で来た意味がねぇだろうがよ～！」

イーサン「おや？　罪状に横領も加わりそうですね？　まあ、今のところ未遂ですけど」

あれよあれよという間に、衛兵の皆さんによって連れていかれてしまった見知らぬおじさん。ワタシの予想通り、好調だったのは最初だけで、最後は痛々しい憐れな結末になってしまいました。

（やっぱりね～。あのおじさん見た目も発言も完全にやられ役っぽかったもんね～。それにしても、ハンターギルドの本当の本部は『ザ・タウン』という町にあるんだね～。『賢人様』が作った『すべての発祥の地』だなんて、なんだかカッコいいよね～）

ワタシ『ザ・タウン』、そして『賢人様』。

まごうことなき『出オチ』の三文芝居を見物する傍ら、新たなパワーワードをゲットしたおチビなワタシなのでした。

◆◇◆◇◆

衛兵の皆さんが見知らぬおじさんを連れ出して行くと、ハンターギルドの1階フロアは先程までの喧騒が嘘のように、いつもの静けさを取り戻しました。すると、お仕事のため外していたアイリーンさんもワタシたちのところに来てくれました。
アイリーン「おチビちゃん、お待たせ〜。何か変なのが来てたって聞いたけど、大丈夫だった？」
ワタシ「うん。平気だよ〜」
アイリーン「そう、良かったわ〜って、あら？　二人もここにいるということは、もうポーションの方は終わったのかしら？」
おにぃ「あ、はい」
ねぇね「終わりました」
アイリーン「それは何よりね。それなら予定通り、ご領主様は明日の早朝に出発できそうだわね。あ、そうそう、それでおチビちゃんに確認なんだけど、昨日裏門の外で創ってくれた【自動車】、その中で一番大きな物のことなんだけど」
ワタシ「一番大きいというと、【バス】のこと？」
アイリーン「そうそう、その【バス】を、今回の国王陛下への『簡易エリクサー』献上のために、ご領主様に使っていただいてもいいかしら？　大人数かつ高速で移動するとなると、【バス】を使っていただいた方がいいと思うのよね」
（そうだよね〜。今回はまさしく【バス】の本領を発揮できるタイミングだよね〜）
　ワタシも納得の理由なので、即ＯＫです。
ワタシ「もちろんいいよ？　でも運転はどうするの？」
アイリーン「今頃、領主館の職員が必死に練習していると思うわよ？」
（大きな【バス】の運転は、慣れるまで苦労するだろうな〜。しかも、王都までは遠いんでしょ？

長距離運転は大変だろうな～。ん？　そもそも王都ってどれくらい離れているんだろう）
ここで素朴な疑問を抱いたワタシは、アイリーンさんに質問してみることにします。
ワタシ「アイリーンさん、王都までって、どれくらいあるの？」
アイリーン「ん～、どれくらいなのかしら」
マスター「早馬で４～５日、普通の馬車なら10～12日ぐらいだな。距離的には５００㎞は下らねぇだろうよ」
アイリーンさんに代わって、マスターさんが教えてくれました。
（往復で１０００㎞以上？　う～ん。それだと途中で給油しないと【バス】の燃料もたないよね？）
ということで、早速助言しておくことにします。
ワタシ「アイリーンさん、あのね？　王都まで【バス】で行くとね？　燃料が足りなくなっちゃうと思うの。だからね？　荷物輸送用の【バン】に燃料の【軽油】をたくさん積んで、いっしょに行った方がいいと思うな～」
アイリーン「【バス】だけじゃなくて、【バン】に燃料の【ケーユ】を積んで、随行させた方がいいってことね？」
ワタシ「そうで～す」
アイリーン「分かったわ。早速連絡しちゃうわね？」
そう言うと、どこからともなく【トランシーバー】を取り出して、誰かに連絡を始めたアイリーンさん。前世の『ケータイで事務連絡しているキャリアウーマン』が彷彿とさせられます。

（うんうん。遠くにいる人とすぐに連絡できるのは、やっぱり便利だよね～）

ビーちゃん様とお話ししているのか、それとも別の【トランシーバー】を持っている人なのかは分かりませんが、どちらにせよ、お顔が見えない距離にいる相手と即座に連絡がとれるこの状況は、まさに【トランシーバー】の本領発揮といった感じがして、前世で携帯やスマホに慣れ親しんでいた記憶があるワタシ的にも、大変満足な光景なのでした。

［第8章］✦思い出の曲

そしてその翌日。今日もワタシたちは朝から領主館へ来ています。
だけど前日とは違って、ねぇねとおにぃも一緒なので気分は上々、むしろピクニック気分でルンルンなワタシです。
今日は【自動車】ではなくて、マスターさん駆動の【三輪自転車】&【リアカー】による送迎で、もちろんアイリーンさんも一緒です。
ワタシたち一行が領主館に到着すると、あれよあれよという間に昨日と同じお部屋に通されました。ご領主様は早朝に【バス】で王都へ向けて出発されたということで、そのお部屋には、奥様とビーちゃん様、そして、ワタシを椅子に座らせてくれるのが（おにぃの次に）上手な家令さんが待っていてくれました。
ワタシ「あ、今日も二番目さんがいる」（コソコソ）
ねぇね「二番目さん？　あの執事さんのこと？」（ヒソヒソ）
おにぃ「二番目ってことは、一番がいるのか？」（コソコソ）
ワタシ「えっとね～、それはおにぃにはないしょで～す」（ヒソヒソ）
面と向かうと『おにぃが一番』とは言えない、意外と乙女なおチビちゃん。そんなヒソヒソ話をしていると、奥様とビーちゃん様がご挨拶してくれました。
ヴィクトリア「皆さん、よく来てくれましたね」

ベアトリス「おチビちゃんたち、いらっしゃい」
「「「おはようございま～す」」」
アイリーン「連日御目文字叶いまして、光栄でございます」
マスター「同じく恐悦至極」
　そんなご挨拶の後、早速本題に入ります。
ヴィクトリア「今日は町の皆さんに配る【ラジオ】の追加のお話、ということでよろしいかしら？」
ワタシ「はいそうで～す」
　ワタシがそうお返事すると、アイリーンさんが発言の許可を求めました。
アイリーン「奥様、そのことにつきまして、発言をよろしいでしょうか」
ヴィクトリア「ええ、もちろんですわ」
アイリーン「ありがとうございます。【ラジオ】の各家庭への配達なのですが、我が『ユービン』ギルドにお任せいただけませんでしょうか。『ユービン』ギルドは物流を主業務としております。今回の【ラジオ】の各家庭への配達、まさに我が『ユービン』ギルドが適任かと」
ヴィクトリア「なるほど。でもそちらの負担が大きいのではなくて？」
アイリーン「それについては問題ありません。今回の【ラジオ】配達は、この町の全家庭を訪問することになりますので、『ユービン』ギルドとして必要不可欠な情報、この町の住民の在所把握にもつながりますし、『ユービン』配達職員にも良い研修になります。そして何より、我が『ユービン』ギルドの、これ以上ない宣伝になろうかと思いますので」

ヴィクトリア「ふふっ、なるほど。そういうことでしたらお任せいたしますわ。『ユービン』ギルドの存在と便利さを、住民の皆さんに存分に触れ回ってくださいな」

アイリーン「お許しいただき、ありがとうございます」

そんな感じで、あれよという間に【ラジオ】の配布は『ユービン』ギルドが行うことになりました。どうやら今日の【ラジオ】の納品は、ハンターギルドのいつもの地下倉庫に変更のようです。

ヴィクトリア「領主館で働く皆には、一人一台【ラジオ】を持っていて欲しいですわね。領主館の職員が重要な情報を聞き洩らすことがあってはなりませんもの」

ベアトリス「大きな建物や施設には【ラジオ】を複数配布して、町を出歩いている人にも情報を聞いてもらえるようにしたいわね」

そんな奥様とビーちゃん様のご要望により、昨日領主館で創り出した【ラジオ】1300台余りについては、領主館の職員用と予備、そして、主だった施設や商店用にしてもらうことになりました。これはもう完全に、前世的に言うところの『同胞無線』って感じの【ラジオ】運用です。

ワタシが創り出した【防災ラジオ】的には、まさに本領発揮といったところなのですが、ワタシ的にはそれだけではちょっと物足りません。なぜなら、前世で【ラジオ】を聞くと言ったら、パーソナリティの面白トークと共に、リスナーからのリクエストや流行に合わせて、歌謡曲やポップス、懐メロや時にはクラシックなんかも耳にしていたからです。

（【ラジオ放送】って言ったら、ワタシ的には音楽なんだよね～）

ということで、ここでビーちゃん様に、その可能性を確かめておきましょう。

ワタシ「ビーちゃん様、あのね？　【ラジオ】に関係して、ちょっと聞きたいことがあるの、いいですか？」

ベアトリス「え？　何、何？　何でも聞いて？」

ワタシ「えっとね？　ビーちゃん様は、聞こえている音を【電波】にすることはできますか？　例えば、音楽とか！」

　ここにきて、ビーちゃん様の【電波】魔法と【ラジオ】を使った音楽放送を目論み始めたワタシ。

ついに、おチビちゃんによるビーちゃん様の本格プロデュースが開始されたのでした。

◆◇◆◇◆

ベアトリス「聞こえている音を【電波】魔法で飛ばすの？」
ワタシ「うん。できたら、音楽がイイんだけどな～」
ベアトリス「音楽を【電波】して、【ラジオ】で聞くってことなのね？」
ワタシ「うん、そうなの。お家の【ラジオ】から音楽が聞こえてきたら、とってもステキでしょ？町のみんなも喜んでくれると思うんだ～」
ベアトリス「なるほどね。でも今まで、耳に入ってくる音を【電波】するなんて、考えたこともなかったわ」
ワタシ「それじゃ、今試してみようよ！」
　ということで、早速、ポーチに忍ばせていた充電満タンの【防災ラジオ】を取り出して、電源をオンするワタシ。そして、どうせならばと、ちゃんとした音源もご用意してみます。

（えっと～、電気を使わずに、簡単お手軽にキレイな音楽を楽しめるアレを【想像創造】！）

【高級オルゴール（曲名：エリーゼのために）　50弁かまぼこドーム型木製ケース　サイズ幅25・3、奥行13・3、高さ9・1cm　仕上げ：ステイン仕上げ　材質：アルダー　色：ワインレッド　63000円】

弁の数が50もある、高級な【オルゴール】を創り出してみました。曲目は、前世のワタシが大好きだった、ヴェートーベンの『エリーゼのために』。ワタシ的に、【オルゴール】といったら、この曲です。

（この高級【オルゴール】は、一味も二味も違うんだ～。おもちゃみたいな安っぽいモノとは、音色というか、音の豊かさというか、広がりと艶が違うんだよね～）

そんなことを思いながら、箱の裏のゼンマイを巻き巻きして、早速、ミュージックスタートです。

♪　パラパラパパラランリン　パラランリン　パラランリン……

おにぃ「うわっ！　小さな箱から音が聞こえてきた！」
マスター「そんなに小せぇのに、どういうカラクリだ？」
ベアトリス「うわぁ～、キレイな音～。とってもステキね～」
ヴィクトリア「美しい音色ですこと。思わずうっとりしてしまうわ～」
アイリーン「聞いたことがない曲だけど、麗しくて心洗われる旋律ね～」
ねぇね「すご～い、まるで妖精さんが歌っているみた～い。私、ずっと聞いていた～い」

オルゴールが旋律を奏で始めると、お部屋にいた皆さんから驚愕とそして賛美の声が上がりました。特に女性陣は表情をうっとりと変えて、その音色に聞き入っています。

ワタシ「でしょでしょ？　これはね？　【オルゴール】という機械仕掛けの楽器なの。この音楽がお家の【ラジオ】から聞こえてきたら、町のみんなも嬉しいと思うんだ～」

ヴィクトリア「確かにそうね。ねえトリス、この音楽を【電波】できるかしら？」

ベアトリス「えっと、分からないけど、とにかくやってみます……」

そう言うと、目をつぶって集中しだしたビーちゃん様。そして少しすると、ワタシの【防災ラジオ】から、『ビーちゃん様のお声』で、『エリーゼのために』の旋律が聞こえてきました。

ベアトリス『♪　るらるらるららりん　らららりん　らららりん……』

その声音は【オルゴール】の音色と全くズレなく遅延なく、正確に同じ音階をたどっています。ただし、『ビーちゃん様のお声』で。

（およ？　これは【オルゴール】の音そのままじゃなくて、ビーちゃん様のお声だよね？　ビーちゃん様の【電波】魔法を経由すると、ビーちゃん様のお声になっちゃうのかな？）

ワタシの想定では、ビーちゃん様がマイクのような役割をして、ビーちゃん様が聞いた音をそのまま【電波】で【放送】してくれることを期待していたのですが、ちょっと思惑が外れてしまいました。それでも、遅延なく正確に音階を踏んでいる『ビーちゃん様音源』は、美少女の声音フィルターだと思えば、それはそれで大変結構だと思える仕様です。

（うんうん。ワタシの思っていたのとはちょっとだけ違うけど、これはこれで可愛くて、全然アリですよね！）　（＾ｰ＾）v

プロデューサー気取りのワタシがそんな風に一人納得していると、ワタシ以外の皆さんがリアクションを始めました。

ヴィクトリア「凄いわトリス、とっても素敵よ」

ねぇね「わぁ～、ビーちゃん様、上手～」

おにぃ「綺麗な歌声だな～」

マスター「こいつぁウメェもんだ。平民なら、これだけで飯が食えるな」

アイリーン「またあなたはそんな俗っぽい……でも本当にお上手ですわね」

ヴィクトリア「【ラジオ】の配達が終われば、このトリスの歌声が【ラジオ】を通してこの町の全家庭に届けられるのね？」

ワタシ「そうで～す」

そんなお話をしていたら、【オルゴール】の曲が終わって自動停止しました。すると、【電波】属性魔法を終わらせたビーちゃん様もお話に参加です。

ベアトリス「どうだったかしら？　私、上手くできていた？」

ワタシ「うん、とってもキレイな歌声だったよ～」

ねぇね「お上手でした！」

アイリーン「美しい旋律でした」

おにぃ「うんうん」

ヴィクトリア「凄く良かったわよ？　トリスに歌の才能もあるなんて思ってもいなかったわ」

ベアトリス「いいえ、お母様違うのです。私は歌っていた訳ではないのです」

ヴィクトリア「え？　でも【ラジオ】から綺麗なトリスの歌声が聞こえてきたわよ？」
ベアトリス「私は【オルゴール】の音色をそのまま【電波】にしていただけなのです」
ヴィクトリア「そうなの？　でも、その【ラジオ】から聞こえてきたのは、トリスの歌声だったわよ？」
ねぇね「ですです。美声でしたカワイイ美声でした」
ベアトリス「そうなのですか？　私としては、聞こえてくる音をそのまま【電波】にしたつもりだったのですが……分かりました。おチビちゃん、この【オルゴール】、私に預けてくれないかしら？　私、もっと練習して、聞こえてくる音をそのまま【電波】することができるように頑張ってみたいの」
　ワタシが当初想定していた『聞こえてくる音をそのまま【電波】にする』ことを実現するべく、頑張って練習してくれると、自ら手を上げてくれたビーちゃん様。そういうことなら、ワタシのお返事は決まっています。
ワタシ「もちろんイイで～す。ビーちゃん様、練習がんばってね～」
ベアトリス「おチビちゃん、ありがとう。【電波】属性魔法はまだまだ色々なことができそうな気がするの。だから新しいことにはどんどん挑戦してみたいの！」
　満面の笑顔で、まるでアイドルの卵のような意気込みを語るビーちゃん様。プロデューサー気取りのワタシ的には、妄想がどんどん膨らんじゃいます。
（うんうん。やる気のある美少女は、プロデュースし甲斐があってイイですね～。もういっそのこと、この町限定のローカル美少女アイドルとして、デビューを目指しちゃいましょう！）

今日一日だけで、ラジオパーソナリティから美少女アイドルにまでグレードアップしてしまった、ワタシの脳内設定のビーちゃん様なのでした。

◆◇◆◇◆

【防災ラジオ】の各家庭への配達は『ユービン』ギルドが行うことになり、さらにビーちゃん様が【電波】属性魔法による【音楽放送】の自主練に入ることになったので、ワタシたちは領主館をお暇することになりました。

帰りもマスターさんが漕ぐ【三輪自転車】&【リアカー】に乗せてもらって、快適ラクチンな道行です。

【リアカー】に乗せてもらう時は、おチビなワタシはいつもねぇねの懐に抱かれるようにして座らせてもらいます。座ったねぇねに後ろから抱きしめてもらって、ねぇねに包まれるような感じです。おチビな体に対して頭でっかちなワタシは、ちょっとの揺れでも頭をどこかにぶつけてしまうので、後ろから抱きしめることでねぇねがワタシを保護してくれているのです。

この【リアカー】に乗せてもらう時のフォーメーション、大好きなねぇねに包まれるこの時間が、ワタシはとても楽しみだったりします。

そんな、ねぇねとの密着スキンシップを満喫していると、ワタシ以上に上機嫌なねぇねが、弾んだお声で話しかけてきました。

ねぇね「ねぇ、おチビちゃん。ビーちゃん様のお歌、とっても上手だったね～」

ワタシ「うん、そうだったね～」
ねぇね「私ね？　お歌大好きなの」
ワタシ「そうなんだね～、ねぇねはどんなお歌が好きなの？」
ねぇね「私ね、あまりお歌を知らないの。今までそんな余裕がある生活じゃなかったから……」
　少し前まで現役バリバリのスラムっ児だったのです。今までのねぇねに歌を楽しむ余裕なんてなかったのでしょう。
ねぇね「でもね？　小さい頃に聞いたお歌で、１つだけ覚えているお歌があるんだよ？」
ワタシ「１つだけ？」
ねぇね「うん。えっとね、こんなお歌」
　そう言うと、ねぇねがメロディを口ずさみ始めました。
ねぇね「♪　ルンルンルンルン　ルンルンルンルン　ルルルルルルンルン……」
　その鼻歌的な旋律を聞いて、ワタシはビックリ固まってしまいました。それと同時に、とても懐かしい気持ちにもなりました。
（この曲って、アレだよね？　たしか日本で一番売れたレコードの曲だよね？）
　前世で聞いた記憶がある日本の懐メロが、まさかねぇねのお口からハミングされるとは。
すぐさまねぇねに事情を聞きたいところですが、それ以上に、ねぇねの嬉し気な鼻歌をずっと聞いていたいと思うワタシ。そう思ったのはワタシだけではなかったみたいで、ねぇねが一曲歌い終わるまで、無言のままその歌声に聞き入るワタシたち一行なのでした。
おにぃ「楽し気でイイ曲だったな！　オレ、思わず聞き入っちゃったよ」

マスター「ベアトリス様も上手かったが、お前さんも負けず劣らずだな。何ならそれで食っていけるんじゃねぇのか？」
アイリーン「そうね、とっても艶やかでステキな歌声だったわ～」
ワタシ「ねぇね、お歌上手だね！」
ねぇね「えへへ。おチビちゃん、ありがとう」（〃∇〃）
ワタシ「ねぇね、そのお歌は、どこで覚えたの？」
ねぇね「このお歌はね？　私が昔住んでいたお里で聞いたお歌なの」
ワタシ「『天恵の里』ってところ？」
ねぇね「うん、そう。本当は歌詞もあったんだけど、私、小さかったから、残念だけど歌詞は覚えていないの」
　そう言うと、ねぇねはちょっとシュンとしてしまいました。
（これはもう、『天恵の里』は絶対、日本人が関係しているよね？　それにしても、あの曲の歌詞か～。ねぇねに教えたら、喜んでくれるかな？）
　そう思ったワタシは、前世の記憶をたどりながら、アフロっぽいおじさん歌手を思い出しつつ、小声で歌い始めました。
ワタシ「♪　まいにちまいにち……」
ねぇね「え？　そのお歌！　おチビちゃん、もしかして知ってるの？」
ワタシ「うん。このお歌はね？　とある国でとっても人気だったお歌なんだよ？　だからね？　歌詞もその国の言葉なんだ～」

ねぇね「へぇー、そうだったんだね。おチビちゃん、その歌詞、私にも教えてくれる？」
ワタシ「もちろん！　はじめはね？　『まいにちまいにち』」
ねぇね「むわいぬぃっちむわいぬぃっち？」
（あれれ？　発音というかアクセントというか、すべてが原形をとどめていない感じだよ？　日本語の発音って、慣れないと難しいのかな？）
外国の人に日本語の発音を教える難しさ、そんなことをまさか異世界で体験するとは思いもしなかったワタシなのでした。
そんな感じでねぇねに『逃げ出したお菓子』の歌詞を教えていると、無性にソレが食べたくなってしまいました。ということで、マスターさんにお願いして、例の場所まで寄り道してもらうことにしました。
「「「こんにちは～」」」
アイリーン「お邪魔しま～す」
マスター「邪魔するぜ～」
ローラ「おチビちゃんたち、いらっしゃ～い」
レイラ「皆さん、いらっしゃいませ～」
例の場所、【ガレットのお店　ローラ】に到着したワタシたちは、店主のローラおねえちゃん、そして、ローラおねえちゃんのお姉さんで、先日病気になりかけていたレイラさんのお出迎えを受けました。
ワタシ「レイラさん、もう病気は平気なの？」

レイラ「ええ、おかげさまでね～。おチビちゃんたち、先日はありがとうね～。みんながくれたお薬のおかげで、すぐに良くなっちゃったわ～」

「「「どういたしまして～」」」

ローラ「それで今日はどうしたの？　おやつを食べに来たのかな？　それともまた新しい食べ物を教えてくれるの？」

ワタシ「えっとね？　今日も新しいお菓子を作らせて欲しいの。だからね？　また厨房を貸してくださいな？」

ローラ「もちろんいいわよ～。それでウチは何をすればいいの？」

ワタシ「えっとね？【ホケミ】さんで、ガレットの生地を作って欲しいの」

ローラ「ガレットの生地でいいのね？　それなら準備できてるわよ？」

レイラ「新しいお菓子？　私もお手伝いさせてね～」

ワタシ「は～い、お願いしま～す」

ということで、いつも通りにちゃっかり厨房を占拠するワタシ。そしてすぐさま、これからの作業に必要なモノを【想像創造】です。

（あのお菓子を作るのに欠かせない道具と、中の具を【想像創造】！）

【南部鉄器たいやき器　サイズ（cm）：37×16・5×（H）4　内寸（鯛穴部分）12×6・5cm
材質：鋳鉄（黒焼付加工）　5000円】×2　10000円

【あんこ屋さんのつぶあん　原材料：小豆、砂糖、水飴　内容量：500g　800円】×10　8

０００円

（ワタシ、『たいやき』は【つぶあん】派なんだよね～）

　ということで、ねぇねの思い出の曲の主人公を、みんなで作って美味しくいただいちゃいましょう。

　既に準備万端だったガレットの生地をローラおねえちゃんからもらって、一度に２匹焼ける【たいやき器】に流し込み、早速焼き上げていきます（もちろん、ローラおねえちゃんとマスターさんが……）。

　本当はワタシがやりたかったのですが、おチビなワタシには、鉄製の【たいやき器】は文字通り荷が重過ぎて、持ち上げることすらできませんでした。

　そんな、やる気はあるけど体がついてこないワタシとは対照的に、火加減の方は、おにぃの火魔法でバッチリ。ローラおねえちゃんとマスターさん、二人の【たいやき器】の火をおにぃ一人で見事に賄っちゃいました。

（おにぃはもう火魔法の達人、火魔法マイスターだね！）

　そうこうしているうちに、お店の中に香ばしくて甘い香りが漂い始めました。

ねぇね「おチビちゃん、これは何ていうお菓子なの？　美味しそうな甘～いイイ匂いだね～」

ワタシ「これはね？『たいやき』って言うの。さっきのお歌の主人公なんだよ？」

ねぇね「え？　そうなの？　お菓子が主人公のお歌だったの？」

ワタシ「うん。お魚の形をしたお菓子、『たいやき』さんがね？　お店から逃げ出しちゃうお歌なんだ〜」

ねぇね「へぇー、そうなんだ。私、知らなかった」

マスター「ほれ、イイ感じに焼き上がったぜ？　誰が最初に食べるんだ？」

ワタシ「あっ！　もう『たいやき』できたみたいだよ？　ねぇねが一番最初に食べてみて？」

ねぇね「あ、ありがとうございます」

そう言って、マスターさんから焼きたての『たいやき』を受け取ったねぇね。早速、尾ひれから食べ始めました。

ねぇねといえば、以前、お粥に【つぶあん】をトッピングして朝食にしていたぐらい【つぶあん】は大好物。なので、この『たいやき』も気に入ってくれること請け合いです。

そんなワタシの期待通り、一口食べたねぇねの笑顔は、さらにニコニコと輝き始めました。

ねぇね「美味し〜っ。すっごく甘くてほんわかで、美味しいよ〜！　この中身【つぶあん】でしょ？　私、お豆を甘く煮たこれ、大好き！」

そんな感じでワタシに『たいやき』の食レポをしてくれたねぇねは、さらにお話を続けます。

ねぇね「私の思い出のお歌、こんなに美味しいお菓子だったんだね〜。きっと歌詞も楽しくてステキなんだろうな〜。おチビちゃんに歌詞を教えてもらったら、もっともっと楽しく歌いたいな〜」

そんなねぇねの意気込みを聞いて、ワタシはちょっと焦りを感じてしまいます。

（ええっと、あのお歌の歌詞って、たしか最後は、おじさんに捕まって食べられちゃうんじゃなかったっけ？　あんなに楽しそうに期待しているねぇねに、それはダメだよね？　ねぇねには、本当の意味は教えない方がいいかもしれない……）

思い出のお歌の結末がソレでは、ねぇねがショックを受けてしまいそうな気がするワタシ。

ねぇねに日本語の歌詞は教えても、その意味はちょっと違う感じで伝えようと心に決める、おチビちゃんなのでした。

◆◇◆◇◆

大好きなねぇねに【つぶあん】入りのできたてアツアツの『たいやき』食べてもらって、ねぇねの笑顔がさらに輝きを増したところで、ワタシたちはローラおねえちゃんのお店をお暇することにしました。

時刻はお昼ちょっと前ぐらい。

今から戻って【防災ラジオ】を【想像創造】すれば、『ユービン』ギルドの配達員さんたちに、午後一から配達をお願いできそうです。

ということで、お土産に『たいやき』を何個かもらって、早速ハンターギルドへ戻るワタシたち。

その道すがら、またもやマスターさん駆動の【三輪自転車】&【リアカー】に乗せてもらって、ねぇねに思い出のお歌の日本語レッスン再開です。

ねぇね「♪……うぉうみぃにぃ　にゅぅげこんでぇんさ～？」

（う～ん。日本語の歌詞って、ねぇねにはちょっとハードル高そうだね～。ねぇねのお里の人は、日本語の歌詞をどうやって克服したんだろう。もしかして、この国の歌詞に変えて歌ってたのかな？）

そんなことを考えているうちに、ハンターギルドに到着したワタシたち。早速地下の巨大倉庫に移動して、すぐさまワタシは【ラジオ】を【想像創造】してしまうことにします。
（えっと、今日はもう３回【想像創造】してるから、残りは15回かな？　よ〜っし！　【ラジオ】を15回連続して【想像創造】！）

【防災マルチラジオ（ＡＭ／ＦＭ）　手回し充電　ソーラー充電　ＬＥＤ懐中電灯機能（ハイ／ロー）　読書灯機能　センサーライト機能　モバイルバッテリー機能　ＳＯＳアラーム機能　サイズ：（約）幅16㎝×奥行６・３㎝×高さ８・１㎝　重量：（約）３８０ｇ　ラジオバンド：ＡＭ：５２２〜１６２０ｋHz、ＦＭ：76〜１０８ＭHz　４０００ｍＡｈリチウムイオンバッテリー　生活防水　ストラップ付　オレンジ　３９００円】×４６１　１７９７９００円
×15回

【想像創造】を15回繰り返して、【防災ラジオ】を６９１５個、昨日の１３０５と合わせると、合計８２２０個創り出しました。
すると、目の前にいつものワタシのステータス画面が現れました。

名前：アミ
種族：人族
性別：女

年齢：５歳
状態：発育不良　痩せ気味
魔法：【なし】
スキル：【想像創造】レベル19（19回／日　または、19倍1回／日）

いつものように、スキルのレベルアップをお知らせしてくれたみたいです。

（やった～！　【想像創造】がレベルアップした～！）

今日はあと1回、追加で【想像創造】できちゃいます。

（えっと、【ラジオ】を一家に一台渡すには、たしか８０００個あればいいんだよね？　今日はもう1回【想像創造】できるけど、【ラジオ】は合計８２２０個も創ったし、もういいよね？　もし足りなくても、明日以降に追加で創ればいいよね？）

そう考えたワタシは、【ラジオ】を創り出すのは今日はこれでおしまいにします。

ワタシ「【ラジオ】の準備、できました～。あとは郵便配達のみなさんに、お願いしま～す」

マスター「ご苦労さん。後はこっちでやっとくから、おチビたちは休憩してくれ。おチビはアレだろ？　昼寝するんだろ？」

ねぇね「そうですね。しっかりお昼寝しないとですね」

なぜかねぇねがお返事をしていますが、お昼寝タイムはワタシ的にも異論はないので良しとしましょう。

マスター「そう言えば、またハンナのヤツが物販コーナーに来て欲しがってたぞ？」

ワタシ「ハンナさんが？」
マスター「ああ。昨日【アクセサリー】販売が好調だったんだろ？　それであてにされてんじゃねぇのか？」
アイリーン「ハンナだけじゃなくて、ジェーンさんも『シュッセ』に手伝って欲しそうだったわよ？」
ねぇね「え？　ジェーンさんが？」
　ジェーンさんと聞いて、思わず反応してしまう、ジェーンさん大好きっ子なねぇね。ここはもう、ねぇねのためにも午後は物販コーナーのお手伝いをするしかないでしょう。
ワタシ「ねぇね、おにぃ、あのね？　昨日、ビーちゃん様とワタシで【アクセサリー】のお店屋さんをしたんだ～。ねぇねとおにぃも今日の午後、ハンナさんとジェーンさんのお手伝いで、お店屋さんやってみる？」
ねぇね「もちろん、お手伝いする！」
おにぃ「オレも手伝うよ」
　ということで、ワタシたち3人は、午後からハンターギルド1階の物販コーナーでお手伝いをすることになりました。ワタシ的には、二日連続でお店屋さんごっこをするという感覚です。
（そう言えば、ビーちゃん様が、またお店屋さんごっこするときは誘ってって言ってたっけ？　でも、ビーちゃん様は【電波】魔法の特訓中だから、今日はなしでいいよね？）
　そんなことを考えながらハンターギルドの裏庭の広場のさらに奥、草むらの中のワタシたちのお家に帰ってきたワタシたち3人。そしてワタシは、『ねぐら』の軽パコのリアハッチを開け放ち、すぐさま潜り込みます。最近忙しかったせいか、立ち所にお昼寝に突入しちゃう、おチビなワタシなのでした。

◆◇◆◇◆

女性「こんにちは～、誰かいませんか～？　こんにちは～」

　お昼寝開始から1時間弱。ワタシのお昼寝が終わりを迎えようとするちょうどそのタイミングで、草むらの壁の向こう側、ハンターギルドの裏庭の広場の方から、若い女性が呼びかける声が聞こえてきました。

ワタシ「……むにゃむにゃ……うぅ～ん……」　(-.-)。oO

ねぇね「はぁ～い、いま～す」

女性「あ！　やっぱりいた！　こんにちは～」

　そしてワタシがお昼寝から起き上がると同時に、赤い【サイクルヘルメット】を被った『ユービン』配達のお姉さん、赤ヘルさんらしき女性が、ワタシたちのお家の玄関、草むらの通路から入ってきました。

赤ヘルさん「どうも～、『ユービン』のお届け物で～す」

おにぃ「え？　オレたちに届け物？」

赤ヘルさん「えっとですね～、これ【ラジオ】っていうモノで、ご領主様がこの町の全部の家に1台ずつ配ってるんです～」

おにぃ「あぁ、おチビが用意したアレか」

ワタシ「え？　ワタシたちにも？」（・＿・?）

　この町の一家に一台配ってもらうために、先程【想像創造】した【ラジオ】でしたが、まさか自分たちにも配達されるとは思っていなかったワタシ。お昼寝直後でボーっとしていたことも手伝って、なんだか不思議な気分です。

（ワタシが用意した【ラジオ】なのに、ワタシたちのお家にも、ちゃんと配達してくれるんだね～。ていうか、ここの場所、草むらの中で見つけにくいのに、良く分かったよね～。この配達の赤ヘルお姉さん、きっと探し物とかかくれんぼのオニ役とか、そういうの得意なんだろうな～）

　寝ぼけた頭でそんなことを考えていたら、配達のお姉さんがお話を続けます。

赤ヘルさん「あの～、これを受け取ったら、サインをもらえますか～？」

ねぇね「は～い、分かりました～」

　そうしてねぇねが受け取りのサインをして、おにぃが【ラジオ】を受け取ります。

赤ヘルさん「それじゃあ、アタシはこれで～」

　そう言ってすぐさま帰ってしまった『ユービン』配達のお姉さん。まさにあっという間の出来事でした。

ねぇね「私たちのところにも、ちゃんと配達してくれるんだね？　なんだか私、ちゃんと自立できたって、今初めて実感できたかも。だって、ここがちゃんとしたお家なんだって、私たちの正当な居場所なんだって、そう認めてもらった気がするから」

おにぃ「そうだな。スラムの頃だったら、オレたちは素通りされていただろうからな。届け物を配達されることなんて、今までならありえないことだったもんな？」

ねぇね「うん。だからね？　私、今、本当に幸せになったんだって思ったの。これは全部、おチビちゃんのおかげだよ？　ありがとう」

ポフッ
そう言って、ワタシをふんわり抱きしめてくれたねぇね。

おにぃ「そうだな。おチビがいなかったら、きっと【ラジオ】を届けてもらうことなんてなかっただろうな。まあ、そもそも、おチビがいなければ【ラジオ】なんてなかっただろうけどな」

ポンポン
そう言いつつ、ワタシの頭を優しくなでてくれたおにぃ。

ワタシ「ワタシはね？　ねぇねとおにぃがいっしょなら、いつでもどこでも幸せなんだ～」

おにぃ「そっか、それは嬉しいな」

ねぇね「ふふっ、そうだね。私たちはいつでも３人一緒だもんね？」

そのワタシに向けられるねぇねとおにぃの柔らかな笑顔を見て、幸せとはこういうことなのだと、改めて実感したおチビなワタシなのでした。

想像創造
ポン☆
はちみつ ブレンデッド 1200g 4800円
ワタシ達でスラム脱出しましょう！
いろいろ考えてくれてありがとな…おチビ
お米ってやっぱ最高だよね…
この世界に広めなきゃ…
おチビッ!?
がうがうモンスター＋で
大好評連載中！
https://gaugau.futabanet.jp/
マンガがうがう
無料アプリのDLはこちらから！

Mノベルス

その門番、最強につき
～追放された防御力9999の戦士、王都の門番として無双する～
Kametsu Tomobashi
友橋かめつ
Illustration
へいろー

ズバ抜けた防御力を持つジークは魔物のヘイトを一身に集め、パーティーに貢献していた。しかし、攻撃重視のリーダーはジークの働きに気がつかず、追放を言い渡す。ジークが抜けた途端、クエストの失敗が続き……。一方のジークは王都の門番に就職。持前の防御力の高さで、瞬く間に分隊長に昇格。部下についた無防備な巨乳剣士、セクハラ好きの怪力女、ヤンデレ気質の弓使い、彼女らとともに周囲から絶大な信頼を集める存在に！　「小説家になろう」発ハードボイルドファンタジー第一弾！

モンスター文庫

1
超難関ダンジョンで10万年修行した結果、世界最強に
～最弱無能の下剋上～
力水
ill 瑠奈璃亜
【この世で一番の無能】カイ・ハイネマンは13歳でこのギフトを得た。しかし、ギフトの効果により、カイの身体能力は著しく低くなり、ギフト至上主義のラムールでは、蔑まれ、いじめられるようになる。カイは家から出ていくことになり、王都へ向かう途中襲われてしまい必死に逃げていると、ダンジョンに迷い込んでしまった——。そのダンジョンでは、「神々の試煉」をクリアしないと出ることができないようになっており、時間も進まないようになっていた。カイは死ぬような思いをしながら「神々の試煉」を10万年かけてクリアする。クリアする過程で個性的な強い仲間を得たりしながら、世界最強の存在になっていた——。かつて、無能と呼ばれた少年による爽快無双ファンタジー開幕！
モンスター文庫

発行・株式会社　双葉社

本書に対するご意見、ご感想をお寄せください。

あて先

〒162-8540 東京都新宿区東五軒町3-28
双葉社　モンスター文庫編集部
「ぱつきんすきー先生」係／「高瀬コウ先生」係
もしくは monster@futabasha.co.jp まで

異《い》世《せ》界《かい》のおチビちゃんは今日《きょう》も何《なに》かを創《つく》り出《だ》す～スキル【想《そう》像《ぞう》創《そう》造《ぞう》】で目《め》指《ざ》せ成《な》り上《あ》がり！～③

2024年４月30日　第１刷発行

著　者　ぱつきんすきー

発行者　島野浩二

発行所　株式会社双葉社
〒162-8540　東京都新宿区東五軒町3番28号
［電話］03-5261-4818（営業）　03-5261-4851（編集）
http://www.futabasha.co.jp/（双葉社の書籍・コミック・ムックが買えます）

印刷・製本所　三晃印刷株式会社

［電話］03-5261-4822（製作部）
ISBN 978-4-575-24739-8 C0093